藏在漢字裡的古代博物志

漢字裡的故事

許暉

著

引言

　　《禮記‧大學》中有言：「致知在格物，物格而後知至⋯⋯」這就是「格物致知」這個詞的出處。「格物致知」的具體內涵，千百年來聚訟紛紜，但是從字面意思，從最淺白的層次，也不妨理解為：窮究萬物，就可以獲得與之相應的知識。

　　這種淺白的理解，恰好也符合許慎在《說文解字》的〈序〉中所引用的古人造字的八字原則：「近取諸身，遠取諸物。」所謂「近取諸身」，就是從身邊的日常生活中取象；所謂「遠取諸物」，就是從身外、遠方的萬事萬物中取象。

　　「遠取諸物」，古人正是運用「格物」的功夫和持久的耐心，把萬物的形象及其各種各樣的特徵活靈活現地描繪下來，藏進了象形的漢字之中；而今天的人們，「格」一「格」這類系統的漢字，就可以復原祖先的慧眼所看到的萬物，以及萬物與他們相依存的生活。

　　比如「雞」這個字，有兩種寫法：雞、鷄。那麼造字的古人「格物」，「格」出了什麼呢？格出了「隹」和「鳥」。「隹（ㄓㄨㄟ）」是短尾鳥的總稱。這說明：雞在未被馴化之前，不過就是自由自在的短尾野鳥而已，遠遠地遊蕩在人類的生活之外。那麼今天的人們看這個字，又「格」出了什麼呢？「格」出了左邊的「奚」。甲骨文的「奚」，是一個人用繩索捆住另一個人，很顯然，被捆住的是俘虜，當作奴隸

使用。在「雞」的字形中，則表示：人在野外捉到了這種野鳥，用繩子把牠捆起來，帶回家加以馴化。因此，「雞」這個字，反映的就是野雞變成家雞的馴化簡史。

除了馬、牛、羊、雞、狗、豬等人們熟知的動物之外，漢字中還遺留了眾多如今被視為神話傳說的動物。比如「兕（ㄙ）」，古書上說牠像牛，一角，青色，重千斤；比如「廌（ㄓ）」，一角的鹿或羊，當人們打官司無法決斷的時候，牠會用這隻角去抵觸有罪的人；比如「蜮（ㄩ）」，又稱「短狐」，像鱉，三足，當人影映入水中，則含沙射影，能殺人……擴而廣之，《山海經》中記載的那些令人不可思議的異獸，誰就能說牠們真的沒有存在過呢？要知道，即使是在今天的世界上，每天仍然有很多物種在滅絕呀！

這本小書，把一百零一個漢字分為動物、植物、自然、農事、輿地五個專題，從「遠取諸物」的造字原則入手，詳細講解古人眼中的萬物，以及他們豐贍的博物知識。

目　錄

動物篇

植物篇 ———————— 植 物 篇

自然篇 ——— 自 然 篇

尚吏篇 ——————— (農)(事)篇

幽埒篇 ———————————— 輿 地 篇

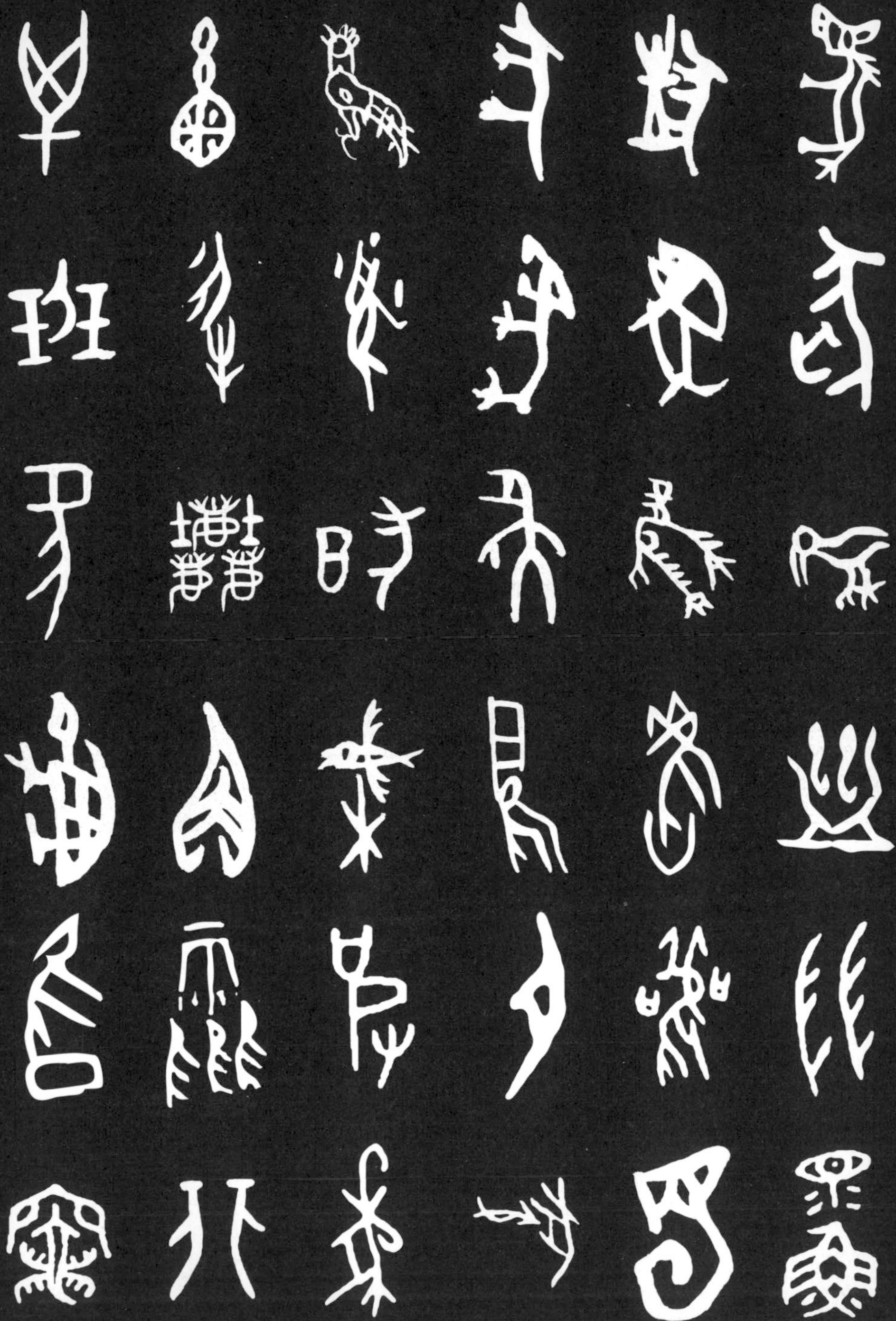

動物篇

手持帶柄的網去捕捉禽獸

❶

❷

❸

《禮記・曲禮上》：「鸚鵡能言，不離飛鳥；猩猩能言，不離禽獸。」此處禽、獸並舉。

先說禽，甲骨文字形❶，這是一個象形字，上面是網，下面是網的柄，因此「禽」的本義是捕捉禽獸的工具。金文字形❷，在網具上面添加了一個表聲的符號「今」，變成形聲字。也有人說上面是一個蓋子，表示將捕捉到的鳥放到封閉空間裡。金文字形❸，網具的長柄左側添加了一隻手，表示以手持柄。小篆字形❹，從金文演變而來，變得異常複雜起來。清代學者段玉裁認為下面像禽獸的足跡，中間的「凶」字像禽獸的頭。這種解釋很牽強，跟原始字形差別過大。

《說文解字》：「禽，走獸總名。」但這是「禽」的引申義，其本義是捕捉，當動詞用。「禽」用作名詞後，添加一個提手旁，變成了「擒」來當作動詞。《爾雅・釋鳥》：「二足而羽謂之禽，四足而毛謂之獸。」兩條腿且長羽毛的叫禽，四條腿且長毛的叫獸。古代有六種供膳食的禽類，稱作六禽。六禽有兩種說法，一種說法是：雁、鶉、鷃、雉、鳩、鴿。鶉（ㄔㄨㄣˊ）是鵪鶉的簡稱；鷃（一ㄢˋ）通鴳，也是鵪鶉的一種；雉（ㄓˋ）是野雞；鳩（ㄐ一ㄡ）是鳩鴿科部分鳥類的泛稱。另一種說法是：羔、豚、犢、麛、雉、雁。羔是小羊；豚（ㄊㄨㄣˊ）是小豬；犢是小牛；麛（ㄇ一ˊ）是幼鹿。

❹

❺

❻

❼

　　三國名醫華佗還創了一種健身術，名為五禽之戲，這五禽是：「一曰虎，二曰鹿，三曰熊，四曰猿，五曰鳥。」早就不專指鳥類了。

　　再說獸，甲骨文字形❺，這是一個會意字，左邊是捕獵的工具，像長柄上用繩索縛以石塊，右邊是一條狗，會意為帶著獵犬和工具去捕獵。金文字形❻，狗和捕獵工具的樣子更加具象。小篆字形❼，變得複雜了，但還是能看出來自金文字形。簡體字形「兽」失去了「犬」，完全看不出造字的原意了。

　　《說文解字》：「獸，守備者也。」這其實也是「獸」的引申義，本義是捕獵。如同六禽一樣，古代也有六種供膳食的獸類，稱作六獸，分別是：麋、鹿、熊、麕、野豕、兔。麋鹿是今天的通稱，但是古人分類很細，麋是冬至時脫角的鹿；麕（ㄐㄩㄣ）就是獐子；野豕（ㄕˇ）就是野豬。

　　今天的日常用語「衣冠禽獸」是一個不折不扣的貶義詞，罵人是穿戴著衣帽的禽獸，指品德極壞，行為像禽獸一樣卑劣的人。但在明代卻是指官員的服飾制度，文官官服繡禽，武將官服繪獸。

　　品級不同，所繡的禽和獸也不同：文官一品緋袍，繡仙鶴；二品緋袍，繡錦雞；三品緋袍，繡孔雀；四品緋袍，繡雲雁；五品青袍，繡白鷳；六品青袍，繡鷺鷥；七品青袍，繡鸂鶒（ㄒㄧ　ㄔˋ，一種水鳥，體形大於鴛鴦）；八品綠袍，繡黃鸝；九品綠袍，繡鵪鶉。武將一、二品緋袍，繪獅子；三品緋袍，繪老虎；四品緋袍，繪豹子；五品青袍，繪熊羆（ㄆㄧˊ）；六、七品青袍，繪彪（虎紋）；八品綠袍，繪犀牛，九品綠袍，繪海馬。

此之謂「衣冠禽獸」，本來沒有貶義成分，後來因為官員們貪贓枉法，多行不義，老百姓切齒痛恨，「衣冠禽獸」才變成了貶義詞，一直沿用至今。

〈杏園雅集圖〉（局部）
明代謝環繪，絹本設色，明英宗正統二年（1437），美國大都會藝術博物館藏

　　這是一幅具有肖像性質的雅集圖卷，描繪了正統二年三月初一，時值休
沐，內閣大臣楊士奇、楊榮、王直、楊溥等九位當朝重要官吏，以及畫家謝
環本人，在京師城東楊榮的府邸──杏園聚會的情景。其中，楊士奇、楊榮、
楊溥均為臺閣重臣，時人合稱「三楊」。〈杏園雅集圖〉不只一個版本，這是「大
都會本」，另有藏於鎮江博物館的「鎮江本」。

　　這部分畫卷中，描繪的是「傍杏花列坐者三人：少詹事王英、大宗伯楊溥、
學士錢習禮」。一人在案前持筆構思，二人在品評一幅立軸。畫面人物衣冠齊
整，各依品第，筆法工細，賦色濃豔。史載「三楊」中，楊溥被稱為「南楊」，
為人廉直寬靜，性情恭謹，官至內閣首輔、禮部尚書兼武英殿大學士。他位
於畫面正中，緋袍玉帶，神態雍容，胸前的繡禽雖然看不太清楚，按其品第，
當為錦雞。

畜

把家畜拴在田裡餵養

六畜不相為用——《左傳》

❶

　　「畜」和「蓄」本為一字，因此「畜」本身就有兩個讀音：ㄔㄨˋ，ㄒㄩˋ。這個漢字栩栩如生地描繪了遠古時期的中國先民們將野獸馴化為家畜的過程。

　　畜，甲骨文字形❶，上面的字元看得很清楚，像束絲之形，也就是「系」，表示用繩子繫住家畜；下面的字元是什麼，則眾說紛紜。現代學者徐中舒先生在《甲骨文字典》中，認為它像田的形狀，裡面的小點則像草木形，意思是把家畜繫在田裡吃草。日本漢文學家白川靜先生則在《常用字解》一書中認為它像染缸的形狀，「『畜』義示將線束浸入染缸染色。長時間浸染後顏色會變深，因而『畜』有了積累、保留、儲蓄之義」。

　　畜，金文字形❷，省去了「田」裡面的小點，也證明這個字元並非染缸之形。小篆字形❸，定型為上「玄」下「田」的結構。《說文解字》：「畜，田畜也。《淮南子》曰：『玄田為畜。』」許慎同時又列出了一個上「茲」下「田」的古字形，並釋義為：「魯郊禮畜從田，從茲。茲，益也。」現代學者張舜徽先生在《說文解字約注》一書中則認為「茲」表示「草木多益」，因此用來會意「家畜最易繁殖」。

　　不過，如果仔細觀察，會發現「田」裡的小點並不像草木之形，很有可能是穀物，因此「畜」表示把家畜繫在田裡，用穀物來餵養。不管餵草還是餵穀物，並不

能概括全部家畜的飼養方式，因此僅僅用來會意而已。

《淮南子·本經訓》中極為具象地描述了古人馴化家畜之始：「拘獸以為畜。」也就是說，田獵所得的野獸，養起來從而馴化為家畜。古人對事物的分類極細，也表現在家畜身上：野生謂之獸，家養謂之畜，祭祀時使用謂之牲。

《周禮》記載，周代有「庖人」一職，「掌共六畜、六獸、六禽，辨其名物」。先民最早馴化的六種動物稱作「六畜」，分別是馬、牛、羊、雞、犬、豕（豬）。今天人們的日常用語中還有「五穀豐登，六畜興旺」的說法，將五穀和六畜並舉，可見其源遠流長。「六禽」指六種供膳的禽類，分別是雁、鶉、鷃（一ㄢˋ）、雉、鳩、鴿；「六獸」指六種供膳的獸類，分別是麋、鹿、熊、麇（ㄐㄩㄣ）、野豕、兔。從名字上就可看出，「六禽」和「六獸」都是未經馴化的野生動物。

《左傳·僖公十九年》中記載了一個故事，可以看出古人祭祀時對六畜嚴格的使用禁忌：「夏，宋公使邾文公用鄫子於次睢之社，欲以屬東夷。司馬子魚曰：『古者六畜不相為用，小事不用大牲，而況敢用人乎？祭祀以為人也。民，神之主也。用人，其誰饗之？齊桓公存三亡國以屬諸侯，義士猶曰薄德。今一會而虐二國之君，又用諸淫昏之鬼，將以求霸，不亦難乎？得死為幸！』」

這一年夏天，宋襄公稱霸，邀請諸國會盟，鄫國因故沒有趕到，國君鄫子請邾國代為說情，宋襄公卻命令邾文公把鄫子抓起來殺掉，來祭祀次睢這個地方的土地神。古時祭神有祀典，必須祭祀祀典所載之神，否則就屬於不合禮制的祭祀。「次睢之社」不在祀典之內，因此

就是不合禮制的「淫祀」，也就是司馬子魚所言的「用諸淫昏之鬼」。

宋襄公之所以殺掉鄫子，是為了震懾東夷，使他們來歸附自己。宋國大臣司馬子魚對這一舉動進行了激烈的批評，其中提到「六畜不相為用」，是指六畜不能相互用來祭祀，比如祭祀馬神只能用馬來祭祀，絕不能使用別的動物，以此類推。「小事不用大牲」，比如祭祀廟門用羊，祭祀東西廂的夾室用雞，絕不能使用牛、豬這樣大的祭牲。

司馬子魚列舉祭祀的禁忌，批評宋襄公居然以人為祭，哪個神敢享用？他的言辭異常刻薄：「以前齊桓公恢復了三個滅亡的國家以使諸侯歸附，有義士尚且評價他薄德，如今為了一次盟會而侵害兩國的國君，用來行淫祀，就這樣來求取霸業，不是太難了嗎？能夠善終就已經算是幸運了！」

❶

❷

❸

抓到野雞後用繩子捆起來馴化

半壁見海日，空中聞天雞——李白

　　南朝文學家任昉所著的《述異記》記載：「東南有桃都山，上有大樹，名曰桃都，枝相去三千里。上有天雞，日初出，照此木，天雞則鳴，天下雞皆隨之鳴。」因此李白有詩曰：「半壁見海日，空中聞天雞。」天雞者，神雞也。

　　雞，甲骨文字形❶，這是一個象形字，畫得多麼惟妙惟肖的一隻雞，還在仰頭啼鳴呢！甲骨文字形❷，變成一個會意字，左邊是一隻手抓著一條繩子，右邊是一隻雞，會意為捉到雞後拿繩子捆起來帶回家，這隻雞的翅膀還撲棱著，竭力掙扎的樣子惹人垂憐。

　　甲骨文字形❸，右邊手拿繩子的樣子有些變形，為進一步的字形訛變打下了基礎。小篆字形❹，左邊正式訛變為「奚」，表聲，右邊變為「隹」。如此一來，「雞」又變成了一個形聲字。《說文解字》中還收錄了一個籀文字形❺，右邊是一隻鳥，雞未被馴化成家禽之前，原是在山林間自由自在的野雞。「雞」的字形演變，非常具象地反映了古人抓到野雞加以馴化的過程。

　　楷書字形❻，同於小篆字形。簡體字形「鸡」，右邊同於籀文字形的「鳥」。

　　《說文解字》：「雞，知時畜也。」雞是報時的家禽，同時還是用作祭祀的犧牲。古時的祭器有雞彝，是刻畫有雞形圖飾的酒尊；還有鳥彝，是刻畫有鳳凰圖飾的酒

尊。可見雞的地位等同於鳳凰，都是用作祭祀的神鳥。周代有「雞人」的官職，專門負責掌管祭祀用的雞牲。

雞是神鳥，還體現於「金雞」一詞。託名東方朔的《神異經》一書記載：「扶桑山有玉雞，玉雞鳴則金雞鳴，金雞鳴則石雞鳴，石雞鳴則天下之雞悉鳴，潮水應之矣。」

金雞還是大赦時所用的儀仗，根據《三國典略》的記載，南北朝時期，北齊皇帝高湛即位的時候，在南宮大赦天下，掌管大赦事宜的庫令在殿門外建了一座金雞雕像。

觀禮的宋孝王迷惑不解，就問元祿大夫司馬膺之，大赦時為何要建金雞雕像。司馬膺之回答道：「《海中星占》這本書上說，天雞星動，當有赦。」因此帝王都以金雞做為大赦的象徵。

按照規定，大赦之日，要豎一根七尺長的竿子，上立四尺長、頭上裝飾有黃金的金雞，擊鼓千聲，將百官、父老和囚徒召喚到竿下，宣讀赦令。李白〈流夜郎贈辛判官〉詩中有云：「我愁遠謫夜郎去，何日金雞放赦回。」流放途中的李白是多麼渴望看見那頭金燦燦的金雞啊，金雞出現，就預示著大赦天下那一日的到來。

《海中星占》所說的「天雞星」，又叫瓠瓜星，「瓠（ㄏㄨˋ）瓜」即葫蘆，古時候拿來命名天上的五顆星星。在古代占星體系中，瓠瓜星掌管陰謀籌畫，掌管後宮，掌管瓜果蔬實。如果瓠瓜星星光明亮，則預示著收成很好；如果星光微弱，則預示著年景不好，帝后失寵。如果瓠瓜星移動了位置，則預示著山體晃動，洪水氾濫，這時就要大赦天下，以上承天意，下順物情。

有趣的是，古人認為「玉衡星散為雞」。「玉衡」是北斗七星的第五星，這顆星星發出的星光，四散開來就化成了雞。這可能就是為什麼以「天雞」來命名星星的來歷。

〈餵公雞喝酒的男女〉（鶏に酒を呑ます男女）
鈴木春信繪，約 1767 年至 1768 年

　　鈴木春信（1724~1770），日本江戶時代中期浮世繪
畫家，首創多色印刷版畫，即「錦繪」，以美人畫最著名。
春信筆下的女子幾乎都是少女模樣，腰肢細細，手足纖
巧，體態輕盈，飽滿的臉頰有種天真的秀美。

　　在這幅畫上，廊下一對年輕男女，正要為一隻公雞灌
酒。時間似乎是傍晚。著「振袖」的女了懷中抱著的公雞
看起來頗有點分量。為何要餵公雞喝酒呢？原來，這一對
年輕人想要度過一個良夜，舒服地睡到天明，不願被清早
的雞鳴打擾，於是設法讓公雞喝醉，令其翌日一早無法履
行天賦的職責。二人認真的樣子令人莞爾。

犬

❶

❷

張大嘴發動進攻的狗

上懷犬馬戀，下有骨肉情——韋應物

　　狗是中國人最早馴化的六畜（馬、牛、羊、雞、犬、豬）之一，但為什麼叫「狗」，又叫「犬」呢？其間的區別非常有意思。

　　犬，甲骨文字形❶，這是一個象形字，栩栩如生的一隻狗的模樣。甲骨文字形❷，身形矯健。至於甲骨文字形❸，好像張開嘴巴要發動進攻了。金文字形❹，尾巴很長，動勢更足。小篆字形❺，直接從金文字形而來。楷體字形則完全看不出象形的樣子了。

　　《說文解字》：「犬，狗之有懸蹄者也，象形。」這個解釋很奇特，什麼叫「懸蹄」？顧名思義，「懸蹄」就是懸起來的蹄子。蹄子怎麼會懸起來呢？過去有學者認為「懸蹄」就是跑得飛快，蹄子彷彿懸空了似的。這是望文生義，「懸蹄」是不與地面直接接觸的小蹄，也就是退化了的殘趾。

　　許慎又引用孔子的話說：「視犬之字，如畫狗也。」許慎和孔子都認為先有「狗」字，後有「犬」字，「犬」只是「狗」這一類中的一種，即「狗之有懸蹄者」。這其實是錯誤的，因為甲骨文中只有「犬」字，而無「狗」字，而且恰恰相反，「狗」只是「犬」這一類中的一種。《爾雅·釋畜》解釋道：「未成毫，狗。」尚未生長出長而尖的毫毛的叫「狗」，可見「犬」指大狗，「狗」是小狗的稱謂，就像「駒」是兩歲以下幼馬的稱謂一樣。

③

④

⑤

　　周代有「犬人」的官職，負責掌管供祭祀用犬的一切事宜。這也是先有「犬」字後有「狗」字的一個旁證：有「犬人」之職，卻沒有「狗人」之職。用作祭祀的犬稱作「羹獻」。所謂「羹獻」，是指用人吃剩的殘羹來養狗，養肥後可以獻祭於鬼神。

　　六畜之中，馬和犬是最擅長奔跑的，於是古人就造出「犬馬」一詞。騎馬打獵，縱犬追逐野獸，這都是統治者的娛樂方式，因此而有「聲色犬馬」之稱。又引申出「效力」之意，如「效犬馬之勞」的成語。同時臣子對國君亦自稱「犬馬」，表示願意做國君的犬和馬。韋應物有詩曰：「上懷犬馬戀，下有骨肉情。」其中，「犬馬戀」就是形容臣子眷戀國君，猶如犬馬眷戀自己的主人一樣。劉禹錫給皇帝的上書中有更加具象的表述：「江海遠地，孤危小臣。雖雨露之恩，幽遐必被；而犬馬之戀，親近為榮。」

　　有趣的是，古人對於生病還有不同的婉辭，「犬馬」也是其中的一種：天子生病稱作「不豫」，「豫」是快樂，「不豫」就是不快樂；諸侯生病稱作「負茲」，意思是擔負的事情繁多，以致積勞成疾；大夫生病就稱作「犬馬」，「大夫言犬馬者，代人勞苦，行役遠方，故致疾」；士生病稱作「負薪」，採薪並背負柴草乃低賤之事，因此用在統治階層中地位最低的士身上，《禮記》中規定，國君要求士射箭時，如果士不具備射箭的技能，就要以生病的名義辭謝，要說：「某有負薪之憂。」

❶

❷

瘋狗跑到別處去

我本楚狂人，鳳歌笑孔丘——李白

狂，從字形上來看，毫無疑問跟「犬」有關。許慎等諸多學者都認為這是一個形聲字，那麼我們來看看「狂」字的各種字形。

狂，甲骨文字形❶，右邊是一條凶猛地撲上來的狗，左邊這個字元像什麼呢？許慎說這是「狂」字的聲符，表聲，固然沒錯，但是僅僅靠右邊的一個「犬」字，怎麼能夠表示「狂」的含義呢？

白川靜先生認為，這個字元的下部是象徵王位的鉞頭之形，即斧鉞頭部之形，上部是「之」字的甲骨文形。三個部分加起來表示：出征前，使者將腳放在神聖的鉞頭上，以獲得非同尋常的靈異之力，因此，「狂」指從某種靈力那裡獲得非凡之力。

白川靜先生的解釋部分正確，但他的解釋卻沒有涉及「犬」字。我認為「狂」這個字應該是一個會意兼形聲的字，根據甲骨文字形❶，右邊是一條凶猛的狗；左邊下面是「王」，上面是「止（腳）」，是「往」的本字，會意為狗瘋狂地跑到別的地方去。

許慎誤把這個字形左邊的上面當作「之」字，誤把下面當作「土」字，《說文解字》：「之，出也。」本義是生出，滋長。因此，把這個字形的左邊部分解釋為「草木妄生也，從之在土上」，草木從土堆上茂密地生長起來。雖然許慎的解釋完全錯誤，但如果按照他的方式思

❸

❹

考下去，倒也很有意思：草木滋長蓬生，狗撲上來吠叫。狗如果不發瘋，牠對著土堆上茂密的草木叫什麼？因此這還是一條瘋狗。

甲骨文字形❷，狗的樣子不太像。金文字形❸，同於甲骨文。小篆字形❹，狗移到了左邊。楷體字形的右邊省寫作「王」。

《說文解字》：「狂，狾犬也。」這個「狾」讀作ㄓˋ，也是指狗發瘋，即狂犬。《漢書·五行志》引《左傳》：「宋國人逐狾狗，狾狗入於華臣氏，國人從之。」這是世界上關於狂犬病的首例記載，「狾狗」就是瘋狗。由狗發瘋引申到人身上，人的精神失常或者瘋癲都稱「狂」。《詩經·山有扶蘇》：「山有扶蘇，隰有荷華。不見子都，乃見狂且。」其中，「扶蘇」，小樹的名字；「隰（ㄒㄧˊ）」，低濕之地；「子都」，著名的美男子。這句詩的意思是：山上有扶蘇，低窪地有荷花；沒有看見美男子，卻看見了一個行動輕狂的人。《詩經·褰裳》中也有這樣的名句：「狂童之狂也且。」南宋學者朱熹說：「狂童猶狂且，狡童也。」這都是引申為人之輕狂頑劣的意思。

孔子曾經說過：「不得中行而與之，必也狂狷乎。狂者進取，狷者有所不為也。」此處，「中行」指行為合乎中庸之道的人，中庸是孔子理想的最高境界，但是他卻找不到行為合乎中庸之道的人與之交往，只好跟狂者和狷者交往了。「狂者進取」，意思是理想高遠，進取心強；「狷者有所不為」，狷者拘謹無為，引申為孤潔。在孔子看來，狂者和狷者是僅次於中庸之道的人，因此他才願意和這兩類人交往。

李白有詩曰：「我本楚狂人，鳳歌笑孔丘。」狂人、狂生、狂士，是中國傳統文化塑造的典型人格，當理想得不到實現時，就狂放不羈，

蔑視流俗，我行我素；「狂」的本義是狗發瘋，完全是貶義，卻生發出這樣的褒義讚美之辭，實在是太有趣了！

❶　　　　　❷

「物」這個字，今天主要當作事物、物體講，但是古時候卻完全不一樣，而且字義出人意料。

物，甲骨文字形❶，這是一個會意兼形聲的字，下為牛，上為勿。為什麼說是會意字呢？這跟「勿」字密切相關。

勿，甲骨文字形❷，這是一個象形字：右邊是農具「耒」的形狀，「耒」是翻土工具，上面是曲柄，下面是犁頭；左邊是翻起來的土塊。金文字形❸，更像「耒」翻土的樣子。這就是「勿」的本義：用耒翻土。古人種地之前，要先看一看土地的形狀和顏色，因此「勿」又引申為顏色。顏色非一而多種多樣，因此又引申為雜色。

《說文解字》：「勿，州里所建旗。象其柄，有三游。雜帛，幅半異。所以趣民，故遽。」雜帛指雜色的裝飾物；幅半異，指半幅為紅色，半幅為白色，殷的正色為白色，周的正色為赤色，故為半赤半白之色；趣民是催促百姓。古代旗幟，純色代表緩，雜色代表急，因此用「勿」這種雜色旗催促百姓趕緊聚集。段玉裁說「州里」應該是「大夫士」，按照周禮的規定，大夫士所建的旗幟才是「勿」。這是「勿」的引申義，即雜色旗。

《說文解字》：「物，萬物也。牛為大物，天地之數，起於牽牛，故從牛，勿聲。」但許慎的解釋是牽強附會，其實「物」的本義是用「勿」和「牛」會意為雜色牛，

❸

❹

當作萬物來講只是它的引申義。《詩經・無羊》:「三十維物,爾牲則具。」《毛傳》:「異毛色者三十也。」意思就是用作祭祀犧牲的三十頭雜色牛。「物」也可以像「勿」一樣引申為雜色旗,《釋名》:「雜帛為物,以雜色綴其邊為燕尾,將帥所建,象物雜色也。」

物,小篆字形❹,與甲骨文相似。

在現代漢語中,「物色」一詞是動詞,是訪求、挑選的意思,比如物色人才。但是在古漢語中,「物色」卻是名詞,最早的意思是牲畜皮毛的顏色,還是跟「物」的本義「雜色」相關。「物色」語出《禮記・月令》:「乃命宰祝,循行犧牲,視全具,案芻豢,瞻肥瘠,察物色。」這段話的意思是:農曆八月,命令主管祭祀的官員太宰和太祝巡視即將用作祭祀的牲畜,查看一下這些牲畜的軀體是否完整無缺,草食和穀食的家畜是否分門別類,肥瘦是否搭配得當,牲畜的毛色是否符合祭祀的標準。這裡的「物」從雜色牛引申為一切雜色的牲畜,又引申為「毛色」。周代有「雞人」之職,職責是「掌共雞牲,辨其物」,就是掌管用作祭祀品的雞,辨認查看雞的毛色。「物」就是「色」,因此「物色」一詞也從牲畜的毛色漸漸引申出形狀、形貌的意思。

《後漢書・嚴光傳》記載,東漢著名的隱士嚴光,年輕時就享有盛名,學問很大,曾經和劉秀一同遊學。後來,劉秀登基為光武帝,想起了這位老同學,想請他出山做官。不料嚴光最討厭的就是做官,他知道光武帝到處打聽自己的行蹤,於是隱姓埋名。光武帝沒辦法,只好派畫工畫出嚴光的相貌,拿著嚴光的畫像「以物色訪之」。這裡的「物色」就是指嚴光的形貌,本來是名詞,後來才慢慢演變成動詞。

馬

❶

❷

大眼睛和鬃毛是最突出的特徵

馬，怒也，武也——許慎

馬是四千年前就已經被人類馴養的動物。中國遠古時期的人們根據自己的需要和對動物世界的認識程度，選擇了六種動物做為馴養對象，稱為「六畜」，分別是馬、牛、羊、雞、犬、豬。漢代著名的匈奴悲歌「失我祁連山，使我六畜不蕃息；失我焉支山，使我婦女無顏色」，其中「六畜」即指這六種動物。

馬，甲骨文字形❶，這是一個象形字，頭朝上，背朝右，尾朝下，整個馬身側轉向左，非常具象的一匹馬。甲骨文字形❷，突出馬的大眼睛和鬃毛。金文字形❸，與甲骨文的形象接近並加以美化，最突顯的是馬的大眼睛，馬頸上的鬃毛也歷歷可見。小篆字形❹，減弱了圖畫一般的象形成分，與馬的真實形象也就差得遠了。楷書字形❺，緊承小篆而來，下面簡化成了四點。簡體字形「马」則完全看不出馬的樣子了。

《說文解字》：「馬，怒也，武也。」古人認為馬是土地的精氣，秉火氣而生，是一種武獸，因此將掌管軍事的最高官職定為司馬。又按照五行說，火不能生木，膽是木之精氣，因此馬只有肝而沒有膽，具火氣的馬肝是劇毒之物，人食之則亡。漢武帝時期著名的方士、文成將軍少翁就是食用馬肝過量而死的。

馬是早就馴化的動物，古人對馬的研究非常之仔細。《周禮》中有「六馬」之說：第一，種馬，因專供

❸

❹

❺

繁殖而最珍貴的馬,「玉路駕種馬」,「路」通「輅」,帝王所乘之車,用玉為裝飾;第二,戎馬,駕兵車的馬,「戎路駕戎馬」,帝王在軍中所乘之車稱「戎路」;第三,齊馬,「齊」通「齋」,取清潔之意,「金路駕齊馬」,帝王所乘的飾金之車,祭祀所用,故駕潔淨的「齊馬」;第四,道馬,「象路駕道馬」,帝王所乘以象牙為裝飾之車,用來宣示道德,駕車的馬故稱「道馬」;第五,田馬,田獵所駕的馬,「田路駕田馬」,「田路」也稱「木路」,指帝王所乘只塗漆而無其他裝飾的車;第六,駑馬,顧名思義就是劣馬,「駑馬給宮中之役」,不能為帝王駕車。

古時,相馬也是一種專門的學問,比如伯樂就是著名的相馬大師。明代徐咸的《相馬經》中寫道:「馬旋毛者,善旋五,惡旋十四,所謂毛病,最為害者也。」古人相馬,連馬的旋毛旋轉了幾圈都有講究:旋轉五圈的是好馬,旋轉十四圈的就是劣馬,會對主人造成極大的危害。「惡旋十四」即為「毛病」。所謂「毛病」,最早的意思是指牲畜的毛色有缺陷。蘇軾所著的《雜纂二續》一書中,列舉了六大「怕人知」,分別為:「流配人逃走歸,買得賊贓物,藏匿奸細人,同居私房畜財物,賣馬有毛病,去親戚家避罪。」由此可見,唐代時已經在使用「毛病」一詞了,專指馬的毛色不好。

「毛病」的含義擴大,從專指馬的毛病到泛指人或物的毛病,大約始於宋代。宋人吳涿在〈答徐安札書〉中寫道:「蓋文學毛病,如春草漸生,旋劃旋有,不厭朋友切磋也。」黃庭堅在《山谷老人刀筆》一書中也有「乃是荊南人毛病」的說法。朱熹和弟子的問答錄《朱子語類》中同樣有這個詞:「有才者又有些毛病,然亦上面人不能駕馭他。」

說明宋代時「毛病」一詞開始被用來形容人的缺點。

　　馬為六畜之首，當然是因為馬的形體最大，古人因此用「馬」來指稱大的物體。比如「馬蜂」就是大蜂，「馬船」就是大型官船，「馬棗」就是大棗。

　　現在的各種詞典上都把「馬路」解釋為古代可以供馬馳行的大路，並舉《左傳・昭公二十年》中的一句話當作例子：「褚師子申遇公於馬路之衢，遂從。」這種解釋屬於望文生義，並沒有理解「馬路」之「馬」到底是什麼意思。原來，此處的「馬」就是「大」的意思。明代醫學家李時珍在《本草綱目》中說：「凡物大者，多以馬名。」近代學者章太炎在《新方言》一書中解釋道：「古人於大物，輒冠馬字。」可見「馬」可以作為形容詞來使用，意思就是「大」。因此，「馬路」即大路，而不是僅供馬馳行的路。

（傳）《趙孟頫摹韓幹〈相馬圖〉》（局部）
明清佚名繪，絹本設色，美國大都會藝術博物館藏

　　這幅畫涉及兩位大畫家。一位是韓幹，唐代畫家，京兆藍田（今陝西藍田）人，擅繪人物、鬼神、花竹，尤工畫馬。他重視寫生，以真馬為師，遍繪當時名馬。另一位是趙孟頫，字子昂，號松雪道人，浙江吳興（今浙江省湖州市）人，南宋晚期至元代初期畫家，開創了元代新畫風，被稱為「元人冠冕」。

　　這幅畫是明代或清代一位不知名畫家所繪，仿趙孟頫摹韓幹〈相馬圖〉，一幅畫串起了唐至明清的中國畫史。

　　畫面上，馬夫牽著一匹四蹄被繩子拴住的紅鬃馬待價而沽。一個相馬人低低蹲著身子，手持尺子模樣的工具，似在查看馬蹄。等待買馬的主人一副閒居打扮，倚坐在右邊矮榻上，旁有侍女持扇而立。這匹馬看起來很馴順，同時肌肉健碩，似一匹良駒。主人身體前傾，目光凝注，對相馬的結果非常關切。

班

① ②

用刀把玉分成兩半

揮手自茲去，蕭蕭班馬鳴——李白

　　李白名作〈送友人〉：「青山橫北郭，白水繞東城。此地一為別，孤蓬萬里征。浮雲遊子意，落日故人情。揮手自茲去，蕭蕭班馬鳴。」

　　此詩描寫為友人送行的場景：送友人送到了城外，只見青翠的山巒橫亙在外城的北面，清澈的河水繞著東城潺潺流過。飄浮的白雲表達著遊子的心意，緩緩下墜的落日象徵著老朋友的友情。此地一別，友人就要像孤獨的蓬草一樣飄逝到萬里之外去了。自此揮手告別，「蕭蕭班馬鳴」。

　　「班馬」是什麼馬？是「斑馬」嗎？想弄清楚這個問題，要先來看一看「班」這個字。

　　班，金文字形❶，這是一個會意字，左右兩邊是兩塊玉，中間是一把刀，會意為用刀將玉分為兩塊。金文字形❷，突出的是兩塊玉的樣子。金文字形❸，一把長柄刀。小篆字形❹，沒有任何變化。楷體字形中間刀的形狀加以變形，不大能夠看得出來了。

　　《說文解字》：「班，分瑞玉。」什麼叫「瑞玉」？「瑞，以玉為信也。」所以，「瑞玉」就是用作憑證的玉製符信。按照《周禮》中的規定：「王執鎮圭」，長一尺二寸，「鎮」是安定四方之意；「公執桓圭」，「桓」圭長九寸，桓就是今天說的華表柱，雕刻在圭上做裝飾；「侯執信圭」，「信」通「身」，以人形雕刻在圭上為裝飾，長七寸；「伯

035

③　　　　　④

執躬圭」，也是以人形為裝飾，長也是七寸；「子執穀璧」，穀物養人，故以此為裝飾，長五寸；「男執蒲璧」，「蒲」是蒲草製成的席子，取其「安人」之意，故以蒲草的花紋為裝飾，長也是五寸。「班」分的就是這六種瑞玉。

　　由「班」的本義可以引申為分開、離群，因此「班馬」即離群的馬。李白這句詩來自《左傳‧襄公十八年》：「有班馬之聲，齊師其遁。」西晉學者杜預注：「夜遁，馬不相見，故鳴。班，別也。」北周庾信在〈哀江南賦〉中說得更加明白：「失群班馬，迷輪亂轍。」失群的馬叫「班馬」。「班馬」不是「斑馬」，「斑」的本義是雜色，也指雜色斑點或斑紋，斑馬身上有保護色的條紋，故稱「斑馬」。

　　瑞玉既被用刀兩分，那麼前往和返回也是兩分，因此「班」又引申為返回，比如班師回朝。瑞玉被分割後，要按照一定的次序排列，因此「班」又引申為序列、職位等級，比如按部就班。同時可以用作某種分割後的單元的名稱，比如班子、班底、早班、晚班之類，都是由「班」的本義引申而來。

　　有趣的是「班子」一詞，最初是對劇團的稱呼，後來民間俗語引申而指妓院，這是因為妓院裡縱情聲色的熱鬧景象跟戲班子極為相像。「班」有整齊排列之意，所以正規的妓院稱作「班子」，非正規的妓院則稱作「窯子」或「土窯子」。「窯」是燒磚製瓦的所在，因此用來比喻土裡土氣或者不上檯面，「窯子」前還加一個「土」字，可想而知對這種非正規妓院的輕蔑。

❶

鼠

最明顯的特徵是牙尖利

誰謂鼠無牙？何以穿我墉──《詩經》

　　鼠是不少人非常厭惡的動物，竟然排在十二生肖之首，對此眾說紛紜。一種說法是鼠夜半時分出來活動，夜半象徵著天地混沌，鼠咬天開，因此子屬鼠。明人李長卿所著的《松霞館贅言》持這一觀點：「然子何以屬鼠也？曰：天開於子，不耗則其氣不開。鼠，耗蟲也。於是夜尚未央，正鼠得令之候，故子屬鼠。」

　　另一種說法是將十二種動物分為陰陽兩類，陰陽按照動物腳趾的奇偶數排定。明代學者郎瑛所著的《七修類稿》中有「十二生肖」的條目，其中說：「如子雖屬陽，上四刻乃昨夜之陰，下四刻今日之陽，鼠前足四爪，象陰，後足五爪，象陽故也。」鼠前足四爪，偶數為陰，後足五爪，奇數為陽。子時前半部分是昨夜之陰，後半部分是今日之陽，所以正好用鼠來象徵子時。

　　鼠，甲骨文字形❶，這是一個象形字，多麼栩栩如生的一隻老鼠！下面是鼠腹、鼠爪、鼠尾，上面是鼠嘴和突出的鼠牙。甲骨文字形❷，這是一隻肥胖的老鼠，鼠牙尖利，看著就令人全身發麻！小篆字形❸，將甲骨文的鼠形加以變形，但長長的尾巴還是看得很清楚。

　　《說文解字》：「鼠，穴蟲之總名也。」古人對鼠的印象很不好：「鼠，小蟲，性盜竊。」「鼠，小獸，善為盜。」《詩經·行露》：「誰謂鼠無牙？何以穿我墉（ㄩㄥ，牆）？」因此有「鼠竊狗盜」的成語。根據《晏子春秋》一書的

記載：「景公問於晏子曰：『治國何患？』晏子對曰：『患夫社鼠。』公曰：『何謂也？』對曰：『夫社，束木而塗之，鼠因往托焉。熏之則恐燒其木，灌之則恐敗其塗。此鼠所以不可得殺者，以社故也。夫國亦有焉，人主左右是也。』」社廟是由一根根塗上泥的木頭排列在一起建成的，老鼠棲居於此，人們想把老鼠趕出來，但是用煙火熏的話，怕燒壞了木頭，用水灌的話，又怕毀壞了外表的塗泥，社鼠之所以不能被趕盡殺絕，就是因為社廟的緣故。國家也有社鼠，國君左右的小人即是，可見人們對鼠的厭惡。「投鼠忌器」這個成語是最好的描述，想扔東西打老鼠又怕毀壞了老鼠旁邊的器具。因此，鼠又引申為小人和奸臣，比如鼠輩、鼠目寸光之類的詞語。

老鼠為什麼又叫耗子呢？各種詞典都語焉不詳，僅僅把這個稱謂歸結為某地方言。這是一個誤解，「耗子」得名的由來其實很清楚。

老鼠跟十二地支配對為子鼠，這是耗子稱謂中「子」的來源。「耗」是古代徵收錢糧時，官府以損耗為名，在應交的錢糧之外強行攤派的附加部分，即苛捐雜稅。根據《梁書‧張率傳》的記載，南朝文學家張率性情寬厚，有一次派遣家童給家中送去三千石米，到了家一稱，竟然少了一多半！張率詢問家童為什麼少了這麼多，家童回答道：「雀鼠耗也。」張率聞言大笑道：「壯哉雀鼠！」這些麻雀和老鼠也太厲害了，居然消耗了一千多石米！後來人們就把正稅之外附加的錢糧，戲稱為「雀鼠耗」。「耗子」這個稱謂中的「耗」即由此而來。民間出於對苛捐雜稅的痛恨，因而把老鼠稱作「耗子」，希望牠們嘴下留情，不要「耗」得太多，以免「雀鼠耗」全都轉嫁到百姓頭上。

〈豳風七月圖〉（局部）
（傳）南宋馬和之繪，紙本墨筆長卷，
美國佛利爾美術館（Freer Gallery Of Art）館藏

　　這卷〈豳風七月圖〉傳為馬和之所繪，但卷中人物採用的是李公麟一派的
白描技法，未見馬和之擅長的「蘭葉描」，被斷代為十三世紀中期到十四世紀
中期，南宋至元代之間。

　　此卷根據《詩經・國風・豳風・七月》的詩意而作，共八幅，每段之前配
有詩句。〈七月〉是《詩經・國風》中最長的一首詩，也是中國最早的田園詩，
描繪了先民一年四季的農家生活。豳地在今陝西旬邑、彬縣一帶。

　　這幅圖描繪的詩句是：「穹窒熏鼠，塞向墐戶。嗟我婦子，曰為改歲，入
此室處。」北窗稱「向」，「墐（ㄐㄧㄣˋ）」指用泥塗塞。這幾句詩的意思是說：
漸漸天寒，時將歲末，農家打掃屋宇，準備過冬。堵塞鼠洞，熏跑老鼠，封
好北窗，糊好門縫。畫中一家人正忙著補洞熏鼠。建築、景物細節精湛，老
幼人物各自情態也描摹生動。

虎

❶

❷

許慎解釋「虎」這個字的字形時說：「虎足像人足。」這是因為許慎沒有見過甲骨文的緣故。如果見了甲骨文，他就不會這樣望文生義了。

虎，甲骨文字形❶，這是一個象形字，像一隻虎的形狀，但筆劃比較簡單，只有大張的嘴才顯現出一點兇惡的樣子。甲骨文字形❷，這個字形就非常像虎的樣子了，頭、爪、尾俱全，甚至連身上的斑紋都畫出來了。

金文字形❸，這隻虎顯得很可愛，不像一隻凶獸，倒像一隻寵物虎了。金文字形❹，虎爪異常突出。小篆字形❺，不太像虎的形狀了，許慎就是根據這個字形對「虎」字加以解釋的。楷體字形的下面變形成「几」，其實應該是「儿」。

《說文解字》：「虎，山獸之君。」《玉篇》：「惡獸也。」虎乃百獸之王，故有「雲從龍，風從虎」之說。有趣的是，漢代時把馬桶叫作「虎子」，雕刻成老虎的形狀。據說是飛將軍李廣射死了一隻猛虎，叫人用銅製成猛虎形狀的便器，以示對猛虎的蔑視。根據《西京雜記》的記載：「漢朝以玉為虎子，以為便器，使侍中執之行幸以從。」皇帝的「虎子」是玉製的，由侍中掌管，皇帝走到哪兒跟到哪兒，內急的時候端過來就用。到了唐代，唐高祖李淵的祖父名叫李虎，為了避諱，把「虎子」改稱「馬子」。

❸

❹

❺

　　因為老虎兇猛，先秦時把猛士稱作「虎賁」，漢代開始設置有虎賁中郎將的官職，負責保衛皇帝的安全工作。「賁」通「奔」，意思是猛士奮勇向前，就像老虎撲向猛獸一樣。又因為老虎是百獸之王，因此引申為凡是能夠傷害別物的爬蟲類都稱「虎」，比如善捕蒼蠅的一種蜘蛛稱蠅虎，壁虎善捕蠍子，故又稱蠍虎。

　　唐代詩人汪遵有詩曰：「兵散弓殘挫虎威，單槍匹馬突重圍。」俗語也有「冒犯虎威」的說法，「虎威」當然指老虎的威風，後來才用到人身上，比喻英雄氣概。不過，鮮為人知的是，「虎威」竟然是老虎身上的一塊骨頭！

　　唐代學者段成式在《酉陽雜俎》一書中記載道：「虎威如乙字，長一寸，在脅兩旁皮內，尾端亦有之。佩之臨官佳，無官人所媢嫉。」這塊虎骨像一個「乙」字，在腋下至肋骨盡頭的虎皮內藏著，尾巴的末端也有，當官的人佩戴著這塊骨頭，老虎的威風就會附在他身上，沒當官的人如果得到這塊骨頭也佩戴上，大家就會嫉妒他。清代《兒女英雄傳》中的描述更接近白話，意思也更清楚：「大凡是個虎，胸前便有一塊骨頭，形如乙字，叫作虎威，佩在身上，專能避一切邪物。」

　　段成式在《酉陽雜俎》中還有更邪門的記載，據他說，荊州陟岵寺有位叫那照的僧人，他最擅長的本領是夜間能夠根據野獸眼睛發出的光，判斷這是一頭什麼野獸。那照說：如果夜間遇到老虎，會看到三隻老虎一起向你撲過來，這其實不是三隻老虎，仍然是一隻，只不過因為距離太近，老虎縱躍所造成的幻覺。此時不要害怕，瞄準中間的那隻老虎狠狠刺去，才能夠刺中。老虎被刺死後，那塊叫作「虎威」

的骨頭就潛入了地下，若是把它挖出來，佩戴在身上，可以避百邪。老虎剛死時，要牢牢記住虎頭所枕的位置，等到沒有月亮的夜晚去挖掘，挖到二尺左右，可以發現一塊像琥珀一樣的東西，那是老虎的目光掉進地下所形成的，佩戴它的話，也可以把老虎的能量聚集在自己身上，即顯示出「虎威」。

這種說法如此神奇，怪不得當官的人都千方百計尋找這塊骨頭，好在官場上樹立起自己的「虎威」呢！

狐

逃得很快的狡猾狐狸

掩袖工讒，狐媚偏能惑主——駱賓王

❶

德國學者漢斯・約爾格・烏特在《論狐狸的傳說及其研究》中說：「狐狸在身體和智力方面所具有的才能，使牠成了計謀、狡猾和陰險，甚至是罪惡的化身，但狐狸也不乏一些受到人們積極評價的特點和能力，如富有創造精神、關懷他人和樂於助人、動作迅速和謹慎等，亦即具有所有動物的特徵：矛盾性。」這段對狐狸的評價大概是最公允的。不過在中國古代，狐和狸是兩種不同的動物，狸是山貓，而狐專指狐狸。

狐，甲骨文字形❶，這是一個會意字，狐狸的頭、嘴、背和尾巴栩栩如生，腹部下面是一個「亡」字。有學者認為「亡」是聲符，但是「亡」的本義是逃到隱蔽之處藏起來，「狐」因此會意為，狡猾的狐狸逃得很快，別的野獸都捉不到牠。這個字形也非常符合狐狸狡猾的特徵。甲骨文字形❷，狐狸的樣子有些變形。至於小篆字形❸，變成了一個形聲字，從犬瓜聲。

《說文解字》：「狐，妖獸也，鬼所乘之。」這是將狐狸釘在妖獸的恥辱柱上了，但有趣的是，許慎又說狐狸「有三德：其色中和，小前豐後，死則丘首」。狐狸的毛色中和，軀體前面小，後面豐大，這兩樣不知道算是什麼「德」，但是第三樣「死則丘首」倒確實可以稱得上「德」了。有個成語叫「狐死首丘」就是這個「德」的體現。《禮記・檀弓》：「太公封於營丘，比及五世，皆反

❷

❸

葬於周。君子曰：『樂，樂其所自生；禮，不忘其本。古之人有言曰：狐死正丘首。』仁也。」比起老虎、獅子，狐狸雖然是微小的獸類，但對自己藏身的丘窟念念不忘，死的時候，一定要把頭朝向丘窟，表示不忘本。後人遂以「狐死首丘」比喻不忘本或對鄉土的思念。這不是狐狸的「德」又是什麼？

宋代的訓詁書《埤雅》稱「狐」字和「孤」字還有關係：「狐性疑，疑則不可以合類，故從孤省。」唐代經學家顏師古也說：「狐之為獸，其性多疑，每渡冰河，且聽且渡。故言疑者，而稱狐疑。」這就是「狐疑」一詞的由來。

《山海經》中記載有九尾狐：「又東三百里曰青丘之山……有獸焉，其狀如狐而九尾，其音如嬰兒，能食人……」古人認為九尾狐是祥瑞的徵兆。東晉學者郭璞說：「太平則出而為瑞也。」在漢代的畫像石中，九尾狐常與蟾蜍、白兔、三足烏一起排列在西王母的座位旁邊，以示祥瑞。九尾狐象徵著子孫繁衍，這是一種非常古老的文化觀念。《白虎通義》說：「德至鳥獸，則九尾狐見。九者，子孫繁息也，於尾者，後當盛也。」

根據《吳越春秋》的記載，大禹娶妻，就與九尾狐有關：「禹三十未娶，行到塗山，恐時之暮，失其制度，乃辭云：『吾娶也，必有應矣。』乃有九尾白狐，造於禹。禹曰：『白者吾之服也，其九尾者，王者之證也。塗山之歌曰：綏綏白狐，九尾龐龐。我家嘉夷，來賓為王。成家成室，我造彼昌。天人之際，於茲則行。明矣哉！』禹因娶塗山，謂之女嬌。」

以上的狐狸形象非但不可憎，反而還很可愛。不過，從唐代開始出現「狐狸精」的說法。《朝野僉載》:「唐初以來，百姓多事狐神，房中祭祀以乞恩，食飲與人同之，事者非一主。當時有諺曰:『無狐魅，不成村。』」駱賓王的〈代李敬業討武氏檄〉痛罵武則天「掩袖工讒，狐媚偏能惑主」，惹得武則天大怒，可見狐狸的形象已經成為妖獸。加上《聊齋志異》等志怪小說的渲染，狐狸精遂成為禍害人間的反面形象了。

《月百姿‧狐鳴》(吼嘁)
月岡芳年繪，1886年

　　月岡芳年（1839~1892），又名一魁齋芳年，晚名大蘇芳年。日本江戶時代末期著名浮世繪畫家，被稱為浮世繪最後的畫師，以血腥的「無慘繪」著稱。《月百姿》系列是一部以月亮為主題的大型錦繪（彩色木版畫一百幅）合集，取材自日本和中國的逸事、歷史和神話，描繪了月亮的千態百姿。該系列優美抒情，乃芳年的晚年代表作。

　　這幅畫的標題「吼嘁」，是模擬狐狸吼叫的擬聲詞。畫面上是一個身穿僧袍的背影，從左側轉過頭來，赫然露出一張狐臉。牠長嘴略微張開，眼睛顯出思慮的狡猾神情。天上低低掛著一彎月亮，被照亮的秋草則高高伸向夜空。畫面在優美中透著詭異感。

　　這幅畫取材於一個老狐狸的故事。老狐狸的同族接連被一個獵人誘捕，牠就變成這個獵人的伯父──一位老僧人，前去勸說獵人停止獵狐。老狐狸為獵人講了一隻來自中國的九尾狐的故事。在日本江戶時代，九尾狐玉藻前的故事非常有名。故事打動了獵人的心，獵人決定不再殺狐。當然，後面還有一些曲折的過程，不過，最終老狐狸逃脫了獵人的追捕。

❶   ❷

豁唇和長耳清晰可見

雄兔腳撲朔，雌兔眼迷離——〈木蘭詩〉

在中國古代，排名十二生肖第四位的兔子是一種很神奇的動物，傳說月亮中有白兔搗藥，因此月亮別稱「兔魄」。〈木蘭詩〉中有「雄兔腳撲朔，雌兔眼迷離」的名句，是指雄兔的腳毛蓬鬆，雌兔的眼睛瞇縫著，安靜的時候就用這兩個特徵來區分雌雄；可是「雙兔傍地走，安能辨我是雄雌」，指雌雄兩兔奔跑起來的時候，哪裡還能分辨得清雌雄呢？「撲朔迷離」這個成語即是由此而來。

兔，甲骨文字形❶，這是一個象形字，多像一隻面朝左的兔子的樣子，豁唇，大眼，長耳，尾巴也清晰可見。金文字形❷，像一隻可愛的寵物兔，突出的是大眼和長耳。年代處於金文和小篆之間的石鼓文字形❸，下半部兔子的樣子還是很具象，上半部有所變形，看起來似乎是一個豎起來的大耳朵。兔子的耳朵很長，這個字形就像兔子的側視圖。小篆字形❹，在石鼓文的基礎上再加以變形，以至於連下半部的樣子都不大看得出來了。楷體字形右下角的一點代表長不了的兔子尾巴。

《說文解字》：「兔，獸名，象踞，後其尾形。」許慎的意思是說「兔」的字形就像一隻蹲著的兔子，後面露出了尾巴的形狀。

古人關於兔子有許多稀奇古怪的傳說，比如說兔子沒有雄性，望著月中的玉兔感而受孕，比如說兔有雌

❸

❹

❺

雄，但不需交配，母兔舔了公兔的毫毛就能受孕，從口中吐出小兔……諸如此類，都是文人的臆想，當不得真的。

《禮記・曲禮下》說：「兔曰明視。」兔子很少眨眼睛，而且眼睛異常明亮，故稱「明視」。至於有人解釋說：「兔，吐也。明月之精，視月而生，故曰明視。」這仍然是文人的附會而已。唐代經學家孔穎達解釋「明視」為：「兔肥則目開而視明也。」兔子養肥了，然後用作祭祀宗廟的犧牲，這種兔子才能稱作「明視」，取其祥瑞之意，後來才用作兔子的別稱。

漢字中凡是含有「兔」字部首的，都和兔子有關係。比如「逸」，金文字形❺，這是一個會意字，右邊是一隻兔子，左邊上為「彳」，「彳（亍）」是路口和行走之意，下為「止」，「止」是腳，會意為兔子很懂得欺詐，善於逃跑。我們看老鷹抓兔子的情形，就能更加清楚地理解「逸」這個字。老鷹從空中俯衝下來，兔子左躲右閃，折返跑，轉彎跑，種種伎倆都是為了擺脫老鷹的利爪，因此許慎形容兔子為「謾訑善逃」。「謾訑（ㄇㄢˋ一ˊ）」就是狡黠、欺詐的意思。

再比如「冤」字，下面是一隻兔子，上面是覆蓋之形，也有人說是房屋之形，也有人說是把兔子驅趕到林子外面再用獵具罩住。總而言之，這隻兔子的命運可謂悲慘，被覆蓋住或者罩住後，「益屈折也」，因此「冤」就會意為屈、枉曲的意思。告狀的人有「冤」無處訴，恰似兔子左右奔突不得其門而出或入，實在是太具象了！

①

長脊的猛獸

有足謂之蟲，無足謂之豸——《爾雅》

　　「豸（ㄓˋ）」這個字今天已經很少使用，最多就是出現在書面語中，比如罵人為「蟲豸」，蟲、豸並舉，屬於禽獸類詈詞（罵人的詞）。根據《漢書・五行志》的記載：「蟲豸之類謂之孽，孽則牙孽矣。」其中，「孽（ㄋㄧㄝˋ）」指妖孽、災害，「牙孽」也寫作「孽牙」，指禍端、災禍的苗頭。這是「蟲豸」用作罵人話之始。《三國志・吳書・薛綜傳》記載「日南郡男女裸體，不以為羞，由此言之，可謂蟲豸，有靦面目耳」，「靦（ㄇㄧㄢˇ）」是羞慚之貌。這是將人比作「蟲豸」。那麼，蟲和豸有什麼區別呢？

　　豸，甲骨文字形❶，很明顯可以看出，這是一個大口、利齒、長尾的野獸之形，中間的兩撇表示獸足。金文中用「豸」做偏旁者比比皆是，比如字形❷，張大的口中添加了一枚利齒，頭的後部又添加一隻圓耳，下面的尾巴之形更是栩栩如生。小篆字形❸，從象形轉為筆劃化。

　　《說文解字》：「豸，獸長脊，行豸豸然，欲有所司殺形。」許慎的意思是說：「豸」是一種長脊的獸，行動時會突然伸直脊背，就像窺伺到獵物而準備捕殺一樣。因此，這一類的長脊獸都從豸，比如貓、豹、犲、貂、貍（狸）等。

　　不過，古代中國第一部辭書《爾雅》在〈釋蟲〉篇

❷

❸

中的定義卻不同：「有足謂之蟲，無足謂之豸。」段玉裁解釋說：「凡無足之蟲體多長，如蛇、蚓之類，正長脊義之引申也。」明代字書《正字通》引魏校曰：「豸，惡獸也，像高前廣後，長尾張喙，貪而好殺也。」清代學者徐灝也質疑道：「據字形，豸有足而蟲無足，與《爾雅》正相反。豸自是猛獸。」

綜上所述，「豸」本為長脊猛獸，但《爾雅》的釋義影響深遠，後人遂將錯就錯，用「豸」來指稱蛇、蚯蚓一類無足之蟲，也才能夠與蜈蚣等有足之「蟲」並舉而組成「蟲豸」一詞。

有趣的是，「豸」並不僅僅指惡獸，還是一種能夠辨別是非曲直的神獸的名稱。《說文解字》在為「廌」字釋義時引述《神異經》的記載：「《神異經》曰：『東北荒中有獸，見人鬥則觸不直，聞人論則咋不正，名曰獬豸。』」

「獬豸」也寫作「獬廌」，見人爭鬥則用角去牴觸理屈的一方，聽人爭論則用嘴去咬錯誤的一方。漢人因此制獬豸冠，又稱「法冠」，給執法者佩戴，冠上飾有獬豸之角。《後漢書·輿服志》在「法冠」條中寫道：「執法者服之……或謂之獬豸冠。獬豸神羊，能別曲直，楚王嘗獲之，故以為冠。」其實這不過是遠古時期的神判方式而已，借助傳達神明旨意的神獸，來判決人力所不能及的疑案。

不過，傳說中的獬豸為獨角獸，但「豸」的字形卻非獨角之形，因此，也有學者認為這是許慎把無角的「豸」和有角的「廌」二字弄混了的緣故。

塵

鹿群奔跑時揚起的塵土

人厭塵囂欲學仙，上天官府更紛然——陸游

❶

　　塵，西周末年的籀文字形❶，這是一個非常美麗的會意字：中間是由三個鹿頭代表的鹿群，上面那個鹿頭的兩旁是兩個「土」字，會意為鹿群奔跑時揚起的塵土。小篆字形❷，三隻完整的鹿的樣子更具象，「土」只有一個，嵌在下面兩隻鹿的中間。楷書字形❸，「鹿」和「土」都簡化為一個。簡體字形「尘」變成一個新的會意字：小土為塵。

　　《說文解字》：「塵，鹿行揚土也。」世界上有那麼多種動物，為什麼偏偏要用鹿來會意呢？因為除了古人最早馴化的六畜（馬、牛、羊、雞、狗、豬）之外，鹿是當時非常常見的野生動物，因此鹿皮才會成為常用的酬賓禮物。

　　伍子胥勸諫吳王，吳王非但不聽，還將伍子胥賜死，伍子胥死前預言道：「臣今見麋鹿遊姑蘇之台也。」可見麋鹿之多。古人還有「鹿馳走而無顧，六馬不能望其塵」的記載，也可見鹿群奔跑之速。

　　世間的紛紛擾擾稱作「塵囂」，陸游有詩曰：「人厭塵囂欲學仙，上天官府更紛然。」還有一個「甚囂塵上」的成語，今天的意思是對某人某事議論紛紛，用作貶義，比喻錯誤的言論十分囂張。但這個成語最早卻沒有絲毫的貶義，而是客觀場景的再現：喧嘩紛亂得很厲害，而且塵土也飛揚起來了。此語出自《左傳·成公

②

③

十六年》記載的晉楚兩國在西元前五七五年著名的「鄢陵之戰」。

　　這天一大早，楚軍大兵壓境，楚共王帶著晉國的叛臣伯州犁登上
巢車（用來瞭望敵軍的戰車）觀察晉軍的動向。楚共王問：「他們駕著
戰車來回奔跑，是在幹什麼呀？」伯州犁回答道：「這是在召集軍吏。」
楚共王邊伸長脖子瞭望邊說：「他們都聚集到中軍了！」伯州犁回答
道：「他們在合謀。」楚共王又說：「搭起帳幕了！」伯州犁回答道：「這
是他們在向晉國的先君占卜吉凶。」楚共王又說：「撤去帳幕了！」伯
州犁回答道：「快要發布軍令了。」楚共王又說：「甚囂，且塵上矣！」
（一片喧囂，連塵土都飛揚起來了！）伯州犁回答道：「這是正準備把
井填上，把灶鏟平，然後要列陣了。」楚共王又說：「他們都乘上戰車，
左右兩邊的人又都拿著武器下車了！」伯州犁回答道：「這是去聽誓師
令。」楚共王問：「要開戰了嗎？」伯州犁回答道：「還不知道。」楚共
王又說：「哎呀奇怪！他們又都乘上戰車，左右兩邊的人又都下來
了！」伯州犁回答道：「這是戰前的祈禱。」

　　另外一方，晉厲公也在楚國舊臣苗賁皇的陪伴下，登高臺觀察楚
軍的陣勢。苗賁皇熟悉楚軍內情，向晉厲公建議道：中軍是楚軍的精
銳部隊，晉軍應該先以精銳部隊分擊楚軍的左右軍，得手後，再合軍
集中攻擊楚軍中軍。

　　晉厲公採納了苗賁皇的建議，改變原有的陣形，楚共王看到的晉
軍乘上戰車又下來，就是晉軍在改變陣形，可是伯州犁並沒有判斷出
晉軍的意圖，結果雙方一交戰，楚軍大敗，楚共王的眼睛都被射中了。

　　當天夜裡，楚軍「宵遁」，連夜退兵了，「鄢陵之戰」以晉軍大獲

全勝而告終，「甚囂塵上」這個成語就此流傳了下來，
不過早已失去原意。

祭祀所用的犬

❶　　　　　　❷

　　猶、豫連用，是人們常用的詞，形容一個人遲疑不決的樣子。人們常常把這個詞掛在嘴上，卻不知道何以用「猶豫」一詞表示遲疑不決，為什麼把這兩個字組合在一起。

　　其實，「猶」和「豫」分別是兩種動物。先說猶，甲骨文字形❶，現代學者左民安先生認為這是一個會意兼形聲的字，右邊是一條狗，左邊是一尊酒器，因此「猶」的本義是「犬守器」。但許慎卻認為這是一個形聲字，左邊的酒器「酋」表聲。最有趣的說法是：右邊的狗在偷喝左邊酒器裡的酒，喝醉後表現出動作遲緩的樣子。不過，我認為這是一個會意字，左邊的酒器代表祭祀，右邊的狗代表犧牲之犬，會意為用作祭祀的犬。

　　猶，金文字形❷，右邊還是狗，左下還是酒罈，上面的「八」字形表示酒喝時酒糟（酒粕）下沉後溢出的水形，也就是「酋」字。小篆字形❸，狗移到左邊，變成了一個形聲字。楷書字形❹。簡體字形「犹」，則用「尤」代替「酋」作聲符。

　　《說文解字》：「猶，玃屬，從犬酋聲。一曰隴西謂犬子為猶。」其中，玃（ㄐㄩㄝˊ）是一種大猴子，因此「猶」就是猴類，又叫猶猢。北魏地理學家酈道元在《水經注》中詳細地描寫了這種動物的性狀：「山多猶猢，似猴而短足，好遊岩樹，一騰百丈，或三百丈，順往倒返，乘

③　　　　　④

空若飛。」還有人說猶猢長得像麂子，還有人說「猶」就是長達五尺的大狗。

　　為《史記》作索隱的司馬貞，引用北魏崔浩的話來解釋「猶」:「印鼻，長尾，性多疑。」高鼻子，長尾巴，性情多疑，一旦發現有風吹草動，立刻爬到樹上觀察敵情，如果沒有發現什麼動靜，又從樹上溜下來，四處張望，突然又開始生疑，又爬回樹上觀察……如此這般不停地折騰自己，因此有「猶疑」一詞。

　　至於許慎所謂「隴西謂犬子為猶」，犬子即狗崽子，倒是很符合用作祭品的犬。

　　再說豫。「豫」是一個形聲字，從象予聲。《說文解字》:「豫，象之大者。賈侍中說：不害於物。」豫是一種古象，河南省簡稱「豫」，這是因為遠古時期黃河流域森林茂盛，盛產古象，因而稱為「豫州」。不過，古象跟今天的大象不太一樣，這種象身軀龐大，動作不靈巧，遇事總是搖搖晃晃，拿不定主意。《道德經》說牠「豫兮，若冬涉川」，豫這種古象的行動就像在冬天涉過河流一樣，可見有多麼小心翼翼，有多麼猶疑不決。

　　因為「豫」這種古象是「象之大者」，即體形最大的象，因此「豫」可以引申為大的意思，古人說「市不豫價」，就是說不把價格哄抬起來以欺騙顧客。許慎引用賈侍中的話說，「豫」這種古象「不害於物」，即對別的東西沒什麼傷害，因此「豫」又引申為寬大舒緩的意義，寬大舒緩一定很舒服，因此遠引申為「娛樂」之「娛」的通假字。

　　「猶」動作靈巧，「豫」卻動作笨拙，但這兩種動物的共同點都是

多疑，拿不定主意，所以人們就把牠們組合在一起，用來形容遲疑不決的樣子。屈原在〈離騷〉中就是這樣使用的：「心猶豫而狐疑兮，欲自適而不可。」猶豫和狐疑連用，都是表達遲疑不決的意思。

　　不過，清代學者黃生有不同的看法，他認為「猶豫」是雙聲字，即聲母相同，以聲取義，本無定字，因此也可以寫成「猶與」、「由與」「尤與」、「猶夷」等。從語言學上來說，黃生的看法很有道理，但是未免大煞風景，把「猶」和「豫」當成兩種猶疑不決的動物該有多麼好玩啊！

❶

❷

疑

牽著牛去參加祭禮的祭司迷路了

壺漿遠見候，疑我與時乖——陶潛（淵明）

　　我一直以為「懷疑」這麼抽象、看不到又摸不著的人類心理活動，最初造字的時候不可能清晰地表述出來，但沒想到甲骨文裡就已經有了「疑」字，古人的造字智慧實在令人歎為觀止。

　　疑，甲骨文字形❶，這是一個會意字，一個右手持杖的人張開手臂站著，張大嘴向右邊觀望，發傻的樣子憨態可掬。甲骨文字形❷，右邊添加了表示半個十字路口的「彳」，這個人顯然在十字路口處迷路了。

　　疑，金文字形❸，左邊添加了一個牛頭，非常令人費解。有人認為這是一個聲符。還有人解讀為用牛頭來暗示這人是一個牧童，牧童迷路了。我倒覺得古人的思維沒有浪漫到這個程度。最初造字的古人之所以選擇持杖、持牛頭的這個人來會意，那麼他一定是一位重要人物，因為只有重要人物的迷路才足以造成相當嚴重的後果，從而使人印象深刻。

　　我認為，這個人是一位負責祭祀事宜的官員或者宿，持杖表示他地位較高，持牛頭表示他要牽著用作犧牲的牛去參加祭祀的儀式，這樣的人迷路了，參加儀式的眾人肯定都非常著急，於是就把這種真實的情景植入造字的思維中去了。

　　疑，金文字形❹，牛頭上方再次出現了所持的杖的形象，這個人一定心煩意亂之極。小篆字形❺，變形嚴

❸

❹   ❺

重，右上角的牛頭變形為「子」，從而使許慎等人誤會為「從子」，徐鍇甚至解釋為「幼子多惑」，實在跟甲骨文和金文字形相差甚遠。楷體字形右上角的「子」再次嚴重變形，持杖、持牛頭的樣子完全看不出來了。

《說文解字》：「疑，惑也。」陶淵明的詩作「壺漿遠見候，疑我與時乖」，大老遠送來茶水和好酒，原來是懷疑陶淵明與時乖違。許慎沒有見過甲骨文和金文，因此只好用同義字「惑」來解釋，卻不知道「疑」的造字本義是在十字路口迷路後的疑惑之態。

湖南有座山叫「九疑山」（也寫作「九嶷山」），九條溪谷高度相似以至於分不出來，就跟這位分不清到底是哪個十字路口的人一樣，故稱「九疑」。

顏師古說「狐」這種動物：「狐之為獸，其性多疑，每渡冰河，且聽且渡。故言疑者，而稱狐疑。」因此而有「狐疑」一詞。

相傳上古時期，天子身邊有四位輔佐的大臣，稱作「四輔」或「四鄰」。根據《尚書大傳》的記載：「古者天子必有四鄰：前曰疑，後曰丞，左曰輔，右曰弼。天子有問無以對，責之疑；有志而不志，責之丞；可正而不正，責之輔；可揚而不揚，責之弼。」其中，「疑」的職責是為天子答疑；「丞」的職責是「志」，記錄；「輔」的職責是「正」，糾正；「弼」的職責是「揚」，稱揚。合併而稱，則為疑丞、輔弼。

　　石濤（1642～約1718），俗姓朱，明宗室靖江王朱贊儀十世孫，譜名若極，廣西桂林人。明亡後為僧，法名原濟，字石濤，號清湘老人、苦瓜和尚等。工詩文，擅山水、蘭竹、花草及人物。與清初畫壇朱耷、髡殘、弘仁合稱「清四僧」。

　　《陶淵明詩意圖冊》全冊共十二開，每開右圖左詩，右為石濤依陶淵明詩意成畫，左為清代詩人、書法家王文治依石濤和陶淵明的詩畫所題之詩。這幅選取的是第十二開之右圖，畫的是陶詩〈飲酒‧其九〉：「清晨聞叩門，倒裳往自開。問子為誰歟，田父有好懷。」石濤筆墨清新，滿紙蒼潤。翁鬱林木間一所小小茅屋，陶淵明與田父在屋前揖讓問候。「壺漿遠見候，疑我與時乖。襤縷茅簷下，未足為高棲。一世皆尚同，願君汩其泥。」田父是一片好意，直率表達純樸的疑惑與關切，所以陶淵明「深感父老言」，但心志已決，「且共歡此飲，吾駕不可回」。

❶　　　　　　❷　　　　　　❸

驕傲、美麗又能興風的神鳥

　　司馬相如挑逗卓文君的琴曲名為〈鳳求凰〉，其中有「鳳兮鳳兮歸故鄉，遨遊四海求其凰」的名句。今人都統稱鳳凰，但是在古代，「鳳」和「凰」是有區別的，雄的叫鳳，雌的稱凰，所以司馬相如自稱「鳳」，而求其「凰」卓文君。「凰」又和「皇」通假，《尚書》中有「鳳皇來儀」之句，《詩經》中也有「鳳皇于飛」、「鳳皇鳴矣，于彼高岡」之句。

　　古人把麟、鳳、龜、龍稱作天地間的四靈，鳳則為百鳥之長，《大戴禮記‧易本命》記載：「有羽之蟲三百六十，而鳳皇為之長；有毛之蟲三百六十，而麒麟為之長；有甲之蟲三百六十，而神龜為之長；有鱗之蟲三百六十，而蛟龍為之長。」

　　鳳，甲骨文字形❶，這是一個象形字，像頭上有叢毛的一隻鳥，而且是非常驕傲又美麗的一隻鳥。甲骨文字形❷和❸，第一個字形的右邊和第二個字形的右上角，學者都說是用來表聲的「凡」，那麼這就是一個象形兼形聲的字。小篆字形❹，「凡」移到上面，「鳥」部移到下面，真的變成上聲下形的形聲字了。

　　楷書字形❺，「凡」移到整個字形的外面。簡體字形「凤」，完全看不出鳥的樣子了。

　　《說文解字》引用更古老的說法，詳細解釋了「鳳」的形象：「鳳，神鳥也。天老曰：『鳳之象也，鴻前麟後，

❹ ❺ ❻ ❼

蛇頸魚尾，鸛顙（ㄙㄤˇ，額頭）鴛思，龍文虎背，燕頷雞喙，五色備舉。出於東方君子之國，翱翔四海之外，過崑崙，飲砥柱，濯羽弱水，莫宿風穴。見則天下大安寧。」許慎引用的「天老」是黃帝的大臣。《山海經》中也有類似的記載：「丹穴之山……有鳥焉，其狀如雞，五采而文，名曰鳳凰，首文曰德，翼文曰義，背文曰禮，膺文曰仁，腹文曰信。是鳥也，飲食自然，自歌自舞，見則天下安寧。」這是在說鳳凰身上有德、義、禮、仁、信的紋飾，顯然在鳳凰身上寄予了非常美好的理想。

有趣的是，「鳳」還是「風」的古字。風，小篆字形❻，楷書字形❼。近代學者葉玉森先生認為鳳凰的長尾巴奮翼一飛，則風就呈現了出來。白川靜先生則認為，「風」裡面之所以有個「蟲」字，是指包括龍在內的爬蟲類，「神靈變形為龍，興風起飆」，因此從「鳳」字中取來表聲的「凡」，加上「蟲」，造出「風」字。由此他更進一步認為，「『風』之本義並非基於空氣的拂動，而是由呈現為神鳥之姿或神龍之姿的靈獸體現出來。古時，風被認為是鳥形神，即風神」。

《列仙傳》中記載了一段美好的傳說，詳細說明了什麼叫「鳳凰來儀」。「簫史者，秦穆公時人也。善吹簫，能致孔雀白鶴於庭。穆公有女，字弄玉，好之，公遂以女妻焉。日教弄玉作鳳鳴，居數年，吹似鳳聲，鳳凰來止其屋。公為作鳳臺，夫婦止其上，不下數年。一旦，皆隨鳳凰飛去。」

〈乘鳳而飛的女子〉（鳳凰に乘って空を飛ぶ女）
鈴木春信繪，1765年

　　這是一幅「春信式」繪曆。江戶時期的日本使用太陰曆，月份區
分為大月和小月，每年大小月的排列組合都不同，記載大小月份變化
的年曆成為日常生活必需品。明和二年（1765），江戶的俳諧詩人之間
開始流行交換一種精緻的圖畫日曆（木刻「繪曆」），鈴木春信適逢其
會，領導了大幅彩色木版「繪曆」的創制，從此「錦繪」開始大行其道。
這幅繪曆將標記月份的假名巧妙隱藏在畫中人物衣服的花紋裡，是
「春信式」繪曆的一貫做法。

　　同時，這又是一幅「見立繪」。「見立」是江戶時期浮世繪畫家廣
泛採用的一種構圖方式，參照或戲擬前人畫意或圖式來進行新的創
作。鈴木春信是「見立繪」的代表繪師。這幅畫描繪的是春秋時期秦
穆公之女弄玉和夫君簫史乘鳳仙去的故事。一位遊女扮作弄玉，正在
乘鳳飛升。弄玉善吹笙，女子手中持笙，回頭下望，似乎對人間尚有
戀戀不捨之意。

鳥

❶　　　　　❷

爪子抓地、翅膀閃閃發光的鳥

日中星鳥，以殷仲春——《尚書》

　　「鳥」這個字最能反映古人最初造字時的象形思維，甲骨文字形❶，一隻頭和尖嘴朝下、爪子緊緊抓著地的鳥的形象栩栩如生。甲骨文字形❷，這隻鳥站立了起來，有著長長的尾巴。金文字形❸，這隻站著的鳥更漂亮了，不僅頭上添加了鳥羽，翅膀和尾巴上的羽毛還閃閃發光。這是甲骨文和金文中最美麗的一隻鳥。小篆字形❹，雖然較為規範化，但仍然能夠看出鳥的樣子。楷書字形❺，緊承小篆字形而來。簡體字形「鸟」下面的四個點變成一橫，鳥的樣子完全看不出來了。

　　《說文解字》：「鳥，長尾禽總名也。象形。」許慎又解說「隹（ㄓㄨㄟ）」為「鳥之短尾總名也」，這是強為分別，因為短尾鳥也有從「鳥」的，比如「鶴」；長尾鳥也有從「隹」的，比如「雉」。

　　古人對鳥的分類很詳細，甚至詳細到了瑣碎、附會的程度。《爾雅》專闢〈釋鳥〉一章，其中對鳥的雌雄有現今看來非常別致的見解，只是不知實情到底如何。「鳥之雌雄不可別者，以翼，右掩左雄，左掩右雌。」右邊的翅膀掩著左邊的翅膀，這是雄鳥；左邊的翅膀掩著右邊的翅膀，這是雌鳥。

　　根據上古傳說，少皞氏即位時，剛好飛來一隻鳳鳥，為了紀念這一靈異事件，少皞氏於是以鳥為官名，稱作「鳥師」，其實屬於對鳥的圖騰崇拜。

③ ④ ⑤

　　白川靜先生認為甲骨文和金文中的「鳥」字特指神聖之鳥，在重要的場合用來祭祀。他尤其舉出「鳥星」這一概念。

　　「鳥星」出自《尚書・堯典》：「日中星鳥，以殷仲春。」孔穎達解釋道：「鳥，南方朱鳥七宿。殷，正也。春分之昏，鳥星畢見，以正仲春之氣節。」其中，「朱鳥」是二十八星宿中南方七宿（井、鬼、柳、星、張、翼、軫）的總稱，七宿相連呈鳥形，朱色象火，南方屬火，故稱「朱鳥」。春分時節（又稱「日中」），陽光直射赤道，晝夜平均，過了春分，就進入明媚的春天。春分這一天的晚上，朱鳥七宿剛好處於南天，所以要祭祀「鳥星」，祈盼第二天是一個風和日麗的好天氣，適宜農作。出土的殷商甲骨文中有「卯鳥星」的文字，應該就是這樣的祭祀。

　　至於「鳥」字的另一種讀音「ㄉㄧㄠˇ」，意指人或動物的雄性生殖器，則是明清之際市民階層興起後文化粗俗化的產物，大約屬於一種民間禁忌，避諱直呼男性生殖器的「屌」字，因此用「鳥」來作通假字。明人馮夢龍所著《古今譚概》中有「洗鳥」一則趣談：「大學士萬安老而陰痿，徽人倪進賢以藥劑湯洗之，得為庶吉士，授御史，時人目為洗鳥御史。」那麼最遲到了明代，「鳥」已經被當作罵人的粗話來使用了，跟「鳥」美麗的原始字形完全沒有關係。

❶　　　　❷　　　　❸

背著漂亮甲殼的六爪龜

金龜換酒處，卻憶淚沾巾——李白

賀知章死後，李白在〈對酒憶賀監二首〉（其一）一詩中寫道：「四明有狂客，風流賀季真。長安一相見，呼我謫仙人。昔好杯中物，翻為松下塵。金龜換酒處，卻憶淚沾巾。」並在詩前的小序中回憶道：「太子賓客賀公於長安紫極宮一見余，呼余為謫仙人，因解金龜換酒為樂，歿後對酒悵然有懷，而作是詩。」金龜是賀知章佩戴的龜狀飾物，以金製成，可見貴重。

龜，甲骨文字形❶，這是一個象形字，多像一個側面朝左的烏龜啊！甲骨文字形❷，是一個龜甲朝上的烏龜，但是龜爪很誇張，居然有六條之多！估計是造字的古人一時心血來潮，跟後人開個玩笑。金文字形❸，簡單又正常的一隻龜。金文字形❹，栩栩如生，非常漂亮的一隻龜。小篆字形❺，跟甲骨文字形❶非常相像。楷書字形❻，從小篆演變而來。簡體字形「龟」，一點都看不出龜的樣子了。

《說文解字》：「龜，舊也，外骨內肉者也。」此處，「舊」是長久的意思。龜因其長壽，所以被古人視作祥瑞的動物，跟龍、麟、鳳合稱四靈。尤其是白龜，更是瑞物。莊子曾經講過一個故事：宋元君半夜夢見有人披著頭髮在側門窺視，說：「我到河伯那裡去，打魚人余且捕獲了我。」宋元君醒後請人占卜，被告知這是一隻神龜。宋元君問有沒有叫余且的打魚人，還真的有，第

④　　　　　　　　⑤　　　　　　　　⑥

二天余且來朝見，宋元君問：「你捕獲了什麼？」余且回答說：「我捕獲了一隻白龜，周長五尺。」白龜被獻了上來，宋元君又想殺掉，又想放生，心中疑慮，一經占卜，答案是：「殺掉白龜來占卜，大吉。」於是剖龜，用牠來占卜七十二次，無不靈驗。

　　《爾雅》將龜分為十類：一，神龜，在水曰神龜，最為神明；二，靈龜，一種據說會鳴叫的海龜；三，攝龜，一種喜歡吃蛇的小龜；四，寶龜，用以占卜吉凶；五，文龜，龜甲布滿文彩；六，筮龜，潛伏在用以占卜的蓍（ㄕ）草叢下的龜；七，山龜，生於山中的大龜；八，澤龜，生活在大澤中的龜；九，水龜；十，火龜，據說可以吸熱的一種龜。

　　《雜阿含經》中記載了一個有趣的故事：「過去時世，有河中草，有龜於中住止。時有野干飢行覓食，遙見龜蟲，疾來捉取，龜蟲見來，即便藏六。野干守伺，冀出頭足，欲取食之。久守，龜蟲永不出頭，亦不出足。野干飢乏，瞋恚而去。諸比丘，汝等今日，亦復如是。」其中，「野干」是一種像狐狸的野獸，想捉龜來吃，沒想到龜縮起四爪和頭、尾。四爪和頭、尾為六，故稱「藏六」，「龜藏六」因此用來比喻人的才智不外露或深居簡出，以免招嫉惹禍，也可以省略作「龜藏」，常見於古詩文中。

　　雖然龜是瑞物，但民間卻有許多與龜有關的罵人話，比如龜奴、龜兒子。這種稱謂起源極早，春秋時期，因飢餓而出賣妻女者，必須用綠巾裹頭，以標明低賤的身分。根據唐人封演的《封氏聞見記》的記載：「李封為延陵令，吏人有罪，不加杖罰，但令裹碧頭巾以辱之，

隨所犯輕重以日數為等級，日滿乃釋。吳人著此服出入州鄉，以為大恥。」而「綠帽子」的俗語即由此而來。龜頭亦為暗綠色，因此稱戴綠頭巾者為龜，這就是為什麼俗稱開妓院及縱妻行淫者為龜的原因。

〈古賢詩意圖〉卷之「飲中八仙」
明代杜堇繪，紙本墨筆，北京故宮博物院藏

　　杜堇，明代畫家，原姓陸，字懼男，號檉居、古狂、青霞亭長等，丹徒（今江蘇鎮江）人。工詩文，善繪事，以人物畫著稱，精白描法。〈古賢詩意圖〉卷由明代金琮書唐宋名詩，杜堇按詩意繪畫。全卷包含詩十二首，圖九幅。圖中人物皆白描，筆法細勁透逸，形象生動有神。樹石、藤草、桌椅、車、馬、小舟等點景穿插有致。墨色淡雅，構圖簡潔，意境清幽。

　　「飲中八仙」一幅依據杜甫的詩作〈飲中八仙歌〉而繪。八位酒仙同框，畫面緊湊有致，或舉杯，或腆肚，或仰，或伏，或回頭，或昂首，各具情態。「知章騎馬似乘船，眼花落井水底眠。」「李白一斗詩百篇，長安市上酒家眠。天子呼來不上船，自稱臣是酒中仙。」此時眾人皆健在，詩酒風流，招搖過市，尚是盛世光景。

❶

❷

一隻能看見內部紋路的牛角

總角之宴，言笑晏晏——《詩經》

「角」是一個不折不扣的象形字，甲骨文字形❶，清清楚楚一隻獸角的樣子。甲骨文字形❷，金文字形❸，都是一隻獸角的樣子，只不過金文字形將獸角放倒，同時也變得更美觀了。小篆字形❹，直接從甲骨文和金文延續而來。楷體字形同於小篆。

《說文解字》：「角，獸角也，象形。」其實從甲骨文和金文的字形來看，最初的「角」更像牛角和羊角，後來擴大到鹿角和犀角，再後來才泛指一切動物的角，並進一步引申為一切角狀的東西也稱「角」。其中，鹿角和犀角有許多有趣的說法。根據《禮記·月令》的記載，古人分類很細，麋鹿雖然是同種動物，但古人認為鹿是屬陽的獸，夏至日陽氣至極，而陰氣開始萌生，故此鹿角感陰氣而退落，這叫「鹿角解」；而麋是屬陰的獸，冬至日雖然陰氣盛極，但陽氣萌動，麋感受到陽氣而角退落，這叫「麋角解」。至於犀角，郭璞稱犀牛形似水牛，有三隻角，一隻在頂上，一隻在額上，一隻在鼻子上，鼻子上的角叫作「食角」，因為離嘴最近的緣故。

獸角非常堅硬，因此古人用來製作弓，「皮、毛、筋、角，入於玉府」，筋和角都用來製作弓，因此堅硬的弓又稱「角弓」。《詩經》中有一首詩，即名為〈角弓〉，前兩句是：「騂騂角弓，翩其反矣。」其中，「騂騂」（ㄒㄧㄥ）是指調和弓弦的樣子，「翩其反矣」是指弓張開

③　　　　　　　　　④

的時候向內彎曲，鬆弛的時候向外彎曲。用角弓的這種狀態來比喻兄弟和親戚之間不要互相疏遠。

　　《詩經》中還有一首著名的詩〈氓〉，其中吟詠道：「總角之宴，言笑晏晏。」什麼叫「總角」？我們知道古人用「總角之交」來比喻兒童時期的玩伴，兒童把垂下來的頭髮分成兩半，各自在頭頂上紮成一個結，形狀就像羊角，故稱「總角」，「總」是一總聚攏的意思。所謂「男角女羈」，「角」就是指男孩兒的「總角」；女孩兒則叫「羈」，一縱一橫，剪成十字形，就像縱橫交錯的馬絡頭一樣，故稱「羈」，「羈」就是馬籠頭或馬絡頭。

　　「角」還有一個讀音「ㄐㄩㄝˊ」，這個讀音的「角」是古代一種盛酒的酒器，用青銅製成，形狀像爵，但是沒有爵上面的小柱和傾注酒的「流」，另外，角有兩尾對稱叫「翼」的部分，有蓋，用以溫酒和盛酒。

　　古人飲酒，對於酒器有著嚴格的等級區分，哪一個等級使用什麼樣的酒器，那是一點都錯不得的。比如《禮記‧禮器》中規定：「宗廟之祭，貴者獻以爵，賤者獻以散，尊者舉觶，卑者舉角。」爵、散、觶（ㄓˋ）、角都是酒器，貴、賤、尊、卑，這就是等級。而「色」這個字，本義是臉色，飲酒的時候，不僅要按照等級使用不同的酒器，而且賤者、卑者還要仰承貴者、尊者的臉色，「角色」一詞即由此而來，所謂「卑者舉角」，因此以「角」來和「色」組合，後來才引申為角色、人物，以至於行當之稱，比如戲曲中的丑角、旦角等。

❶　　　❷　　　❸

張開翅膀的鳥落在樹上

黃鳥于飛，集于灌木——《詩經》

　　集，甲骨文字形❶，一隻鳥棲止在樹木上，張開的翅膀還沒有來得及收攏。金文字形❷，鳥兒全身漆黑，羽毛沒有畫出來。金文字形❸，樹木上的鳥有些變形，不過更接近定型後「集」字上部的「隹」的形狀。金文字形❹，這是「集」字所有字形中最美麗的一個，樹木上棲止著三隻鳥兒！而且鳥喙栩栩如生，羽毛似乎閃閃發光。三國時期《三體石經》上也刻有一個「集」字❺，鳥比樹木的形體還大，鳥喙、眼睛非常具象，翅膀收攏，覆蓋在「木」上。小篆字形❻，上部定型為「隹」。小篆字形❼，直接從金文字形❹演變而來，上部三個「隹」字。

　　《說文解字》：「集，群鳥在木上也。」許慎的釋義是根據小篆字形❼而來，三隻鳥兒代表群鳥，因此「集」是一個會意字。《詩經》中有「黃鳥于飛，集于灌木」的詩句，跟「集」字的字形是多麼相像！群鳥聚集在樹上歇息，旅途暫時完成，因此「集」引申出成就、成功的意思，西周晚期青銅器毛公鼎上有「唯天將集厥命」的銘文，意思是上天將成就他的使命。從群鳥集於樹上，又可以引申出停留、聚集、安定的意思，還可以引申而用作名詞，比如把詩文匯在一起稱作詩集、文集，人群聚集的地方稱作集市。

　　蘇軾在〈答丁連州朝奉啟〉中說：「固無心於集菀，而有力於噓枯。」讀者要是不知道「集菀」和「噓枯」

❹

❺

❻

❼

這兩個典故,也就不懂得這兩句話的意思。

　　這兩個典故出自《國語‧晉語》。晉獻公寵倖驪姬,驪姬想把自己的兒子奚齊立為太子,就向晉獻公進太子申生的讒言,想殺害太子申生,但是大夫里克卻偏向太子申生,於是驪姬派遣優施去遊說里克。優施作歌,其中有這樣兩句:「人皆集於苑,己獨集於枯。」此處,「苑」通「菀」,草木茂盛的樣子。這兩句話是諷喻里克,說別人都往草木茂盛的地方去了,唯獨您還停留在枯枝上。里克問,何為「苑」、何為「枯」,優施回答道:「其母為夫人,其子為君,可不謂苑乎?其母既死,其子又有謗,可不謂枯乎?枯且有傷。」其中,「苑」意指受寵的奚齊,「枯」意指不受寵的太子申生。里克聽了之後,選擇中立。這裡的「集」就是停留的意思,後人就用「集苑」比喻趨炎附勢,用「噓枯」比喻扶助危難。

　　隼(ㄓㄨㄣˇ)是一種兇猛的鷹,「集隼」是指棲止的鷹,但隼應該在山林裡出沒,如果棲止在人家的高牆上,必然會被人所射而墜落,所以「集隼」的「集」可以引申出墜落的意思,「集隼」即指墜落的鷹。根據《國語‧魯語》的記載,孔子在陳國時,「有隼集於陳侯之庭而死」,一支石製的箭頭,長一尺八寸,射穿了牠的身體。陳侯派人帶著隼和箭去請教孔子,孔子說:「這隻隼從很遠的地方而來,因為這支箭是北方的肅慎氏製造,獻給周天子的。」後人於是用「隼集陳庭」來形容博聞強識。

陳庭辨矢

《聖廟祀典圖考》附聖蹟圖「陳庭辨矢」
清代顧沅編撰，孔繼堯繪圖
道光六年（1826）吳門賜硯堂顧氏刊本

　　顧沅（1799~1851），清代學者、藏書家，字澧蘭，號湘舟，又自號滄浪
漁父，江蘇長洲（今蘇州）人。孔繼堯，字硯香，號蓮鄉，清代江蘇昆山人。

　　《聖廟祀典圖考》共五卷，收錄孔子以及漢至清歷代配祀孔廟的一百四十
四人之畫像，包括孔子弟子及歷代名儒，並均附有人物小傳。書後附〈孔孟
聖蹟圖〉一卷。

　　這幅「陳庭辨矢」是書後所附〈孔孟聖蹟圖〉中的一幅，圖中孔子正指著
地上被石箭射中的隼，向對面的陳侯講解。隼類是中小型猛禽，廣布於世界
各地，多為單獨活動，飛翔能力極強，是視力最好的動物之一。

❶

❷

雇

鳥飛到門前催促幹農活

已辦青錢防雇直，當令美味入吾唇——杜甫

　　「雇」這個字很有趣。今天的意思是出錢讓人為自己做事，或者付報酬，比如「雇直」一詞就是付費。杜甫有詩曰：「已辦青錢防雇直，當令美味入吾唇。」意思是準備好了青銅錢要付費買酒。「雇」在今天的讀音為「ㄍㄨˋ」，但最早卻讀作「ㄏㄨˋ」。

　　雇，甲骨文字形❶，這是一個會意兼形聲的字，下面是一隻鳥，上面是「戶」，像「門」的一半，一扇為「戶」，兩扇為「門」。甲骨文字形❷，鳥和「戶」換了位置。《說文解字》中還收錄了說文籀文字形❸，鳥和半扇門的形狀更加具象。小篆字形❹，上面是「戶」，下面是「隹」。

　　《說文解字》：「雇，九雇，農桑候鳥，扈民不淫者也。」原來，「九雇」是指與農桑事有關的候鳥，用途是督促農民不要偷懶、不要亂了農時。鳥兒是同一類動物，但是根據一年四季不同的用途，又可以細分為九雇，以下分別講述九雇的名稱和具體的用途。

　　一、春雇，別稱「鳻鶞（ㄈㄣˊ ㄔㄨㄣ）」，形體較大的青色鳥，用途是催促農民按時耕種。

　　二、夏雇，別稱「竊玄」。這裡出現了一個奇怪的字：竊。古代學者通常認為「竊」是「淺」的古字，「竊玄」即淺黑色，可見夏雇是一種淺黑色的候鳥，用途是催促農民耘苗，除草間苗（疏苗）。

❸

❹

三、秋雇，別稱「竊藍」，淺青色的候鳥，用途是催促農民收穫農作物。

四、冬雇，別稱「竊黃」，淺黃色的候鳥，用途是催促農民蓋藏，將農作物收藏進糧倉。

五、棘雇，別稱「竊丹」，淺紅色的候鳥，用途是驅趕別的鳥雀，不讓牠們啄食果木。「棘」是叢生的小棗樹，多刺，取其用棘刺驅趕之意。

六、行雇，別稱「唶唶（ㄐㄧˊ）」，唶唶是這種鳥鳴叫的聲音，用聲音當作別稱，用途是「晝為民驅鳥者也」，白天的時候為農民驅趕別的鳥雀。「行」取其飛行之意。

七、宵雇，別稱「嘖嘖（ㄗㄜˊ）」，也是取其鳴聲當作別稱，用途是「夜為農驅獸者也」，夜裡為農民驅趕野獸，故取「宵」為名。

八、桑雇，別稱「竊脂」。這種候鳥的別稱最有意思，古代學者爭論很多。一種說法是桑雇俗稱青雀，嘴呈彎鉤狀，喜歡盜竊人家裡肉食中的油脂和膏，故名竊脂。但是如此一來，上面幾種候鳥的別稱——竊玄、竊藍、竊黃、竊丹——就無法解釋了，顏色怎麼能夠竊走呢？因此最有說服力的解釋，「竊」還是「淺」，油脂呈白色，因此「竊脂」就是淺白色，「桑雇」就是淺白色的候鳥，用途是為桑蠶驅趕別的鳥雀，故取「桑」為名。

九、老雇，別稱「鷃鷃（ㄧㄢˋ）」，也是取其鳴聲當作別稱，用途是催促農民收麥子的時候不能起晚了。老人都起得早，故取「老」為名。

「雇」是怎麼會意的呢？白川靜先生認為「戶」是指神龕的單扇

門，在「戶」前放置鳥兒進行占卜，借用鳥兒的神力問詢神意，因此會意為借用、利用之意，引申為雇用。

不過，我的看法不同，從字形來看，「雇」就是一隻鳥兒飛到門前，用叫聲來催促農民進行各種農桑活動，就像是大自然雇用來催促的一樣，因此會意為借用、利用之意，引申為雇用。

《左傳・昭公十七年》中有「九扈」的官職，「為九農正，扈民無淫者也」。「扈」是後起的字，九扈本為九雇，因聲通假，借用鳥名以用作農事官員的官職之名。經過漫長的語音演變，「雇」的讀音從「ㄏㄨ、」演變為「ㄍㄨ、」，這個字的起源也漸漸被人忘卻了。

貓頭鷹飛進別的鳥巢裡

❶

❷

❸

　　「舊」，許慎認為這個字「從萑臼聲」，這是根據小篆字形❻做出的解說，如果他老人家見過甲骨文，想必就不會這樣說了。

　　舊，甲骨文字形❶，這是一個會意字：上部是一隻鳥，頭上有毛角，瞪著兩隻大眼睛；下部是鳥巢。這隻鳥就是貓頭鷹。《說文解字》：「舊，鴟舊，舊留也。」徐鍇進一步解釋說：「即怪鴟也。今借為新舊字。」

　　貓頭鷹這一類的鳥被古人命名為「鴟（彳）」或「鴟鴞（ㄒㄧㄠ）」。《詩經》中有一首詩，名字就叫〈鴟鴞〉，一開篇就痛心地吟詠道：「鴟鴞鴟鴞，既取我子，無毀我室。」古人認為鴟鴞是一種惡鳥，「晝常伏處，至夜每出攫他鳥子為食」，所以這首詩的作者含悲乞求：鴟鴞啊鴟鴞，既然攫取了我的稚子，請不要再毀壞我的鳥巢。「既取我子，無毀我室」這句詩就是「舊」的甲骨文字形的具象寫照：鴟鴞飛到別的鳥兒的鳥巢裡，攫取了幼鳥。該字形下部的鳥巢，即是別的鳥兒的鳥巢。

　　舊，甲骨文字形❷，下部更像鳥巢的樣子，貓頭鷹頭上的毛角其實就是兩隻耳羽。金文字形❸，這個字開始變形：頭上的毛角變得好像草字頭，下部的鳥巢裡面添加了兩點，為小篆字形下面的「臼」打下了基礎。這個鳥巢的變形使白川靜先生認為它像捕鳥用的獵具：「『舊』義示用獵具臼夾住耳鴞雙腳，使其無法飛去，將

其捕捉。耳鴞晝間視力很差，很容易抓住腿腳將其捕獲。」金文字形❹，下部的鳥巢確實像帶有齒狀的獵具。金文字形❺，下部徹底變成了「臼」，小篆字形❻就是根據金文字形而來，以至於許慎誤釋為「從萑臼聲」。楷書字形則完全不知所云。

《詩經·東山》篇中吟詠道：「其新孔嘉，其舊如之何？」這是一位從軍出征的人對妻子的懷念：她新婚的時候是那麼美好，現在時間這麼久了，會怎樣呢？「舊」為什麼會有長久的義項呢？白川靜先生認為：「耳鴞被抓住雙腳不能飛動，只能長時間駐足不動，由此衍生出歷時長久之義，歷時長久則變舊，從而有了古舊之義。」谷衍奎的《漢字源流字典》則認為：「傳說古人捕捉時，先揀一舊鳥為媒，以原鳥捕新鳥，對新捕的鳥來說，原先的鳥即為舊。」還有學者認為是借字，正如徐鍇所說「今借為新舊字」。

不過，我倒認為，古人既然將鷗鴞「既取我子」的特性形諸詩篇，那麼一定經過了長久的觀察，同時「既取我子」也是一種歷時長久的行為，年年都在發生，因此才從這種特性引申出長久之義。古人看到「既取我子」的行為，立刻就回想起往年發生的相同事情，因此「舊」又有過去的、原先的意思。

有趣的是，跟這種傷痛的聯想不同，「舊」在表達原有的這個意思的時候，多含褒義，比如《詩經·召旻》中有「維今之人，不尚有舊」，這裡的「舊」指忠心耿耿的老臣。故交、老朋友也叫「舊」，比如與誰誰誰「有舊」，就是指老交情。至於懷舊、念舊、親戚故舊這些詞就更不用說了，當然都是褒義詞。

❶　　　　　　❷　　　　　　❸

霍

鳥群在大雨中疾飛

跳丸劍之揮霍，走索上而相逢——張衡

　　「霍」這個字，今天最常使用於揮霍、霍亂和霍姓這三個義項，都與其本義密切相關，而且「霍」的本義非常有趣。

　　霍，甲骨文字形❶，這是一個會意字，上面是「雨」，下面是三隻鳥，會意為鳥群在雨中疾飛。甲骨文字形❷，雨和鳥群的象形都加以簡化，以便刻寫。甲骨文字形❸，中間的鳥之形省寫為「隹」，下面的彎曲之形表示雨水在地面形成的流水，可見這雨下得非常大。金文字形❹，比甲骨文更美觀，當然也一樣煩瑣。金文字形❺，下面是兩隻相背而飛的鳥。小篆字形❻，下面定型為兩隻鳥，這就是「霍」的本字「靃」，「霍」則是省寫和俗字。

　　《說文解字》：「靃，飛聲也。雨而雙飛者，其聲靃然。」徐鍇說：「其飛霍忽疾也。」南宋學者戴侗說：「霍，鳥遇雨驚飛也。」這應該是「霍」的本義，即鳥在雨中疾飛。許慎解釋的「其聲靃然」只是引申義，試想鳥群疾飛時也會發出撲撲、呼呼等聲音，為什麼單單只能發出霍霍之聲呢？可見「霍」是由疾飛才引申為聲音的，〈木蘭詩〉的名句「磨刀霍霍向豬羊」，就是使用由「霍」引申出的擬聲。

　　張衡在〈西京賦〉中吟詠道：「跳丸劍之揮霍，走索上而相逢。」描述的是漢代雜技表演的場景。「丸」是

④ ⑤ ⑥

鈴鐺,「揮霍」是形容鈴和劍快速舞動的動作;「索」是扯起的繩索,兩人分別從兩頭走上繩索,在繩索中間碰面,同時迅疾舞動鈴和劍。可見「揮霍」原本是形容迅疾的樣子,就是從鳥兒疾飛引申而來;後來才變成貶義詞,比喻快速揮霍家產,任意浪費財物。

最有趣的是「霍亂」的命名。「霍亂」其名早在《黃帝內經·靈樞》中就已經出現,岐伯告訴黃帝,人體有五亂:亂於胸中,亂於心,亂於肺,亂於腸胃,亂於臂脛,亂於頭。其中亂於腸胃就叫「霍亂」。隋代醫學家巢元方在《諸病源候論》一書中解釋為何稱作「霍亂」:「言其病揮霍之間,便致撩亂也。」此處「揮霍」一詞仍然是形容迅疾之貌,「其亂在於腸胃之間者,因遇飲食而變發,則心腹絞痛」,飲食不潔,「揮霍之間便致撩亂」,發病極為迅速、突然,故稱「霍亂」。

至於霍姓,其始祖乃是周文王的第八子叔處。根據《史記·管蔡世家》的記載:「封叔處於霍。」叔處和管叔、蔡叔合稱「三監」,負責監視殷紂王的兒子武庚所轄商都舊地。周武王病逝後,周公輔政,武庚趁機聯合三監作亂。在叛亂平定之後,叔處被廢為庶人,霍國由叔處之子執掌,後被晉國所滅,併入晉國的版圖。霍姓以國為氏,這就是霍姓的來源。

叔處的封地稱「霍」,是因為其地有一座霍山,又稱霍太山。那麼霍山為何又稱「霍」呢?雖然於史無載,但可以參考衡山的命名。東漢學者應劭所著的《風俗通義》中說:「南方衡山,一名霍山。霍者,萬物盛長,垂枝布葉,霍然而大。」可以想像,叔處封地的霍山也是「垂枝布葉,霍然而大」,霍姓的祖先就生活在這一個植被茂盛的美麗地方。

❶　　　　　❷

腹內中的蟲食之毒

近女室，疾如蠱——《左傳》

「蠱（《ㄨˇ）」是一個非常可怕的字眼，不僅古人談蠱而色變，今人亦如此，甚至有很多關於西南邊疆少數民族蓄蠱的傳說。我們來看看「蠱」到底是什麼東西。

「蠱」，甲骨文字形❶，這是一個會意字，下面是器皿，器皿中有兩條蟲。甲骨文字形❷，蟲子在器皿中扭動的樣子令人毛骨悚然。甲骨文字形❸，兩條蟲子省作一條。山西侯馬晉國遺址中出土的春秋晚期「侯馬盟書」字形❹，三條蟲子的樣子有所變形，看起來不再那麼恐怖了。小篆字形❺，下面定型為「皿」，上面定型為三條「蟲」。簡體字形「蛊」則更接近古體。

《說文解字》：「蠱，腹中蟲也。」這裡的「中」讀作ㄓㄨㄥˋ，段玉裁解釋說：「中蠱者，謂腹內中蟲食之毒也。自外而入故曰中。」孔穎達為《左傳》所作正義則說：「以毒藥藥人，令人不自知者，今律謂之蠱毒。」清代文字學家朱駿聲則說：「凡蠱行毒飲食中殺人，人不覺。」據此則「蠱」字形下面的器皿乃是飲食器。張舜徽先生解釋得最為清晰：「腹內中蟲食之毒，謂之蠱，此乃本義。故其字從蟲從皿，皿者，飲食器也。引申之，則凡不見於外能暗害人者，皆謂之蠱。」

左民安先生則認為「蠱」的本義是「陳穀中所生之蟲」，並引王充所著《論衡・商蟲》篇：「穀蟲曰蠱，蠱若蛾矣。」據此則「蠱」字形下面的器皿乃是盛穀之器。

❸   ❹   ❺

其實《左傳‧昭西元年》中也有「穀之飛亦為蠱」的記載，杜預注解說：「穀久積則變為飛蟲，名曰蠱。」但是，「蠱」的甲骨文字形中的蟲，卻非飛蟲之形。

宋代史學家鄭樵所著《通志‧六書略》中說：「造蠱之法，以百蟲置皿中，俾相啖食，其存者為蠱。」巫師使用邪術加害於人稱為「巫蠱」，這是古人出於對大自然不瞭解而產生的敬畏，以及對巫師作法的神祕感所致，因此「蠱」字形中的蟲，應該是想像中的百蟲相食所剩之蟲。

根據《左傳‧昭西元年》的記載，晉平公生病，向秦國求醫，秦國派出了名醫醫和，診斷之後，醫和稱晉平公的病症是：「近女室，疾如蠱。非鬼非食，惑以喪志。」孔穎達解釋說：「蠱者，心志惑亂之疾。若今昏狂失性，其疾名之為蠱。公惑於女色，失其常性，如彼惑蠱之疾也。」醫和又說：「女，陽物而晦時，淫則生內熱惑蠱之疾。」指責晉平公對女色毫無節制才會導致「惑蠱之疾」。這當然是對女性的誣衊，將女人視為禍害男人的「蠱」中之蟲。

「蠱」由此引申為惑人、害人。《說文解字》：「梟桀死之鬼亦為蠱。」此處的「梟桀」即「梟磔（ㄓㄜˊ）」，指凌遲處死、懸首示眾的酷刑。張舜徽先生說：「今俗猶謂凡強死之鬼，其魂魄常依附於人以為祟，是即梟磔之鬼亦為蠱之說已。語稱『蠱惑』，亦謂暗中迷惑人耳。」其中，「強死」指壯年而死於非命，這樣的死鬼，魂魄依附於生人而為祟。

唐代博物學家段成式在《酉陽雜俎‧廣知》中記載：「古蠶蟉、短狐、踏影蠱，皆中人影為害。」蠶蟉（ㄑㄩˊ ㄙㄡ）是昆蟲名；短狐又稱

「蜮」，水中的怪物，能含沙射人致死，此即「含沙射影」這個成語的由來；踏影蠱，踩踏人的影子也能害人。也許這些都是古時候真的存在而今天早已滅絕的怪物吧！

《醒世恆言》卷十五插圖（局部）
明代馮夢龍編，可一居士評，明末金閶葉敬池刊本

　　馮夢龍，明代文學家、戲曲家，長洲（今江蘇蘇州）人。《醒世恆言》是
一部白話短篇小說集，是馮夢龍編的「三言」中流傳最廣、影響最大、藝術上
最成熟的一部，題材或來自民間事蹟，或來自史傳和唐、宋故事。始刊於明
天啟七年（1627），書前有版畫三十八幅。
　　這幅是卷十五〈赫大卿遺恨鴛鴦絛〉的插圖。此卷講了一個「好色自戕」
的故事。某監生赫大卿，為人風流俊美，專好聲色，整日流連歌臺舞榭。一
日酒渴，偶入一尼姑庵，被幾個標緻女尼蠱惑，胡天胡地起來，樂極忘歸，
甚至扮成假尼姑掩飾身分。終因日夜淫欲無度，一命嗚呼。所以畫上題曰：「生
於錦繡叢中，死在牡丹花下。」

雍

鶺鴒在池澤邊覓食

三家者以雍徹——《論語》

❶

❷

❸

著名語言學家王力先生說：「《說文》雍作雝。雍字由雝演變而成。」段玉裁也說「隸作雍」，即「雝」字隸變後寫作「雍」。那麼，「雍」的本字就是「雝」。古人是怎麼造出這個無比複雜的字呢？

雝，甲骨文字形❶，這是一個會意字，上面是一隻鳥，下面的口形符號代表什麼東西呢？徐中舒先生認為這個口形本來是圓圈形，即環形，甲骨文字形❷下面的兩個口形即連環形，「甲骨文雝像鳥足為繯絡所羈絆不能飛逸之形，故從雝之字皆含有阻塞、壅蔽、擁抱、旋繞之義」。左民安先生認為這個口形「像水被壅塞而成的池澤」。谷衍奎的《漢字源流字典》則認為「甲骨文從隹（鳥），從邕（環城積水），會鳥鳴婉轉和諧如流水邕邕之意」。

雝，甲骨文字形❷，下面是兩個口形。至於甲骨文字形❸，鳥的左邊添加了水形。金文字形❹，水形更加明顯，右邊鳥兒的樣子栩栩如生。金文字形❺，口形在上，水形在下。金文字形❻，鳥兒站在兩個圓圈形之上。金文字形❼，造出這個字的古人生怕後人不懂得字義，又在右下角不厭其煩地添加了一隻手持著棍棒敲擊之形。小篆字形❽，左下角的兩個口形訛變為「邑」。

《說文解字》：「雝，雝渠也。」《爾雅·釋鳥》：「鶺鴒，雝渠。」原來，「雝」字形中的鳥兒叫鶺鴒或雝渠，雀屬，

④　⑤　⑥　⑦　⑧

身體很小，常在水邊吃昆蟲和小魚，郭璞形容牠「飛則鳴，行則搖」。如此一來，「雝」的字形就會意為鶺鴒在池澤邊覓食。這一場景肯定是古人生活中常見的景象，因此才拿來造字。朱駿聲在《說文通訓定聲》中說：「此鳥喜飛鳴作聲，其音邕邕而和。」與郭璞所言「飛則鳴」的特性相合，因此引申為和諧之義。《詩經‧匏有苦葉》中有「雝雝鳴雁」的詩句，就是形容大雁的叫聲和諧。

　　西周時期，天子所設立的大學稱作「辟雝」，這個稱謂也非常符合「雝」字的本義。「辟」通「璧」，模仿圓形的璧玉，象徵天，修建圓形的校址；又在周圍甕塞流水，築成水池，象徵教化如流水一樣通行無阻。可以想見，鶺鴒也會來此覓食的。

　　「雝」由鶺鴒的飛鳴而引申為樂章。《論語‧八佾》中說：「三家者以雝徹。」三家指把持魯國國政的仲孫氏、叔孫氏、季孫氏這三人家族。雝徹，三國時代玄學家何晏解釋說：「天子祭於宗廟，歌之以徹祭。」周天子在宗廟祭祀之後，要奏樂並撤去祭祀所用的器具和食物，這種專門的樂章就叫「雝」。魯三家只是魯國的國卿，卻使用周天子的禮儀，家祭之後也唱著周天子祭祀宗廟時專用的「雝」樂撤去祭品，因此孔子評價道：「相維辟公，天子穆穆，奚取於三家之堂？」意思是：四方的諸侯都來相助天子祭祀，天子的儀容安和，這樣的情景，怎能在三家的廟堂上看到呢？

皮

一隻手在剝取獸皮

剝取獸革者謂之皮——《說文解字》

❶

❷

　　我們看到「皮」字，常覺得奇怪：如此構形，怎麼能夠表示皮毛之「皮」以及物體的外皮呢？但其實，這個字剛造出來的時候並不是這個樣子，而是一個真真切切的皮毛之「皮」的象形字。

　　甲骨文中還沒有發現「皮」字，金文字形❶和❷，右下角是一隻手，看得很清楚，左邊這部分代表什麼東西呢？學者主要有兩種觀點。

　　近代學者林義光在《文源》一書中認為，左邊像「獸頭角尾之形」，向右突出的半圓則「像其皮」，下面的手「像手剝取之」。署名約齋、實為傅東華所著的《字源》，繼承了林義光的看法，並進一步解釋說：左上部分是獸頭，下面的一豎或一撇是獸體，向右突出的半圓「像一片皮被揭起的樣子」，整個字形會意為「一隻手在剝取獸皮的形象」。這是第一種觀點。

　　左民安先生在《漢字例話》中說：「它的上部是一把直刃的平頭鐵鏟下面拖著一條尾巴，代表鏟的曲柄。」用鐵鏟剝取下來的獸皮，即為向右的突出部分。整個字形會意為手拿平頭鐵鏟剝取獸皮。也有學者說左邊其實就是甲骨文的「克」，「克」即被剝皮的動物，上為獸頭，中為獸體，右邊是半剝落的獸皮，再加上一隻手，像正在剝取之形。這是第二種觀點。

　　皮，春秋戰國時期的古文字形❸，這是金文的演

③

④

變，清代學者王筠認為上面是角形，表示有角動物的頭部；段玉裁則認為上面是「竹」，「蓋用竹以離之」，用竹片將獸皮割離開來。小篆字形❹，訛變得很厲害，除了下面的手之外，上面完全看不出是什麼東西了。

《說文解字》：「皮，剝取獸革者謂之皮。」許慎並沒有指出剝皮的工具，按照他的釋義，上部僅僅表示獸皮，與前述第一種觀點相似。因此，將該字形的左上部視作「獸頭角尾之形」較為妥當。

皮毛及其所製的皮革，乃是古人生活中非常重要的日用品，根據《周禮》的記載，周代有「掌皮」一職，職責是：「掌秋斂皮，冬斂革，春獻之，遂以式法頒皮革於百工。共其毳毛為氈，以待邦事。歲終，則會其財齎。」其中，「毳（ㄘㄨㄟˋ）」指鳥獸的細毛，「齎（ㄐㄧ）」通錢財、資用之「資」。掌皮一職，秋天的時候收取獸皮，冬天的時候收取皮革，到了春天獻給國君，再依照舊例把皮、革分撥給百工。供給細毛製作氈，以待用於國事。年終的時候，則結算收取、庫存以及分撥百工的資用。

皮還用作饋贈的禮物。根據《周禮》的記載：「以禽作六摯，以等諸臣。」此處的「摯」通「贄」，見面禮。古人相見，必須有見面禮，根據等級制的規定，共有六種，稱作「六摯」或「六贄」：「孤執皮帛，卿執羔，大夫執雁，士執雉，庶人執鶩，工商執雞。」其中諸侯所執的「皮帛」，鄭玄注解說：「皮帛者，束帛而表以皮為之飾。皮，虎豹皮。帛，如今璧色繒也。」也就是說，「皮帛」指用虎豹皮裹著的白色絲織品。

（傳）李公麟〈豳風七月圖〉（局部）
南宋佚名繪，紙本墨筆長卷，美國大都會藝術博物館藏

　　這卷〈豳風七月圖〉託名李公麟，純用白描，以連環畫的形式細緻描繪了
〈七月〉每一章的詩意。

　　這段畫面描繪的是詩中第四章：「一之日于貉，取彼狐狸，為公子裘。二
之日其同，載纘武功。言私其豵，獻豜于公。」其中，「一之日」、「二之日」
指夏曆的十一月、十二月。秋收之後，農民去野外打獵，打到的狐狸要獻給「公
子」做裘衣，打到的野豬，大的獻給豳公，自己只能留下小的。「豵（ㄗㄨㄥ）」
是一歲的小豬，「豜（ㄐㄧㄢ）」是三歲的大豬。畫面中的獵人正要向「公子」獻
上獵物，一人舉著狐狸，一人牽著野豬。那隻狐狸的毛皮看起來蓬鬆華麗。

❶　　　　❷　　　　❸

耳羽豎立、炯炯巨眼的貓頭鷹

常事曰視‧非常曰觀——《春秋穀梁傳》

「觀」，在甲骨文中還沒有這個字，而是用萑（ㄏㄨㄢˊ）、雚（ㄍㄨㄢˋ）表示觀看之「觀」，這兩個字的區別將在後文詳述。

觀，甲骨文字形❶，很明顯是一隻非常美麗的鳥兒的形狀。甲骨文學者馬如森先生在《殷墟甲骨文實用字典》中解釋說：「像貓頭鷹形。從二口，為突出二個大眼睛，以示鳥的特徵。」甲骨文字形❷和❸，大同小異。

萑和雚都是貓頭鷹一類的鳥，而且一眼就可以看出這兩個字的區別，那就是後者比前者多了兩隻大眼睛。貓頭鷹一類的鳥屬於鴞（ㄒㄧㄠ）形目，為夜行猛禽，眼睛上方有長長的兩根羽毛，看起來就像耳朵一樣，但其實不是耳朵，這對羽毛稱「耳羽」。因此，萑和雚上面並非草字頭，而是耳羽的形狀，也就是甲骨文字形中眼睛上方的兩隻角。

學者康殷在《古文字形發微》一書中寫道：「蓋造字的初民深刻地觀察、瞭解鴟鴞是夜間活動的猛禽，眼光銳利無倫，有『夜撮蚤、察毫末』的特長，所以特地選用了鴟鴞之視來表示觀看。他們高明而準確地抓住了此鳥的一雙毛角如耳和炯炯的巨眼、利喙以至於健爪等特點，簡練扼要地刻畫出鴟鴞之視的種種鮮明的形象。」

「夜撮蚤、察毫末」出自《莊子‧秋水》：「鴟鵂夜撮蚤，察毫末，晝出瞋目而不見丘山，言殊性也。」意

❹　　　　　　　　　❺　　　　　　　　　　　　❻

思是：貓頭鷹在夜裡能抓到跳蚤，明察毫毛之末，白天時卻瞪大眼睛也看不見山丘，說的是秉性不同。

　　觀，金文字形❹，下面定型為鳥形之「隹（ㄓㄨㄟ）」，成為禽類的部首。金文字形❺，右邊添加了一個「見」。小篆字形❻，成為「觀」字。簡體字形「观」則完全看不出貓頭鷹的形狀了。

　　《說文解字》：「觀，諦視也。」所謂「諦視」，指非常仔細地察看，聯想一下貓頭鷹夜間捕食時炯炯有神的兩隻大眼睛，就明白什麼叫「諦視」了。西元前七一八年，魯隱公前往棠地，「陳魚而觀之」，陳設捕魚的器具，觀看捕魚的過程，以之為樂。《春秋穀梁傳》評價道：「常事曰視，非常曰觀。」諷刺魯隱公仔細地觀看捕魚乃是不合禮制的非常之舉。

　　「觀」還有一個讀音「ㄍㄨㄢˋ」。《爾雅·釋宮》中說：「觀謂之闕。」古時的宮門兩側建有兩座高臺，稱作「闕（ㄑㄩㄝˋ）」，本為張貼法令、曉諭百姓之處，後來成為宮殿、宗廟、祠堂和陵墓前面的通用形制。雙闕為觀看法令之處，又可登而觀望，故又稱「觀」。

　　根據《史記·封禪書》的記載：「公孫卿曰：『仙人可見，而上往常遽，以故不見。今陛下可為觀，如緱城，置脯棗，神人宜可致也。且仙人好樓居。』於是上令長安則作蜚廉桂觀，甘泉則作益延壽觀，使卿持節設具而候神人。」

　　緱（ㄍㄡ）城即今河南偃師縣，漢武帝曾多次前往，尋找仙人的足跡。漢武帝聽從公孫卿的建議，在長安城建造了蜚廉桂觀，並在重要性僅次於長安的離宮甘泉宮，建造了益延壽觀，俱高四十丈，一南一

北，恰如雙闕之形，等待仙人來居住。

南北朝時期，同樣嚮往成仙的道教遂將這一宮闕稱謂拿來為己所用，因此而有後世的道觀之名。

❶ ❷

能看見彎曲狀肌理的一塊肉

治古無肉刑而有象刑──《荀子》

作為偏旁,「肉」字旁和「月」字旁總是混淆,這大概是盡人皆知的常識。因此,肉字旁常常被稱作「肉月旁」。本文將幫助讀者釐清這一混淆。

肉,甲骨文字形❶,這是一塊從動物身上切下來的肉,中間的短筆劃表示肉的肌理。甲骨文字形❷,大同小異。兩塊這樣的肉疊加起來就是「多」。金文字形❸,中間增加了一條肌理,也有人認為中間的短筆劃表示肋骨。小篆字形❹,緊承金文字形而來。今天使用的「肉」字,裡面訛變為兩個「人」,完全看不出肉的肌理的樣子了。

將「肉」的小篆字形❹和「月」的小篆字形❺做一個對比,就能夠清晰地看到二者的區別:「肉」裡面的兩條肌理呈彎曲狀,「月」裡面則是兩橫。不過這兩個偏旁今天都已經混淆為「月」字旁,比如「有」這個字的本義是以手持肉,下面卻誤寫成「月」了。

《說文解字》:「肉,胾肉。象形。」其中,「胾(ㄗˋ)」是切成大塊的肉,「臠(ㄌㄨㄢˊ)」則是切成小塊的肉,因此段玉裁注解說:「胾,大臠也。謂鳥獸之肉……生民之初,食鳥獸之肉,故肉字最古。而制人體之字,用肉為偏旁,是亦假借也。人曰肌,鳥獸曰肉,此其分別也。」

人的肉稱「肌」,鳥獸之肉稱「肉」,不過後來就不

❸ ❹ ❺

加區別，人的肉，甚至包括人體的皮膚、肌肉和脂肪層，也都可以稱
「肉」，並進而產生了針對人的肉體（人身）的懲罰：肉刑。

　　據說肉刑始於夏商周三代。西周時期，周穆王命呂侯作《呂刑》，
原書已失傳，今本《尚書》中存有〈呂刑〉一篇，其中記載了稱作「五
刑」的五種肉刑，分別是：墨，又稱「黥（ㄑㄧㄥˊ）」，在額頭上刻字塗墨；
劓（ㄧˋ），割掉鼻子；剕（ㄈㄟˋ），砍掉腳；宮，男人閹割，婦人幽閉；
大辟，死刑。

　　根據《史記‧扁鵲倉公列傳》的記載，肉刑在漢文帝四年（西元
前176年）廢除，起因是齊國名醫淳于意犯罪當刑，小女兒緹縈上書
稱：「妾願入身為官婢，以贖父刑罪，使得改行自新也。」漢文帝深受
感動，遂廢除肉刑。《漢書‧刑法志》則記載此事發生於漢文帝十三年
（西元前167年），而且廢除的是「肉刑三」，即黥、劓、剕三刑。

　　荀子在〈正論〉篇中曾批駁過「治古無肉刑而有象刑」之說。「治
古」指治理得很好的上古時期。所謂「象刑」，是指按照犯罪程度的大
小，讓犯人穿上不同的服色，象徵性地加以懲罰。比如用墨畫臉代替
刺字的墨刑，用繫草帽帶代替割鼻的劓刑，用割破衣服前的蔽膝代替
宮刑，用穿麻鞋代替砍腳的剕刑，用穿上紅褐色無衣領的衣服代替死
刑。

　　荀子的觀點則是：「殺人者死，傷人者刑」在任何時代都是基本原
則；「刑稱罪則治，不稱罪則亂」，刑罰應該和罪名相稱；「治則刑重，
亂則刑輕」，治理得好的時代刑罰應該重，亂世則刑罰應該輕。

❶ **❷**

羽

羽毛上長有斜生的羽枝

初獻六羽，始用六佾──《左傳》

《左傳·隱公五年》記載：「九月，考仲子之宮，將萬焉。公問羽數於眾仲。對曰：『天子用八，諸侯用六，大夫四，士二。夫舞所以節八音而行八風，故自八以下。』公從之。於是初獻六羽，始用六佾也。」

其中，「考」指建成，「萬」是舞名，「佾（一ˋ）」指樂舞的行列。這一年九月，魯隱公為父親魯惠公的媵妾仲子修建陵寢，舉行落成典禮的時候，要獻演萬舞，於是向大夫眾仲詢問執羽而舞的人數。眾仲回答說：「天子用八行，諸侯用六行，大夫用四行，士用二行。樂舞是調節八種樂器而傳播八方之風，因此人數在八行以下。」自此開始使用「六佾」之禮，即六行樂人執羽而舞。

為什麼要執羽而舞？八佾至二佾的詳情又如何呢？

我們先來看看「羽」字是怎麼造出來的，甲骨文字形❶，很顯然是兩根羽毛的象形，羽軸上分別刻畫出三根斜生的羽枝。甲骨文字形❷，羽軸上分別刻畫出兩根斜生的羽枝。甲骨文字形❸，下面的圓圈表示深植於皮膚中的羽根。也有人認為這兩個圓圈表示手執之處，執羽而舞。金文字形❹，加以規整化，跟今天使用的字形一模一樣。小篆字形❺，反而變得較為複雜。

《說文解字》：「羽，鳥長毛也。象形。」白川靜先生在《常用字解》一書中解釋說：「羽毛二枚並列，表示羽毛、翅膀。鳥被視為神靈的化身，所以在旗幟、兵器

③ ④ ⑤

上裝飾羽毛。小『羽』指羽毛，大『羽』指翅膀。」

現在回到執羽而舞的問題。古有萬舞，分為武舞和文舞兩種。《尚書·大禹謨》記載：「舞干羽于兩階。」武舞即執干（盾牌）和斧鉞而舞，文舞即執羽和樂器而舞。所謂「天子用八，諸侯用六，大夫四，士二」，這是說樂舞每行八人，天子之制使用八八六十四人，諸侯之制使用六八四十八人，大夫之制使用四八三十二人，士之制使用二八一十六人。

《論語·八佾》中有這一則記載：「孔子謂季氏：『八佾舞於庭，是可忍也，孰不可忍也？』」商亡後，周武王分封弟弟周公於魯，並規定後世祭祀周公的時候，特許使用天子的禮樂，因此周公之廟用八佾。掌握魯國實權的卿大夫季孫氏，本應使用四佾，但他竟然僭越，在自己的家廟中使用八佾！因此孔子才氣憤地評價說「是可忍也，孰不可忍也」。

不過，魯隱公「初獻六羽，始用六佾」，這說明在他之前，魯國的國君都在僭越而使用天子的八佾之舞，從他開始才回歸諸侯本應遵從的禮制，「始用六佾」。

「羽」是漢字的一個部首，從「羽」的字都與羽毛、鳥飛有關。和「羽」義項相近的還有兩個常用字「翼」和「翅」，三者的區別，王力先生在《王力古漢語字典》中辨析得非常清楚：「翼與翅是同義詞，但翼較翅常用，構詞能力較翅強。翼有遮護、輔助等義是翅沒有的。羽是翅膀上的長毛，翼指翅膀，二字不同義。羽有時可當翅膀講，如奮翼也可說奮羽；翼無羽毛義。羽毛羽扇，不作翼毛翼扇。」

《陳風圖·宛丘》
（傳）南宋馬和之繪，趙構書，絹本設色，大英博物館藏

　　馬和之，生卒年不詳，錢塘人，南宋畫家，擅畫人
物、佛像、山水，御前畫院十人之首。他自創柳葉描，
行筆飄逸，著色輕淡，人稱「小吳生」。宋高宗和宋孝
宗曾書《毛詩》三百篇，命馬和之每篇畫一圖，匯成巨
帙。其作筆墨沉穩，結構嚴謹，筆法清潤，景致幽深，
較之平時畫卷，更出一頭地。《陳風圖》是《毛詩圖》
系列之一，根據《詩經·國風·陳風》中的十章詩意而
繪。陳國為周武王滅商之後的封國，在現今的河南省淮
陽一帶，「其俗好巫鬼」，巫風頗為盛行，其民能歌善舞。
　　《陳風》首章〈宛丘〉就描寫了祭祀巫舞的場面。
詩曰：「子之湯兮，宛丘之上兮。洵有情兮，而無望兮。
坎其擊鼓，宛丘之下。無冬無夏，值其鷺羽。坎其擊缶，
宛丘之道。無冬無夏，值其鷺翿。」畫面上，兩名巫師
手持羽毛製作的舞具，正隨著咚咚擊缶聲舞到酣處。眾
皆陶醉。「鷺羽」、「鷺翿（ㄉㄠˋ）」都是用鷺鷥羽毛製成
的舞蹈道具，像扇形或傘形。

灶

❶

穴居的灶臺上有直翅目的灶馬出沒

白灶生蛙——《楚辭章句》

首先需要辨析的是：灶臺之「灶」，古字為「竈」或「竈」，「灶」則是這兩個字的俗體字，也是今天所使用的簡化字。很顯然，上面兩個字太過繁冗，不宜書寫，因此後人又造出了從火從土的「灶」，會意為燒火的土灶。不過，如此一來，古人發明灶時的原始形態，以及造出這個字的思維方式，也就盡數失去。

古時的灶，不僅僅是燒火的土灶，其中蘊含著非常豐富的含義。我們來看看本字「竈」的金文字形❶，上面是一個「穴」，上古穴居，可以理解為在穴居之處建灶。不過，甲骨文時代早已有地上宮室，因此也可以理解為掘穴建灶，原始的灶就是這樣發明的。

那麼，下面的字元到底表示什麼呢？這個古怪的符號被學者盡情地猜測，迄今尚無定論。有人說，中間像是在地面上挖出的火道，兩旁則是堆積的柴草，但從字形上來看完全不像；也有人說像是蟋蟀一類的昆蟲，因為灶臺溫暖，秋冬時節就躲在這裡，但為什麼造字的古人以此取意，卻又無法解釋。

徐鍇則解釋說：「穿地為竈也。」張舜徽先生在《說文解字約注》一書中就以此發揮道：「太古穴居野處，率穿地以為炊爨之處，此即竈之起源，故其字從穴。蓋自初民始知用火以為熟食，而竈興矣。」其中，「爨（ㄘㄨㄢˋ）」和「炊」同義。此說的意思大概是指下面的字

2

元表示「用火以為熟食」，但詳情卻也語焉不詳。

一九四一年，著名學者楊堃先生在〈灶神考〉這篇名文中，認為這個字元乃是蛙形：「最初的司灶者或灶之發明者，恐屬於以蛙為圖騰之民族。」他引述段成式《酉陽雜俎・廣知》中的記載：「灶無故自濕潤者，赤蝦蟆名鉤注居之，去則止。」又引述《楚辭・天問》中誦唱的詩句：「水濱之木，得彼小子，夫何惡之，媵有莘之婦？」講的是商初名臣伊尹的故事。根據東漢學者王逸的注解：伊尹的母親夢見神女告知：「臼灶生蛙，亟去，無顧。」不久，臼灶中果然生蛙，她趕緊逃跑，回頭一看，居住的城邑已經被洪水淹沒。不過，她沒聽神女的「不要回頭」的告誡，因而也溺死，化為空桑之木，水乾之後，伊尹從空桑之木中出生。長大後，伊尹很有才幹，但因為出身不好，收養他的有莘氏便把他當作「媵（一ㄥˋ）」，即陪嫁的侍從。有莘氏之女嫁於商王成湯為妃，伊尹便到了成湯那裡當廚師，他向成湯分析天下形勢，被成湯看中，得到重用。

楊堃先生就此認為：「臼灶乃指臼形之土灶而言……所謂『臼灶生蛙』者……乃臼形之土灶，忽而生蛙之謂也。蓋臼形之土灶本系挖地而為之，故有生蛙之可能。而且以理推之，似應先有蛙灶之神話作為背景，然後始有臼灶生蛙與伊尹生於空桑而養於庖人之傳說也。」

就字形來看，倒也像是蛙形，後遂定型為小篆字形❷，《說文解字》：「竈，炊竈也。」

不過，我倒覺得「穴」下面這個字元極像灶馬之形。《酉陽雜俎・廣動植之二》記載：「灶馬，狀如促織，稍大，腳長，好穴於灶側。俗

言灶有馬，足食之兆。」灶馬屬於直翅目穴螽科昆蟲，一年四季都可見到，常出沒於灶臺，以剩菜和小型昆蟲為食，此即「灶馬」之「灶」的得名；這種昆蟲又在直翅目中體型最大，而「馬」是六畜中最大的家畜，引申為「大」之意，此即「灶馬」之「馬」的得名。

　　灶馬有粗大的六肢，體背隆起，恰像這個字元所描繪的形狀。古人相信灶臺上有灶馬是「足食之兆」，因此以此取象，寄寓著豐衣足食的美好願望，「五祀」之祭所祭祀的住宅內外的五種神就包括灶神，其餘四神為門神、戶神、井神、中溜神（土地神）。後世祭灶所說的灶王爺騎馬上天告狀，不過是對「灶馬」其名的誤解而已。

鳥兒張開的兩翅相背

非禮勿視，非禮勿聽，非禮勿言，非禮勿動——

《論語》

❶　　　　　❷　　　　　❸

「非」這個字使用最多的義項，是錯誤或表示否定的副詞，古今皆同。那麼，它為什麼可以表示否定呢？這就要從字形上來釋疑了。

非，甲骨文字形❶，對這個字形有兩種不同的解說：一種意見認為下面即是兩人相背之形的「北」，但為了區別於「北」，上面各添加了一短橫指事符號；相背的人形兩側是刻意強調的手。整個字形會意為兩人背道而馳。另一種意見，如林義光在《文源》一書中認為「像張兩翅」，于省吾先生主編的《甲骨文詁林》則解釋說：「凡鳥飛，翅必相背，故因之為違背之稱。」

非，甲骨文字形❷，這個字形可以確定為鳥兒「張兩翅」之形。如果是兩人相背，則斷無從側面能同時看到兩隻手的可能；而鳥翅上羽毛眾多，僅以兩根羽毛來示意，理所固然。正如南宋學者戴侗早就指出過的「飛與非一字而兩用」，古人先造出「非」，然後在此基礎上再造出「飛」。請看「飛」的小篆字形❸，「非」的甲骨文字形❷正是下部張開的翅膀的截取圖。

非，金文字形❹和❺，大同小異，但請注意，這個字形不是「兆」。小篆字形❻，筆劃增加並延長，變得勻整，但再也看不出張翅之形了。

《說文解字》：「非，違也。從飛下翄，取其相背。」此處，「翄」通「翅」。段玉裁注解說：「從飛下翄，謂

102

④　　　　　　　⑤　　　　　　　　　　⑥

從飛省而下其羽，取其相背也。羽垂則有相背之象，故曰非，違也。」
與上面的字形分析一致。從兩翅相背引申而表否定。

　　《論語・顏淵》中記載了孔子的一句名句：「非禮勿視，非禮勿聽，
非禮勿言，非禮勿動。」此處的「非禮」，指不合禮儀節度。那麼，什
麼樣的視、聽、言、動可以稱得上「非禮」呢？

　　《禮記・曲禮上》中規定：去別人家做客，「將入戶，視必下。入
戶奉扃，視瞻毋回」。快進門時，目光一定要向下；「扃（ㄐㄩㄥ）」是指
從外面關門的門閂，奉扃表示進門時要兩手向心，好像捧著門閂一樣，
這是恭敬之舉，同時，向下的目光不能回轉，東張西望。

　　乘車時，「立視五巂，式視馬尾，顧不過轂」。此處，「巂」通「規」，
指車輪轉一圈；「式」通「軾」，車廂前面供人憑倚的橫木；「轂（ㄍㄨˇ）」
是車輪中心的圓木。站在車上時，向前的視線要達到車輪轉動五圈的
距離；憑靠著軾行禮時，視線只能達到馬尾處；向後看時，視線不能
越過車輪中間的圓木。

　　《禮記・曲禮下》中則規定：「天子視不上於袷，不下於帶；國君，
綏視；大夫，衡視；士，視五步。」其中，「袷（ㄐㄧㄝˊ）」指交疊於胸
前的衣領，即「交領」，臣子看天子，目光上不能超過交領，下不能低
於腰帶；「綏」通「妥」，「妥視」即垂視，臣子看國君，目光要在面部
以下，交領之上；「衡視」即平視，大夫的屬下看大夫，平視即可；士
的屬下看士，可以左右旁視五步的距離。

　　「凡視，上於面則敖，下於帶則憂，傾則奸。」凡是看人，如果看
得過高，超過面部，都看到頭上去了，就會顯得傲慢；如果看得過低，

都低到對方的腰帶下面了，就會顯得似有憂愁；如果在對方的左右亂看，就會顯得奸詐。

以上就是「非禮勿視」的真實含義。今人多用於男人不禮貌地盯著女人看，實在是大錯特錯！

後面三項就很簡單了：「非禮勿聽」，比如《禮記・曲禮上》提到「毋側聽」，因為側著身子，豎起耳朵，有偷聽別人隱私之嫌；「非禮勿言」，說話要經過大腦，不要口不擇言，瞎說一氣；「非禮勿動」，身體的動作要莊重，不要輕浮。

〈屏風後偷聽戀人的女子〉（屏風の後ろで戀人に盜み聞きする女）
鈴木春信繪，江戶時代

　　畫面上，一對戀人依偎而臥，正在耳鬢廝磨，卿卿我我。屏風後，有個
年紀尚幼的女子悄然坐在那兒，垂目屏息，一副「非禮而聽」的樣子。她大概
是一位見習遊女，需隨身服侍等級較高的遊女。從屏風上的松樹景，以及女
子和服上的雪壓竹葉圖案來看，時節大概是冬天。榻榻米上散落著兩本書，
男子手裡還拿著一根菸管。屏風之前是肆意沉醉，屏風之後則斂容縮身。被
偷聽的人似乎毫不介意，而偷聽者還是有些不自在吧。

❶

❷

最顯眼的就是長鼻子

商人服象，為虐於東夷──《呂氏春秋》

《說文解字》：「豫，象之大者。」河南省古稱豫州，如今簡稱「豫」，是否說明上古時期的中原地區出產大象呢？我們先從「象」的造字入手，層層解開這個有趣的疑問。

象，甲骨文字形❶和❷，顯然是一頭栩栩如生的大象的樣子，大象最明顯的特徵就是長鼻子，這個字形描畫得非常清晰。金文字形❸和❹，緊承甲骨文字形而來，雖然加以抽象化，但長鼻的特徵仍然沒有失去。小篆字形❺，上部的長鼻變形得很厲害，不過瞭解字形的演變之後，還是能夠看出大致的象的樣子。

《說文解字》：「象，長鼻牙，南越大獸。三年一乳，象耳牙四足之形。」近代學者羅振玉先生對許慎的釋義進行了詳細的辨析：「今觀篆文，但見長鼻及足尾，不見耳牙之形。卜辭……亦但象長鼻，蓋象之尤異於他畜者，其鼻矣。又象為南越大獸，此後世事，古代則黃河南北亦有之。『為』字從手牽象，則象為尋常服御之物，今殷墟遺物有鏤象牙禮器，又有象齒甚多。卜用之骨，有絕大者，殆亦象骨。又卜辭卜田獵，有獲象之語。知古者中原象至殷世尚盛也。」

「中原象至殷世尚盛」，說得一點兒都不錯，《呂氏春秋‧古樂》中有明確的記載：「成王立，殷民反，王命周公踐伐之。商人服象，為虐於東夷。周公遂以師逐

❸

❹

❺

之，至於江南，乃為三象，以嘉其德。」

　　這段話講的就是著名的「管蔡之亂」。紂王的兒子武庚聯合管叔、蔡叔作亂，役使大象，為害東夷。周公用了三年時間平定叛亂，並作〈三象〉之樂紀念。根據《禮記・內則》的記載：「成童，舞〈象〉，學射御。」周代的男孩子到了十五歲就要學習〈三象〉的樂舞，這屬於武舞，還要練習射箭和御馬之術，因此雅稱男孩子十五歲為「舞象」之年。

　　《韓非子・解老》中有這一段議論：「人希見生象也，而得死象之骨，案其圖以想其生也，故諸人之所以意想者，皆謂之『象』也。」韓非子是戰國時人，可見至周代末年，黃河流域的大象早已經滅絕了。人們看到象骨而揣想活象的模樣，因此「象」字引申出形象、象徵、肖像等含義。

　　那麼，為什麼大象會滅絕呢？原來，這跟當時的氣候變化密切相關。商、周交替之際，黃河流域的年平均氣溫比現在高大約攝氏三度，學術界稱作「仰韶暖期」，雨水豐沛，草木茂盛，適合大象生存。到了西周周孝王時期，《竹書紀年》記載西元前九〇三年長江、漢江結冰，這是一次大規模的氣候變冷期，黃河流域不再適合大象生存，因此韓非子的時代早就看不到活象了。而許慎所生活的東漢時期，更是把大象定義為「南越大獸」，只有在熱帶地區才能見到了。

❶　　　　　❷

用箭射中野豬後捉回來馴養

命曰人彘——《史記》

　　馬、牛、羊、雞、犬、豬，這是古代中國的先民最早馴化的六種家畜，合稱「六畜」。其中豬的稱謂最為豐富：豕（ㄕˇ）、豬、豚、豨（ㄒㄧ）、彘（ㄓˋ）。本文解說的是「彘」。

　　何謂「彘」？《說文解字》：「彘，豕也。後蹄廢謂之彘。」段玉裁注解說：「廢，鈍置也。彘之言滯也，豕前足僅屈伸，後足行步蹇劣，故謂之廢。」張舜徽先生在《說文解字約注》一書中進一步解釋說：「家畜之豕，以圈養之，食已則睡，睡起復食，不常出外行動，易致肥腯，而後蹄多廢，大者尤然，故其行走遲難也。」

　　「腯（ㄊㄨˊ）」是形容豬肥的專用字。按照上述說法，家豬因為貪吃貪睡，運動極少而導致後蹄退化，因此以與「滯」同音的「彘」命名。事實果真如此嗎？

　　彘，甲骨文字形❶，右邊是一頭豬，左邊是一支箭（矢），顯然是指用箭射豬。甲骨文字形❷，這支箭射穿了豬的腹部。甲骨文字形❸，射穿豬腹的是箭的省形。

　　羅振玉先生解釋說：「從豕身著矢，乃彘字也。彘殆野豕，非射不可得，亦猶雉之不可生得。」現代學者裘錫圭先生也在《文字學概要》中寫道：「古代稱野豬為彘。野豬是射獵的對象，所以字形在『豕』上加『矢』以示意。」

　　現代學者臧克和先生則在《漢字取象論》一書中認

❸

❹

❺

為「取『矢』的豎直聳立的特點，來涵蓋一類具有豎直聳立特徵的事物」，並舉文獻記載：「《〈山海經〉圖贊》：『豪彘：則彘之族，號曰豪彘。毛如攢錐，中有激矢。』又《北山經》『長彘』條：『長彘百尋，厥髯如矢。』」因此得出結論：「皆可徵『彘』字從矢之義，殆取象象徵其髯之剛，其毛如錐也。」

不過，從字形來看，箭射野豬的形象非常鮮明，卻沒有豬鬃剛如箭矢的樣子。

金文字形❹，開始變得複雜起來。中間還是一支箭，左邊仍然是豬的象形，右邊的字元是什麼呢？陳明遠、金岷彬兩位學者在〈從甲骨文看史前狩獵與動物馴養〉一文中認為這是一條獵犬，「強調用矢和獵犬捕獵」。小篆字形❺，跟今天使用的「彘」字一模一樣，除了「矢」之外，其餘部分都看不出野豬的樣子，下部的兩個「匕」顯然是從金文字形訛變而來，但完全不知所云。

綜上所述，「彘」的本義應為用箭射中野豬，捕獲回來馴養成家豬，或用作祭祀。

《史記・呂太后本紀》中，記載呂后最恨劉邦的寵妃戚夫人，劉邦死後，「太后遂斷戚夫人手足，去眼，煇耳，飲瘖藥，使居廁中，命曰『人彘』」。「去眼」，挖掉雙眼；「煇」通「熏」，「煇耳」即熏聾耳朵；「瘖（一ㄣ）」指失語病，變成啞巴。

不僅如此，心腸歹毒的呂后還「召孝惠帝觀人彘」。漢惠帝看到戚夫人的慘狀，痛不欲生地說：「此非人所為。臣為太后子，終不能治天下。」從此不理朝政，沒幾年就病死了。

❶

❷

蜷起身子、眼睛突出的蠶

烈日已應驚蜀犬，炎雲惟是喘吳牛——唐孫華

天府之國四川別稱「蜀」，人們大多不知道為何有這樣的別稱，讓我們先來看看「蜀」這個字的演變過程。

蜀，甲骨文字形❶，這是一個象形字，《說文解字》：「蜀，葵中蠶也。從蟲，上目象蜀頭形，中象其身蜎蜎。」段玉裁稱，應為「桑中蠶」，如此一來，這個字的意義就很清楚了，「蜀」就是蠶，上部的「目」是蠶頭部的形狀，下部的捲曲狀是模仿蠶身體屈曲的樣子。蜎蜎（ㄩㄢ），形容蟲子爬行的曲軀蠕動的樣子。至於甲骨文字形❷，蠶的身體蜷曲得更厲害了。金文字形❸，下面添加了一條蟲來示意。小篆字形❹，直接從金文演變而來。楷體字形的下部直接變成了「虫」字。

《詩經·東山》有句：「蜎蜎者蜀，烝在桑野。」烝（ㄓㄥ）形容眾多，這句詩的意思是：眾多的蠶兒曲曲彎彎地爬行在遍布桑林的田野。古代的四川很早就開始種桑養蠶，因此以蠶為圖騰。李白的〈蜀道難〉一詩開篇就說：「蠶叢及魚鳧，開國何茫然。」蠶叢和魚鳧是古蜀國兩位國王的名字，蠶叢顯然更是直接以蠶為名、為圖騰。根據《華陽國志》的記載：「蜀侯蠶叢，其目縱。」蠶叢的眼睛是「縱」起來的，想一想「蜀」字的金文字形吧，上面那隻大眼睛多麼像縱起來的形狀啊！這就是四川別稱「蜀」的來歷。正因為古蜀國早就開始種桑養蠶，因此盛產絲綢，著名的蜀錦、蜀繡行銷全國，成為

③　　　　　　　　　④

著名的絲織品。

　有個成語叫「蜀犬吠日」，是少見多怪的意思。蜀地多霧，不常出太陽，因此每逢日出，群狗就狂吠不已。「蜀犬吠日」這個成語出自柳宗元的〈答韋中立論師道書〉：「屈子賦曰：『邑犬群吠，吠所怪也。』僕往聞庸蜀之南，恆雨少日，日出則犬吠，余以為過言。」柳宗元說：屈原說群犬狂吠，是在吠奇怪的東西。過去我聽說庸（古國名，在今湖北省竹山縣東南）和蜀以南的地方經常下雨，很少出太陽，一出太陽就會群犬亂吠，當時我還以為這是誇大其辭呢！從此人們就用「蜀犬吠日」比喻少見多怪。

　清代詩人唐孫華有詩曰：「烈日已應驚蜀犬，炎雲惟是喘吳牛。」如同「蜀犬吠日」一樣，吳地的水牛怕熱，見到月亮就以為是太陽，喘息不已，這叫「吳牛喘月」。此詩稱吳牛見到炎雲（編註：紅色的雲）也喘息，想來牠們是多麼希望見到陰雲啊！

　有趣的是，「蜀」還是一種動物的名字，這種神奇的動物記載在《山海經》中：「有獸焉，其狀如馬而白首，其文如虎而赤尾，其音如謠，其名曰鹿蜀，佩之宜子孫。」東晉學者郭璞用韻文進一步描述了「鹿蜀」這種神奇的動物：「鹿蜀之獸，馬質虎文，驤首吟鳴，矯足騰群，佩其皮毛，子孫如雲。」《山海經》中記載著很多神奇的動物，現代人都視之為傳說，大概是因為當時的很多動物後來都滅絕了，如今不是每天都還有許多物種正在滅絕中嗎？「鹿蜀」大約也經歷了同樣的命運。

〈王蜀宮妓圖〉
明代唐寅繪，絹本設色，北京故宮博物院藏

　　唐寅（1470~1524），字伯虎，小字子畏，號六如居士，南直隸蘇州府吳縣（今江蘇蘇州）人。明代著名書法家、畫家、詩人，「吳門四家」之一。

　　此圖原名〈孟蜀宮妓圖〉，俗稱〈四美圖〉，描繪五代前蜀後主王衍的後宮故事，有諷喻之意。畫上題曰：「蓮花冠子道人衣，日侍君王宴紫微。花柳不知人已去，年年鬥綠與爭緋。蜀後主每於宮中裏小巾，命宮妓衣道衣，冠蓮花冠，日尋花柳以侍酣宴。蜀之謠已溢耳矣，而主之不挹注之，竟至濫觴。俾後想搖頭之令，不無扼腕。」

　　畫面上，四名宮女正在整妝待君王召喚。她們頭戴金蓮花冠，身著雲霞彩飾的道衣，妝容精緻，體態優美。

　　這是唐寅工筆重彩仕女圖的代表作品。仕女削肩狹背，柳眉櫻唇，額、鼻、頷施以「三白」；衣紋作琴弦描，細勁流暢；設色鮮明，濃豔又不失清雅。

　　前蜀是五代十國政權之一，由王建所建，定都成都，歷經十八年即覆滅。

❶

鰥

一條流淚的魚

老而無妻曰鰥——《孟子》

　　孟子在〈梁惠王下〉篇中發過一段著名的議論:「老而無妻曰鰥,老而無夫曰寡,老而無子曰獨,幼而無父曰孤。此四者,天下之窮民而無告者。」在這四種稱謂中,「寡」、「獨」、「孤」都很容易理解,唯獨這個「老而無妻曰鰥」令人費解。「鰥(ㄍㄨㄢ)」到底是什麼東西?為什麼可以代指老而無妻的男人呢?

　　「鰥」是後起字,金文字形❶,下面是條魚,上面是「罪」。在甲骨文字形中,「罪」是眼中流淚之形,郭沫若先生認為「當系涕之古字,像目垂淚之形」;加拿大學者高島謙一先生和臺灣學者高鴻縉先生則認為是「淚」的初文;廣東中山大學陳斯鵬教授認為是「泣」的初文。也就是說,這個字形會意為一條流淚的魚。

　　鰥,金文字形❷,上下兩部分結合得更加緊密。小篆字形❸,規整化為左右結構。《說文解字》:「鰥,魚也。從魚,罪聲。」許慎只說「鰥」是魚,卻沒有說是什麼魚。其實「鰥」就是鱞(ㄍㄢˇ)魚,是一種體型很大的魚,重者可達三、四十斤,甚至可達百斤,性情兇猛,以捕食其他魚類為生。

　　託名秦末儒生孔鮒所著的《孔叢子·抗志》中,講了一個有趣的故事:「子思居衛,衛人釣於河,得鰥魚焉,其大盈車。子思問之曰:『鰥魚,魚之難得者也,子如何得之?』對曰:『吾始下釣,垂一魴之餌,鰥過

而弗視也。更以豚之半體，則吞之矣。』子思喟然曰：『鰥雖難得，貪以死餌；士雖懷道，貪以死祿矣。』」

衛人一開始用魴魚做餌，但鰥魚視而不見；又用半隻小豬做餌，鰥魚才上鉤。可見鰥魚體型之巨大，一口就可以吞下半隻小豬。

那麼，「鰥」或「鰥夫」為什麼可以指代無妻的男人呢？我們先來看看東漢經學家劉熙在《釋名·釋親屬》中的解釋：「無妻曰鰥。鰥，昆也。昆，明也。愁悒不寐，目恆鰥鰥然也，故其字從魚，魚目恆不閉者也。」劉熙的意思是說，鰥魚的眼睛從來不閉上，因此以之比附無妻的男人。無妻的男人孤獨無伴，憂愁鬱悶睡不著覺，長夜漫漫，一直睜著眼睛，就像鰥魚一樣。金代詩人元好問有詩曰：「鰥鰥魚目漫漫夜，盼到明星老卻人。」這一意象就來自劉熙的釋義。

李時珍則在《本草綱目》中解釋說：「其性獨行，故曰鰥。」意思是說鰥魚性喜獨來獨往，因此命名為「鰥」，並進而以之比附無妻獨行的男人。

魚類沒有淚腺，不會流淚。以上解釋都沒有涉及為什麼用目中流淚的鰥魚來組成「鰥」這個字的原因。其實，這應該是出自古人的附會。鰥魚體型巨大，給古人留下了深刻的印象，因此先用不閉眼和獨行這兩大特徵來比附無妻的男人，再加以藝術性的想像，想像鰥魚會因不閉眼和獨行而流淚，從而比附無妻而深夜流淚的鰥夫。

從「鰥」的字形中，可以看出古人造字思維之可愛。不過，「鰥」並不像孟子所言「老而無妻曰鰥」，凡無妻者、喪妻者皆可稱「鰥」，與年齡無關。

植物篇

❶ ❷

枝葉下垂的柳樹

櫻桃樊素口，楊柳小蠻腰——白居易

《詩經・采薇》：「昔我往矣，楊柳依依。今我來思，雨雪霏霏。」很多人望文生義，以為楊柳就是楊樹和柳樹的合稱，其實大謬不然。楊樹樹形高大，枝幹挺拔，何來「依依」的嬌弱之態？南朝詩人費昶也有詩曰：「楊柳何時歸，嫋嫋復依依。」楊樹同樣也沒有「嫋嫋」的嬌弱之態。

柳，甲骨文字形❶，許慎稱之為形聲字，但我們看字形，上為「木」，下面倒真像下垂的枝條，只不過有些變形而已。甲骨文字形❷，下垂的枝葉的樣子更加具象，因此我認為甲骨文中的「柳」字應該是象形字。金文字形❸，變成了左右結構。小篆字形❹，真正變成了左形右聲的形聲字。

《說文解字》：「柳，小楊也。」宋代《埤雅》一書說：「柔脆易生，與楊同類。縱橫顛倒植之皆生。」段玉裁說：「楊之細莖小葉者曰柳。」種種說法都是把楊和柳視為兩種不同的樹種，其實這些都是錯誤的。《爾雅・釋木》：「楊，蒲柳。」宋代《廣韻》：「楊，赤莖柳。」可見最早的時候楊和柳是同一個樹種，楊是柳的一種——蒲柳，又叫水楊，一入秋就會凋零，故有「蒲柳之姿，望秋而落；松柏之質，經霜彌茂」的詠嘆。

《戰國策》中講了一個故事：「楚有養由基者，善射，去柳葉者百步而射之，百發百中。」後來被總結為成語

❸

❹

「百步穿楊」。養由基射的明明是柳葉，為何稱為「穿楊」？這就是楊和柳本為同一樹種的緣故。唐代還有一個很好玩的故事，也能夠說明楊柳一體。詩人李泌寫詩諷刺楊國忠道：「青青東門柳，歲晏復憔悴。」楊國忠拿著詩去向玄宗李隆基告狀，玄宗笑著說：「賦柳為譏卿，則賦李為譏朕可乎？」楊國忠明明姓楊，玄宗卻說「賦柳為譏卿」，同樣是楊柳一體的明證。

唐人傳奇《煬帝開河記》中描寫了一個生動有趣的傳說。汴梁（今開封）的大渠修成後，為了避暑，隋煬帝親自動手，與群臣及百姓將兩岸都栽滿了垂柳，當時的歌謠唱道：「天子先栽，然後百姓栽。」栽畢，隋煬帝御筆寫賜垂柳姓楊，曰楊柳也。雖然是民間傳說，但也間接證明了楊柳一體。

在古代詩文中，楊柳是常見的意象。明末清初文學家李漁在《閒情偶寄》中寫道：「柳貴於垂，不垂則可無柳；柳條貴長，不長則無嫋娜之致，徒垂無益也。」柳、留諧音，因此「柳」常常用來暗喻離別之情；加上柳條最長，因此古人總是折柳而別。白居易的〈憶江柳〉：「曾栽楊柳江南岸，一別江南兩度春。遙憶青青江岸上，不知攀折是何人。」施肩吾的〈折楊柳〉：「傷見路旁楊柳春，一重折盡一重新。今年還折去年處，不送去年離別人。」唐代時，人們離開長安遠去，必在楊柳掩映的霸陵橋作別，因此才有李白的千古名句：「年年柳色，灞陵傷別。」

垂柳依依嫋娜，故用「楊柳腰」比喻女子苗條的腰肢。還記得白居易的名句吧？「櫻桃樊素口，楊柳小蠻腰。」白居易的歌姬樊素是櫻

桃小口，另一名歌姬小蠻是楊柳之腰，各擅勝場。因
為楊柳的這種特質，古人常常把妓院聚集的地方稱作
柳市花街或柳巷花街。

《唐人詩意山水冊》之一
清代項穆之繪，紙本設色，北京故宮博物院藏

　　項穆之，一字莘甫，清代上元（今南京）人，擅畫山水。《唐人詩意山水冊》
共十開，皆以唐人詩意入畫，淡秀清雅。

　　此幅畫的是醉吟先生〈山遊示小妓〉詩意。「醉吟先生」即白居易。詩云：
「雙鬟垂未合，三十才過半。本是綺羅人，今為山水伴。春泉共揮弄，好樹同
攀玩。笑容共底迷，酒思風前亂。紅凝舞袖急，黛慘歌聲緩。莫唱楊柳枝，
無腸與君斷。」

　　蓄妓玩樂，始自東晉，唐代比較普遍。在白居易的詩中，知姓名之妓便
有十幾個，最出名的自然是小蠻和樊素。這首詩寫白居易攜一個年方十五歲
左右的小妓遊玩山水。小妓尚青春，詩人已年老，風情不再，故勸其「莫唱
楊柳枝」。畫面上，小妓著綠衫，背後一株柳樹青翠茂盛。小妓抱著一束柳枝
欲折未折的樣子，不知是否小蠻呢？

桑

用手採摘桑葉

❶

❷

《詩經》中有一首題為〈將仲子〉的詩篇，是一個女子的自述。這女子和一位名叫仲子的男子相愛，但又畏懼流言蜚語，於是請求仲子不要來打擾她。其中有兩句：「將仲子兮，無逾我牆，無折我樹桑。」仲子啊，請你不要翻過我家的牆，別弄折了我家的桑樹。

種桑養蠶是古人生活中非常重要的農事活動，在房前屋後大量種植。南宋學者朱熹曾說：「桑、梓二木，古者五畝之宅，樹之牆下，以遺子孫給蠶食，具器用者也……桑梓，父母所植。」因此，古人就用「桑梓」借指故鄉或鄉親父老。

桑，甲骨文字形❶，這是一個象形字，一棵桑樹的樣子非常具象。甲骨文字形❷，桑樹的樣子更加美觀。字形❸是西漢瓦當上殘存的「桑」字，這塊瓦當出土於西安，僅存「監桑」二字，顯然是受過閹割之刑的犯人養傷的蠶室遺物。顏師古解釋「蠶室」說：「凡養蠶者欲其溫早成，故為蠶室，畜火以置之。而新腐刑亦有中風之患，須入密室，乃得以全，因呼為蠶室耳。」蠶室，這個優雅浪漫的名字，卻被用來安置剛剛被閹割的犯人！小篆字形❹，樹上的枝葉換成手的形狀，突出了採摘桑葉的意象。

《說文解字》：「桑，蠶所食葉木。」種桑養蠶對古人的生活如此之重要，以至於古人把桑樹稱作神桑。根據

❸

❹

《山海經》的記載，海外極遠之處有扶桑樹，高兩千丈，兩兩同根相生，互相依倚，故名「扶桑」。太陽在下面的湯谷中沐浴之後，攀著扶桑的樹梢冉冉升起，這就是日出之處。

古人跟桑樹的關係甚至到了依戀的地步，佛教語有「三宿戀」之說，唐代李賢解釋道：「言浮屠之人寄桑下者，不經三宿便即移去，示無愛戀之心也。」竟至於用對桑樹的愛戀來作譬！清代龔自珍有詞曰：「空桑三宿猶生戀，何況三年吟緒。」其中「空桑」代指僧人或佛門，有人認為空桑乃是聖山，古籍中常見聖人生於或者活動於空桑的記載，但我認為此處的「空桑」是一個象徵，寄於桑樹下不經三宿便即離去，以示無愛戀之心，那麼即使不在桑樹下，心中也應該不存桑樹之念，此之謂「空桑」。清代袁枚有詩曰：「頗似神仙逢小劫，敢同佛子戀空桑。」此處將「小劫」與「空桑」對舉，正印證了「空」非實指，乃是象徵。

春秋時期，衛國的濮水之濱有個地方叫桑間，遍植桑樹，青年男女都喜歡來到這裡幽會，幽會就少不了歌舞，但是幽會的歌舞怎麼可能莊重呢？自然活潑歡快，當然也纏綿曖昧，因此衛國的音樂就被稱為「靡靡之音」，這就是所謂「桑間濮上之音」，歷來被視為亡國之音。「桑間濮上」後來又由具體的地名抽象化為男女幽會的場所，甚至用來形容淫靡風氣盛行的地方，真是玷汙了一個浪漫雅致的好詞！

❶　　　　❷　　　　❸

種子發芽從地面鑽出來

屯，剛柔始交而難生──《易經》

「屯」這個字，今天只用於聚集、駐紮、屯田等義項，讀作ㄊㄨㄣˊ；但它最初的讀音卻是ㄓㄨㄣ，當作艱難講。「屯」為什麼會具備這樣的義項呢？

屯，甲骨文字形❶，很明顯這是一個象形字，徐中舒先生認為「字形像待放之花苞與葉形」，張舜徽先生則認為中間的圓形像植物的種子，「凡植物播種在地，初吐芽時，其種子必丨（ㄍㄨㄣˇ）出冒而在上，驗之豆類，尤為易見。其他草木，靡不皆然」，「屯字即象其屈曲難出之形」。有過種植經驗的人應該都見過這樣的景象。該字形下面的一橫代表地面。甲骨文字形❷，大同小異。

屯，金文字形❸，種子的圓形部位被填實，下面是張開的葉芽，省去了地面。金文字形❹，又添上了地面。金文字形❺，變得複雜起來，上面的橢圓形仍然代表種子。不過，白川靜先生認為這個字形像「織物邊緣的線頭紮起的穗狀飾物之形」，左民安先生認為「像古代纏線的工具，中間即為線團」，因此「屯」是「純」字的初文，即絲織品。金文中屢有賜予「玄衣黹屯」的記載，「玄衣」是祭祀時所穿的青黑花紋相間的禮服，而「黹（ㄓˇ）」指刺繡，「黹屯」即繡有花紋的絲衣邊緣。但這裡的「屯」應該是借字，因為「春」的甲骨文字形中也出現了「屯」這個字元，正是描述日光照射、草木發芽生長的情景，因此將「屯」釋為種子發芽更有說服力。

④　　　　　　⑤　　　　　　⑥

屯，小篆字形❻，將代表地面的一橫移到了上面。《說文解字》：「屯，難也。象草木之初生，屯然而難。從屮貫一。一，地也。尾曲。」清代學者徐灝進一步解釋說：「此篆從屮，曲之以象難生之意。從一，象地。屯之引申為留難之義，又為屯聚屯守之稱。」《易經》的屯卦中有「屯，剛柔始交而難生」的描述，草木初生，正是「剛柔始交」而艱難生長的生動寫照。

因此，「屯」的本義是艱難、困頓，比如「屯窮」意為困頓貧窮，「屯蹇」意為不順利。草木艱難生長是一種遲滯的狀態，因此「屯」又引申為留難，阻留艱難，阻留於某地則為屯聚，此即《廣雅・釋詁》的釋義：「屯，聚也。」

既然是遲滯狀態，既然是阻留，那麼「屯」一定只是一種暫時居留的狀態，而不可能是長期居留。什麼狀態是最早的暫時居留呢？毫無疑問就是戰爭中的軍隊，因此軍隊的聚集和駐紮就稱作「屯」。戰國時期的《商君書・境內》中規定：「五人一屯長。」秦末的陳勝和吳廣都當過屯長，顏師古解釋說：「人所聚曰屯，為其長帥也。」

軍隊暫時「屯」於某地，讓士卒去墾殖荒地，以補充軍糧，這就是中國古代的屯田制度。根據《漢書・西域傳》的記載：「自武帝初通西域，置校尉，屯田渠犁。」則這一制度始於漢武帝，最初是軍屯；後來又出現了招募無地農民墾荒的民屯；明代時，為了籌措西北邊防軍餉，命令鹽商向邊地納糧，然後才能發給運鹽的憑證，鹽商為求便利，就在邊地招募農民墾荒，稱作商屯或鹽屯。

❶

❷

花朵下垂的樣子

朵頤進芰實，攫手持蟹螯──柳宗元

「朵」是個後起的字，小篆字形❶，這是一個象形字，下面是「木」，上面像花朵的形狀。《說文解字》：「朵，樹木垂朵朵也。」段玉裁解釋道：「凡枝葉花實之垂者皆曰朵朵。」既然是花實下垂的形狀，那麼花兒當然就可以稱為「花朵」了。

至於「耳朵」這一稱謂，可做兩種解釋：一是耳垂下墜的形狀跟花實下垂的形狀相似，「樹木垂朵朵」的說法可以逕自改為「耳垂朵朵」，故稱「耳朵」；一是花實下垂在樹木旁邊，因此「朵」字引申出兩旁的意思，比如古人將正樓兩側的樓喚作「朵樓」，大殿的左右走廊喚作「朵廊」，均屬於這樣的用法，耳朵剛好位於頭部兩旁，故稱「耳朵」。

「朵」還可以用作動詞，意思是「動」。這是因為花實累累下垂，輕風一吹就會隨風拂動。長沙馬王堆漢墓出土的帛書中有《黃帝四經》一書，其中《十六經・正亂》一文中寫道：「我將觀其往事之卒而朵焉，待其來事之遂形而私焉。」這兩句話的意思是：我將要考察蚩尤過去的所作所為而採取行動，靜待蚩尤將來壞事做盡再配合採取的行動。這裡的「朵」就是動詞。

最奇特的是，「朵」和「頤」這兩個字居然可以結合在一起！比如「大快朵頤」，意思是大飽口福。

「頤」的古字寫作「臣」，也就是「頤」字的左邊一

❸

❹

半，金文字形❷，這是一個象形字。段玉裁說：「橫視之，則口上口下口中之形俱見矣。」這是咧開嘴笑時下巴的樣子，不過畫的時候把寬下巴豎起來了，裡面的兩個黑點代表牙齒。如果說金文字形還不是十分具象的話，那麼我們以小篆字形❸，可以看得很清楚：橫過來看，上面是嘴巴的形狀，下面往下凸起的部分是下巴，因此「頤」的本義就是下巴。

頤，小篆字形❹，右邊添加了代表頭的「頁」，變成一個形聲字。

有一個成語叫「頤指氣使」，意思是：不說話，光用下巴示意對方或下屬如何如何做，傲慢的樣子多麼具象！還有「解頤」，意思是開顏歡笑，高興得下巴都張開了。不過，古時候的下巴包括口腔上下兩個部分，即上頜和下頜，而現今大多僅指下頜。咀嚼食物的時候，上下頜要共同運動，因此「頤」這個字就跟飲食扯上了關係。《周易》第二十七卦叫「頤」卦，通篇講的就是飲食營養的養生之道，其中出現了「朵頤」一詞：「初九，舍爾靈龜，觀我朵頤，凶。」靈龜用於占卜，因此非常珍貴，用來比喻財寶。「朵頤」即鼓動下巴或腮頰咀嚼食物。這一卦是勸諭之辭，意思是：你不愛惜自己最珍貴的東西，反而捨棄自己的財富，豔羨地來看我鼓著腮幫子吃東西，這就十分凶險了！

柳宗元有詩曰：「朵頤進芰實，擢手持蟹螯。」其中的「芰（ㄐㄧˋ）實」就是菱角。不張開下巴和嘴巴，菱角怎麼能夠吃進嘴裡？這幾乎是量身訂做，專門用來解釋「朵頤」的一句詩！

鼓著腮幫子大嚼特嚼的必定是美食，因此「朵頤」一詞又引申為嚮往、饞羨的意思。明代文學家沈德符在《萬曆野獲編》一書中，曾

經描述過一個官位空缺的有趣場景：「辛丑年，浙江吏部缺出，朵頤者凡數人。」用「朵頤」來形容覬覦官位的猴急模樣，實在是太具象了！僅僅「朵頤」還不過癮，古人又在前面加上了一個程度更深的「大快」，非常快活，那麼這頓盛宴一定是大飽口福了！

　　「頤」跟飲食的養生之道扯上關係之後，又引申出保養的意思，比如頤神（保養精神）、頤年（保養延年）、頤老（養老）、頤養天年。又比如頤和園，就是取「頤養沖和」之意。

果

❶

❷

枝杈上有幾顆圓圓的果子

殺敵為果，致果為毅——《左傳》

有的學者認為甲骨文中沒有「果」字，因此一些通行的甲骨文字典中查不到這個字。但其實是有的，甲骨文字形❶，可以看得很清楚，主幹是「木」，枝杈上有三顆圓圓的果子。甲骨文字形❷，果實累累的樣子煞是惹人喜愛。

金文字形❸，甲骨文字形強調果實多，而金文字形則強調果實大，「木」上只有一顆大大的果實，裡面的四個黑點表示果實中的籽粒。小篆字形❹，「木」上訛變為「田」，看不出果實的形狀了。

不過，即使有所訛變，但許慎還是清楚地知道「果」的本來形狀，《說文解字》：「果，木實也。從木，象果形，在木之上。」徐鍇進一步解釋說：「樹生曰果，故在上也。」

古人造字時，分類極其精細，長在樹上的才能稱「果」。為什麼這樣說呢？我們來看《周禮》的記載。周代有「甸師」一職，職責之一是祭祀的時候「共野果蓏之薦」。鄭玄注解說：「果，桃李之屬；蓏，瓜瓞之屬。」大瓜稱「瓜」，小瓜稱「瓞（ㄅㄧㄝˊ）」，「蓏（ㄌㄨㄛˇ）」即指瓜類。不過，也有學者認為「木曰果，草曰蓏」，木本植物的果實稱「果」，草本植物的果實稱「蓏」；還有學者認為「有核曰果，無核曰蓏」。瓜類既屬在地的蔓生植物，又沒有核，當然不能稱「果」。

❸

❹

　　白川靜先生在《常用字解》一書中寫道：「象形，樹木結出果實之態，義指樹木的果實。花朵綻開凋落後果實結出，所以，成長被喻為『開花結果』的過程。由此，還有為了產生某種結果而『果斷』做出決定的用法。」這也是除了果實之外，今天使用最多的義項。

　　果斷、果敢，當然是引申義，那麼這個義項是怎麼引申而來的呢？《左傳·宣公二年》中有一場戰爭的記事，乃是對古代戰爭形態的鮮明描述。

　　西元前六〇七年，鄭國和宋國進行了「大棘之戰」，宋軍慘敗。不過，戰爭過程中發生了一件有趣的事：「狂狡輅鄭人，鄭人入於井，倒戟而出之，獲狂狡。」狂狡是宋國大夫，「輅（ㄌㄨˋ）」指迎上前去。狂狡迎戰一位鄭國士兵，士兵逃入井中，狂狡倒轉戟柄把他救了上來，沒想到這位士兵出井之後，趁其不備，反而俘虜了狂狡！

　　針對狂狡的行為，有君子發表了一段評論：「失禮違命，宜其為禽也。戎，昭果毅以聽之之謂禮，殺敵為果，致果為毅。易之，戮也。」此處「禽」通「擒」。孔穎達注解說：「軍法以殺敵為上，將軍臨戰，必三令五申之。狂狡失即戎之禮，違元帥之命曲法以拯鄭人，宜其為禽也。」這就叫「失禮違命」。狂狡雖然本著人道主義的精神做了好事，卻違背了軍中之禮，活該被擒。

　　什麼是軍中之禮？「殺敵為果，致果為毅」即是。孔穎達繼續解釋說：「能殺敵人，是名為果，言能果敢以除賊；致此果敢，乃名為毅，言能強毅以立功。」也就是說，戰爭的目的及結果是殺死敵人，果斷殺死敵人才能稱「毅」，「毅」指強而有決斷。狂狡無視「殺敵為果」

的原則，毫無決斷地拯救敵人，不能稱「果毅」。

　　果斷、果敢就是由「殺敵為果」的結果而來，是古人特別強調的軍人的素質，後世因此設有果毅都尉、果毅將軍之職。

〈摘柿子〉〈柿の実とり〉
鈴木春信繪・約 1767 年至 1768 年

　　這是一幅秋意盎然又春意旖旎的錦繪。「春信式」纖柔天真的
女孩子爬到同樣年輕的男子背上採摘柿子。果實累累的枝條從柴垣
內伸出牆外，十分喜人，難怪女孩子急切想要採摘。柿子以橙色和
黃色重複刷印，以突顯飽滿的立體感。少女體態這樣輕盈，背負的
一方看起來一點也不吃力。整個畫面色調溫暖柔和，富有青春氣息。

❶

❷

散穗下垂，已經成熟的黍子

黍曰薌合——《禮記》

甲骨卜辭中屢屢出現「受黍年」的記載，這是在占卜這一年的黍子是否豐收，「黍」在古代農作物中的重要性可見一斑。

黍，甲骨文字形❶，一株黍子的形狀被描畫得栩栩如生。羅振玉先生解釋說：「黍為散穗，與稻不同。」這個字形上部斜垂的三個三叉之形正是散穗的具象寫照，由此也可知這是一株散穗下垂、已經成熟的黍子。

黍，甲骨文字形❷，右邊相同，仍然是一株成熟的黍子，左下角非常意外地添加了一個「水」旁。有的學者認為這不是水形，而是脫落的黍子的籽粒，但脫落的籽粒用幾個小點示意即可，而這個字形中明明有一個表示彎曲流動的水的S形。因此可以確定，這個甲骨文的「黍」的確從「水」。

黍，金文字形❸，左邊是「水」，右邊是「禾」，乾脆將三叉的散穗之形簡化為「禾」，雖經簡化而更容易書寫，卻也失去了黍子的原始形狀。

黍，小篆字形❹，將左右結構變為上下結構，上「禾」下「水」的中間添加了一個半圓形。有人認為這個半圓形乃是黍子散穗之形的訛變，也有人認為這個半圓形表示房屋，在房屋裡用黍子釀酒。

《說文解字》：「黍，禾屬而黏者也。以大暑而種，故謂之黍。從禾，雨省聲。孔子曰：『黍可為酒，禾入

❸   **❹**

水也。』」原本「黍」是一個象形字，許慎卻把它當成形聲字，進而將小篆字形下面的半圓形和水形看作「雨」，表聲。這一釋義很顯然是錯誤的。

「黍」的本義是有黏性的穀物，去皮後稱「大黃米」。中國社會科學院楊升南教授在《商代經濟史》一書中，把「黍」分為黏性和不黏性兩個變種，他認為從水的「黍」字即是黏性黍，也就是許慎所說的「禾屬而黏者」，不從水的「黍」字則是不黏性的黍。

按照楊升南教授的觀點，孔子所言「黍可為酒，禾入水也」顯然是指黏性黍，從水的「黍」字表示用水和黍子釀酒，上述「黍」的小篆字形也有人認為「這個半圓形表示房屋，在房屋裡用黍子釀酒」的看法，即由此生發而來。

用黍子釀成的酒稱「黍米酒」或「黍酒」。楊升南教授寫道：「凡穀類作物，黏者比不黏者優。黏者種植要細心，而收穫量在同一面積的土地上，黏者要低於不黏者。」因此，用作糧食的黍子和用黍子釀成的「黍酒」都極為貴重，非貧寒之家所能享用。

《呂氏春秋·審時》中有對黍子生長的精細觀察：「得時之黍，芒莖而徼下，穗芒以長，摶米而薄糠，舂之易，而食之不嗢而香。」其中，「徼」通「檄（ㄒㄧˊ）」，無枝為檄，「徼下」指黍子的根部不分枝杈；「摶（ㄊㄨㄢˊ）」，圓；「嗢（ㄩㄢˋ）」，味美。適合農時的黍子，莖部長滿細芒，根部不分枝杈，禾穗生滿長長的芒刺，黍米圓而殼極薄，舂起來非常容易，吃起來則香而不膩。

如此美味的食物，一定為貴族階層所享用，因此，「黍」也用作祭

祀宗廟的祭品。《禮記・曲禮下》記載：「凡祭宗廟之禮……黍曰薌合。」專用於宗廟祭品的黍子稱作「薌合」。「薌（ㄒㄧㄤ）」專門用來形容穀子的香氣。孔穎達注解說：「黍曰薌合者，夫穀秫者曰黍，秫既軟而相合，氣息又香，故曰薌合也。」其中「秫」也指黏性穀物。

❶　　　　　　　❷

穀穗下垂，已經成熟的穀子

禾，嘉穀也——《說文解字》

商代的甲骨文中有大量「受禾」的卜辭，「受」是獲得、得到的意思，「受禾」即卜問農作物「禾」的收成有多少，可見上古時期人們對糧食收成的關心。

禾，甲骨文字形❶，一眼就能夠看出這是一株栩栩如生的禾穀的形狀。徐中舒先生在《甲骨文字典》中解釋說：「像禾苗之形，上像禾穗與葉，下像莖與根。」甲骨文字形❷，左邊具象地畫出了下垂的穀穗。因此，這個字形更準確地說並非「像禾苗之形」，而是像一株已經成熟的穀子之形。金文字形❸，不僅更美觀，而且左邊穀穗下垂的樣子更加栩栩如生，彷彿微風吹過，穀穗能輕輕擺動一樣。小篆字形❹，緊承甲骨文和金文字形而來，幾乎跟我們現在使用的「禾」字沒有任何區別。

《說文解字》：「禾，嘉穀也。二月始生，八月而孰，得時之中，故謂之禾。禾，木也。木王而生，金王而死。」從上面的字形看得很清楚，「禾」本是一個象形字，許慎卻用會意字來加以解說，這是由於許慎沒有見過甲骨文的緣故。而且，許慎還繼承了漢代的五行學說，用五行相生相剋的原理，把「禾」字釋義為從「木」，進而附會說：「木王而生，金王而死。」

西漢時期，淮南王劉安召集賓客編寫的《淮南子》一書，其中〈墜形訓〉篇寫道：「木勝土，土勝水，水勝火，火勝金，金勝木，故禾春生秋死。」東漢學者高

❸ ❹

誘注解說：「禾者木，春木王而生，秋金王而死。」意思是春天屬木，木為王，秋天屬金，金為王，因此「禾春生秋死」。這不過是漢人用五行生剋理論來附會解釋禾的榮枯而已，許慎正是繼承了這一穿鑿附會的錯誤學說。

　　至於許慎所說的「禾，嘉穀也」，這是因為糧食乃是維繫人類生存的根基，因此美其名曰「嘉穀」。

　　綜上所述，「禾」其實有廣、狹兩層含義。狹義的「禾」專指穀子，我們平時所說的「禾苗」，沒有抽穗揚花的叫「苗」，已經抽穗揚花的才叫「禾」，因此，「禾」的甲骨文和金文字形中才會出現下垂的穀穗。穀子的果實叫「粟」，脫殼後才是俗語所稱的小米。

　　秦國丞相呂不韋集合門客編撰的巨著《呂氏春秋》有〈審時〉一篇，其中有對穀子生長的精細觀察：「得時之禾，長秱長穗，大本而莖殺，疏機而穗大，其粟圓而薄糠，其米多沃而食之強。」

　　「得時」指適合農時，這裡描述的是正當農時而播種、生長的穀子的狀態：穀穗的總梗稱「秱（ㄊㄨㄥˊ）」，而適合農時的穀子，長梗長穗，根大且莖稍小；穀穗中分枝的小穗稱「機（ㄐㄧˇ）」，籽粒就像珠璣互相串連一樣，而適合農時的穀子，分枝的小穗個個飽滿，中間又疏遠且有間隙，這樣組成的總穗才會龐大；穀子的果實稱「粟」，穀殼稱「糠」，而適合農時的穀子，果實豐滿且穀殼極薄；穀子脫殼後稱「米」，也就是小米，而適合農時的穀子，脫殼後的小米數量多且圓潤肥美，可想而知吃下去之後有多麼長氣力！

　　廣義的「禾」則泛指一切穀類，甲骨卜辭中的「受禾」即為泛指。

《畫歸餘紀典圖冊》之〈麥禾表瑞〉
清代董誥繪，紙本設色，北京故宮博物院藏

　　董誥（1740~1818），字雅倫，浙江富陽人，清代名臣、著名畫家董邦達
之子。官至軍機大臣、東閣大學士、戶部尚書等，擢為文華殿大學士。董誥
工詩詞古文，精書法，善繪畫，通曉軍事。山水稟承家學，雅秀絕塵，與其
父有「大、小董」之稱。

　　《畫歸餘紀典圖冊》共十二幅，每幅描繪一個前朝掌故。這幅畫的是「麥
禾表瑞」的故事。宋真宗大中祥符八年（1015）閏六月，眉州、邛州田禾並一
莖九穗；宋仁宗皇祐三年（1051）閏六月，資州麥秀兩歧。「一莖九穗」和「麥
秀兩歧」都是豐收和祥瑞之兆。畫面上，田疇間麥浪青青，農人皆為之喜悅
不盡，奔相走告。

花蒂上開出花兒來

桃之夭夭，灼灼其華——《詩經》

①　　　　　　**②**

華，金文字形**①**，這是一個象形字，可以看得很清楚，上面是花朵的形狀，下面是承托的花蒂，花蒂上開出花兒來，因此「華」的本義就是「花」。比如《詩經·桃夭》中的名句「桃之夭夭，灼灼其華」。以前沒有造出「花」這個字的時候，人們就用「華」來稱呼「花」。「花」是後來才造的字，到了後世，凡是開花的意思都寫作「花」，「華」的本義就此泯滅了。金文字形**②**，字形區別不大。小篆字形**③**，比金文字形畫得更像花蒂承托著花朵。楷書字形**④**，將花蒂和花朵的形狀全都簡化成橫豎結構，完全看不出花兒的形狀了。簡體字形「华」跟「花朵」沒有任何關係。

《說文解字》：「華，榮也。」許慎的這個解釋，把同樣用作花兒通稱的「榮」字，跟「華」字混為一談了。《爾雅·釋草》記載：「木謂之華，草謂之榮。」這是說木本植物開的花兒叫「華」，草本植物開的花兒叫「榮」。後來「榮」也用作花兒的通稱。

有個成語叫「華而不實」，是指光開花不結果，比喻那些外表好看，可是虛有其表卻毫無實際內容的人和事物。《論語·子罕》中有句話：「苗而不秀者有矣夫；秀而不實者有矣夫！」穀物抽穗揚花叫「秀」。這句話的意思是：農作物出了苗而不能抽穗揚花，以及抽穗揚花卻不結果實，這兩種情況都存在。「秀而不實」跟「華

③　　　④

而不實」意思相近，都是只開花不結果的意思。

　　「華」是花朵，花朵有各種顏色，於是把黑白相間的頭髮稱作「華髮」，老年人白頭髮最多，又將老年人稱作「華首」。由於花朵顏色豔麗，「華」又引申出華麗的意思，這就跟漢民族自稱「華夏」接上了軌。《尚書・武成》：「華夏蠻貊，罔不率俾。」其中「率俾（ㄅㄧˋ）」是順從之意。這句話的意思是說：華夏和四方的蠻貊部落，沒有不順從周武王的。孔穎達如此解釋「華夏」的稱謂：「中國有禮儀之大，故稱夏；有服章之美，謂之華。」西漢學者孔安國也說：「冕服華章曰華，大國曰夏。」因此「華夏」就是服飾華美的大國，這是先秦時中原一帶國家驕傲的自稱，以區別於落後的蠻夷部落，後世演變為中國的別稱，「中華」的稱謂也由此而來。

　　中國古代宮殿、陵墓等大型建築物的前面都有華表（編註：巨大的裝飾柱），最著名的是天安門前的華表。為什麼叫「華表」？很多解釋都似是而非。其實原因還是跟「華」的本義有關。花朵顏色豔麗，因此「華」引申出彩色之意，特指彩色或花紋美麗的雕繪或裝飾，比如「華軒」是指雕有紋飾的曲欄，「華袞」是王公貴族穿的多彩禮服，「華幄」是指帝王所居的華麗帷幄。「華表」上面雕有龍、白鶴和雲紋等各種紋飾，因此稱「華表」。

❶　　　　　　❷

屋子裡有錢有糧

倉廩實則知禮節——《管子》

「倉廩實則知禮節，衣食足則知榮辱。」這是春秋時期齊國著名政治家管仲的名言。「倉廩」是貯藏米穀的糧倉，穀藏曰倉，米藏曰「廩（ㄌㄧㄥˇ）」。倉廩實，恰好是「實」字形的具象寫照。

實，金文字形❶，這是一個會意字，上面是屋頂，下面是「貝」，古時以貝為貨幣，中間是什麼東西呢？有人說是儲物櫃，裡面的黑點表示儲存的東西；有人說是個「田」字，有貝有田，代表有錢有糧。總之，這個字形會意為家裡藏滿了錢糧。金文字形❷，屋子裡面變成了「貫」字，「貫」是用繩子把錢串起來。小篆字形❸，同於金文字形❷。楷書字形❹，沒有任何變化。簡體字形「实」的下面簡化為「头」，完全看不出屋子裡藏錢的形狀了。

《說文解字》：「實，富也。」但這是「實」的引申義，其本義應為充滿，並由此而引申出誠實、事實、種子等義項；又可以引申為物資、器物，比如古籍中屢屢出現的「軍實」一詞，指軍用器械和糧餉，由此再引申為包括俘虜在內的戰果也稱「軍實」。還有「庭實」，指陳列於朝堂的貢獻物品。

最有趣的是「口實」一詞，今天都當作藉口來講，但是在古代，這個詞有著非常豐富的內涵。

口實，顧名思義，最早的含義應該是口中的食物，

❸

❹

語出《周易》中的「頤」卦：「觀頤，自求口實。」其中「頤」是下巴，吃飯時下巴要咀嚼，因此引申為保養。此卦的意思是：觀察研究養生之道，就要看他吃什麼食物，拿什麼來養活自己。孔穎達：「求其口中之實也。」近代學者高亨：「須自求口中之食物。」《漢官儀》：「口實，膳羞之事也。」都是這個意思。因此「口實」又可以引申為俸祿，《左傳‧襄公二十五年》：「臣君者，豈為其口實，社稷是養。」即是此意。

「口實」既為口中的食物，那麼口中經常議論、誦讀的內容也可以稱作「口實」。《尚書‧仲虺之誥》：「成湯放桀於南巢，惟有慚德。曰：予恐來世以台為口實。」仲虺（ㄏㄨㄟˇ）是成湯的左相，他在這篇誥中說：成湯滅夏，將夏桀流放到南巢這個地方，成湯思考自己的行為，很慚愧地說：我恐怕後代天天拿我這種行為來議論。孔安國解釋道：「恐來世論道我放天子，常不去口。」因此「口實」引申為話柄，談笑的資料。又可引申為藉口，杜預解釋道：「口實，但有其言而已。」意思是從口中說出來的，只有這些話而已，並沒有什麼實質性的行動。

除了以上義項之外，「口實」還有一個最具體的含義，即口中所含之物。東漢學者何休說：「孝子所以實親口也，緣生以事，死不忍虛其口。」這是古人一項獨特的習俗，死者入殮時口中要含著一些東西，所謂「死不忍虛其口」是也。而且這種口含之物，根據地位的高低而不同，根據劉向《說苑‧修文》的記載：「口實曰唅」、「天子唅實以珠，諸侯以玉，大夫以璣，士以貝，庶人以穀實。」珠、玉、璣、貝、穀，等級分明。

　　《耕織圖》是中國古代為了勸課農桑，採用繪圖的形式翔實記錄耕作與蠶織過程的系列圖譜，原為南宋紹興年間畫家樓璹（ㄕㄨˊ）所作，得到歷代帝王的推崇和嘉許。康熙年間，江南士人進呈樓璹《耕織圖詩》，康熙命內廷供奉焦秉貞重繪此冊，親自題序，並為每幅圖作詩一章。當時著名木刻家朱圭、梅裕鳳奉旨鐫版印製。《御製耕織圖》含二十三幅耕圖和二十三幅織圖，焦秉貞雖然主要依據樓璹《耕織圖》來創作，但每幅都做了調整。畫作人物生動，表現力很強。

　　《耕圖》系統描繪了糧食生產從浸種到入倉的具體過程。這幅是〈入倉〉，農人正肩挑背扛，絡繹不絕地將收穫的糧食納入官倉，遠處有秋林、牛棚。村民臉上都帶著欣然之情。畫上題詩曰：「霜點楓林似火然，千倉滿貯賜從天。輸官不假徵催力，喜值如雲大有年。」可以說是來自上位者的一廂情願了。

❶　　　　❷　　　　❸

一株成熟的麥子

貽我來牟，帝命率育──《詩經》

你來我往，來來去去，「來」字今天只有這一個義項，但是這個字最初被造出來的時候，完全不是這個意思。而且鮮為人知的是，「來」的造字過程不但極富趣味性和想像力，還與另一個字發生了永遠無法逆轉的互換。這是漢語中一個非常有趣的現象。

「來」，甲骨文字形❶，很明顯這是一個象形字，像一棵小麥的形狀，中間是直立的麥稈，上面是左右的麥葉，下面是麥根。甲骨文字形❷，上面的斜撇像成熟後下垂的麥穗。金文字形❹，為了勻整起見，上面的麥穗變成了一橫來示意。金文字形❺，這是最有趣的一個字形，下面添加了一隻腳，左邊添加了表示行走的「彳」。小麥跟行走有什麼關係呢？待會兒我們再來分析。小篆字形❻，幾乎沒有什麼變化。

《說文解字》：「來，周所受瑞麥來麰。一來二縫，象芒束之形。天所來也，故為行來之來。」張舜徽先生認為「一來二縫」應為「一來二鋒」，即一麥二穗，「乃麥之嘉種，故許云瑞麥也」。不過許慎所說的「象芒束之形」則是錯誤的，從甲骨文和金文看得非常清楚，上面不是麥子的芒刺，而是兩片麥葉。那麼細微的芒刺怎麼可能看得清楚呢？

現在明白了吧？「來」的本義竟然是麥子！《詩經·思文》是一首歌頌周人先祖后稷的詩篇，其中稱頌后稷

❹

❺

❻

「貽我來牟，帝命率育」，三國學者張揖在《廣雅》中說：「大麥，麰也；小麥，䅘也。」其中，「麰」即「牟」，大麥；「䅘」即「來」，小麥。這句詩讚美后稷為周人帶來了小麥和大麥，命周人廣泛種植，從而為周人的興起奠定了基礎。這也就是許慎所說的「周所受瑞麥來」，並神話化為「天所來也」，上天所賜。

其實，麥子並非上天所賜。麥子原產於西亞，四、五千年前自西向東傳入中國的西北地方，周人稱「貽我來牟」，正是麥子乃外來物種的具象寫照，引申之，則正如許慎所說「故為行來之來」。不過，張舜徽先生則認為：「西土民食，以黍為主。而來與麥又屢見於殷墟卜辭，則中原之地，原自有麥。周之祖先，蓋始得麥種於此，教民播殖。」此言僅指對周人而言麥種乃外來，並沒有提到中原地區麥種的來源。

有趣的是「來」和「麥」這兩個字永遠無法逆轉的互換了。麥，甲骨文字形❸，這是一個會意字，上面是麥子形狀的「來」，下面是一隻腳，會意為麥子是從外面引進而來的。這個字形跟「來」的金文字形❺何其相像！因此，清代學者朱駿聲說：「往來之來正字是麥，菽麥之麥正字是來，三代以還承用互易。」也就是說，「麥」字形下面的那隻腳，正表示往來之來；而「來」字本身就是一株麥苗的象形。這兩個字互換之後，沿用兩千多年，再也無復各自當初的本義了！

委

女人準備把收割下來的農作物運走

遺人掌邦之委積，以待施惠——《周禮》

❶

　　「委」是個義項繁多的漢字。這個字的下面為什麼是一位女人？古人最初在造出這個字的時候，到底反映了日常生活的什麼習俗？我們來看看造字者有趣的思維過程。

　　委，甲骨文字形❷，很顯然這是一個會意字，但會意的是什麼意思，卻眾說紛紜。左民安先生解釋道：「左邊是一棵枯萎了的死禾，頂端彎曲下垂；右邊是一個跪於死禾前的女人。所以『委』就是『萎』字的初文。」

　　但是，如果要描述禾苗枯萎而死的情狀，為什麼不直接畫出枯萎的禾苗，偏偏要讓一位女人跪在禾苗旁邊呢？如果這位女人是在悲泣枯萎的禾苗，未免太小題大做了。

　　白川靜先生則如此解說：「『禾』為禾形頭巾，乃稻魂（身居稻秧的神靈）之象徵。『委』表示頭戴禾形巾、扮為稻神、翩翩起舞的女人之姿……女人躬身柔美而舞，故『委』有低委、委從、委託之義。」白川靜先生對於漢字的解說，過於將古人的生活與祭祀相聯繫，雖然「國之大事，在祀與戎」，但「委」的這個字形中，女人明明是跪坐於禾苗之前，並非是「頭戴禾形巾、扮為稻神、翩翩起舞」。因此，這種解說與字形嚴重不符。

　　我認為，應該從古人日常生活的習慣入手來加以解說。遙想遠古時期，大豐收的時候，男人負責收割農作

❷ ❸

物，女人負責把收割下來的農作物搬運到一旁堆積起來。「委」的字形中，禾苗低垂著頭表示成熟了，女人半跪坐在禾苗旁邊，正是要把農作物運走或者已經運走且堆積整齊的具象寫照。在大理的農村，現在還能看到這樣分工合作的生動景象。因此，「委」的甲骨文字形會意為堆積農作物。

委，甲骨文字形❶，女人和禾苗換了個方向，這是早期文字不成熟的常見現象。小篆字形❸，從左右結構變成了上下結構，以利於豎行書寫。

《說文解字》：「委，委隨也。」徐鉉進一步解釋說：「委，曲也，取其禾穀垂穗。委，曲之貌，故從禾。」前處「委隨」是順從之意，但這是引申義，「委」的本義應是堆積禾穀。周代有「遺人」一職，根據《周禮》的記載：「遺人掌邦之委積，以待施惠。」其中「委積」指儲備糧食，「少曰委，多曰積」。這就是「委」的本義。由禾苗成熟之狀引申出曲折之意，又由女人將成熟的禾穀搬運到打穀場，引申出委託之意；女人將禾穀堆積到打穀場，又可以引申出丟棄之意……凡此種種，都是由「委」的本義引申而來。

有個成語叫「虛與委蛇」，形容敷衍應付，其中的「蛇」讀ㄧˊ。學者多認為「委蛇」是聯綿詞（編註：指不能拆開來解釋的詞），也可以寫作「逶迤」。為《史記》作索隱的司馬貞的解釋最有趣：「委虵謂以面掩地而進，若蛇行也。」戰國時期，蘇秦發跡前被人瞧不起，發跡後，「嫂委虵蒲服，以面掩地」。「虵」是「蛇」的俗字。蘇秦的嫂子像蛇一樣曲折前行的樣子，真是太具象了！

❶ ❷

季

禾穗下垂的幼禾

婉兮孌兮，季女斯飢——《詩經》

「季」這個字，今天只當作季節講，但是在古代，這個字的義項更豐富且有趣得多。「季」字的上面為什麼是「禾」呢？又為什麼從「禾」從「子」取義呢？

季，甲骨文字形❶，這是一個會意字，上「禾」下「子」。甲骨文字形❷，大同小異，只是「禾」的方向不一樣。金文字形❸，禾穗下垂的樣子栩栩如生。金文字形❹，下面的「子」形可愛活潑。小篆字形❺，緊承甲骨文和金文字形而來，幾乎沒有變化。

《說文解字》：「季，少稱也。從子，從稚省，稚亦聲。」許慎的意思是說，之所以從「禾」，乃是「稚」的省寫，而「稚」是幼禾之義，「季」從此取義，用作「少稱」即幼兒的稱謂。許慎認為「季」是一個形聲字，但它其實是一個會意字；而且許慎的解釋太過彎彎繞，「季」的字形一望便知——「禾之子」，那不就是幼禾嘛！

今天通稱的「禾苗」一詞，在古代卻大有區別。「禾」是穀類農作物的總稱，何休注《春秋公羊傳》：「生曰苗，秀曰禾。」其中，「秀」是抽穗，抽穗之前稱「苗」，抽穗之後才能稱「禾」。我們看「季」的甲骨文字形，「禾」頭部下垂的即是禾穗。金文字形❸中禾穗下垂的樣子尤其具象。

「禾」垂頭向「子」，是為「季」。《淮南子·繆稱訓》中記載了孔子的一句話：「夫子見禾之三變也，滔滔然

③　　　　　　　④　　　　　　　　　　　⑤

曰：『狐向丘而死，我其首禾乎！』」高誘解釋說：「三變，始於粟，粟
生於苗，苗成於穗也。」古人相傳，狐狸死的時候，頭一定要向著藏
身的土丘，孔子以此作比，表示自己要以禾為榜樣。高誘注：「禾穗
垂而向根，君子不忘本也。」

　　「季」從禾從子，「禾之子」即禾之本；禾穗垂頭而向的，就是抽
穗之前的「苗」，「苗」即是「禾之子」。這才是「季」的造字本義！禾
穗下垂的樣子一定令古人印象深刻，因此在這個字的造字思維中，飽
含著古人對禾的感激之情，以及像孔子一樣的感嘆。

　　「季」由此引申為最年幼的、排行最後的。古人關於兄弟姊妹的排
行是：伯、仲、叔、季。最小的稱「季」。《詩經‧采蘋》描述女子出
嫁前，採摘浮萍，採集水藻，烹煮，設祭，最後「誰其尸之？有齊季
女」。「尸」指代替祖先受祭的活人，這裡是指齋戒後的最小的女兒充
當「尸」。「季女」即幼女，最小的女兒。

　　《詩經‧候人》的最後四句詩，吟詠在外服役的家貧的吏卒思念女
兒：「薈兮蔚兮，南山朝隮。婉兮孌兮，季女斯飢。」其中，「隮（ㄐㄧ）」
是雲氣上升，「婉孌」是形容女孩子嬌美之詞。早晨的南山雲遮霧罩，
我那可愛的小女兒啊，還在忍飢挨餓。真是讓人心酸！

　　每季的最後一個月也稱「季」，比如季春、季夏、季秋、季冬，由
此引申而指春夏秋冬四季。這就是「季」指季節和四季的來龍去脈。

瓜

垂下的瓜蔓中間有個瓜

碧玉破瓜時，郎為情顛倒——孫綽

❶

瓜，金文字形❶，這是一個象形字，兩邊像瓜蔓，中間像果實，藤上結瓜。小篆字形❷，接近金文。

朱熹說：「大曰瓜，小曰瓞。瓜之近本初生常小，其蔓不絕，至末而後大也。」瓞讀作ㄉㄧㄝˊ，大的叫瓜，小的叫瓞，因此「瓜瓞」連用比喻子孫繁衍，相繼不絕，如《詩經·綿》中的詩句「綿綿瓜瓞」，就是這樣的意思。

有趣的是，古代官吏任職期滿由他人接替稱作「瓜代」。這個典故出自《左傳·莊公八年》：「齊侯使連稱、管至父戍葵丘，瓜時而往，曰：『及瓜而代。』期戍，公問不至。請代，弗許。故謀作亂。」齊侯派連稱和管至父駐守葵丘，在瓜熟的時節前去，約定明年瓜熟的時節派人來替代他們，但是駐守了整整一年，齊侯卻沒有派人來替代，於是兩人準備作亂謀反。後來「瓜代」就成了接替官職的代名詞。

日常俗語有「傻瓜」的稱謂，這個字眼大家實在太常說了，卻從來沒有人認真地問一問這個「瓜」是什麼「瓜」，到底是黃瓜、西瓜還是哈密瓜？

「傻瓜」的來源跟古代一個非常古老的部族姜戎氏有關。《左傳·襄公十四年》記述了范宣子對姜戎氏的談話，其中說：「來！姜戎氏！昔秦人迫逐乃祖吾離於瓜州。」意思是當初秦人追逐你們的祖先吾離，一直追逐到了瓜州。瓜州在今甘肅敦煌一帶。

❷

　　根據著名歷史學家顧頡剛先生的考證，姜戎氏被趕到瓜州後，人們就把聚居在瓜州的姜姓人統稱為「瓜子族」。因為「瓜子族」人秉性忠厚，被人雇用時不懂得偷懶，只會埋頭不停幹活，勤奮老實，被當地人視為「傻子」，時間長了，就一概統稱為「傻瓜」，到底有沒有貶損之意還不一定呢。

　　清人黎士宏集在《仁恕堂筆記》中記載：「甘州人謂不慧曰『瓜子』。」甘州即今天的甘肅省張掖市一帶。至今，甘肅、四川兩省還把不聰明的人、愚蠢的人，稱為「瓜子」、「瓜娃子」。

　　有個成語叫「瓜田李下」。「瓜田李下，古人所慎」，語出《樂府詩集‧君子行》：「君子防未然，不處嫌疑間。瓜田不納履，李下不正冠。」君子要防患於未然，經過瓜田的時候，不要彎下身子提鞋；經過李樹下的時候，不要抬手整理帽子。意思是免得主人以為你彎腰偷瓜，伸手摘李子，用這樣的舉止藉以說明做任何事情都要注意避開容易招致嫌疑的地方。

　　民間俗語中，把女子第一次性交破身稱作「破瓜」，反映了民間文化的粗俗，因為「破瓜」本是一個非常美好的比喻。古人用「破瓜」來指女子十六歲，因為「瓜」字破開是「二八」，二八一十六，正好用來比喻女子十六歲的美好年華。「破瓜」一詞出自東晉孫綽所作的〈碧玉歌〉，因為碧玉是汝南王非常寵愛的妾，於是作五首〈碧玉歌〉，其中兩首中出現了「破瓜」一詞：「碧玉破瓜時，郎為情顛倒。芙蓉陵霜榮，秋容故尚好。」「碧玉破瓜時，相為情顛倒。感郎不羞赧，回身就郎抱。」此處「碧玉破瓜時」是指碧玉到了十六歲的時候和汝南王開

始了感人的愛情，並最終嫁為人妾。

　　「破瓜」之所以被後人誤解，都是這個「破」字在作祟。其實「破瓜」還寫作「分瓜」，把「瓜」字分為「二八」。唐人段成式的詩曰：「猶憐最小分瓜日。」李群玉的詩曰：「瓜字初分碧玉年。」都是用的「分瓜」。明清時期，市民文化開始興盛，「破瓜」一詞進入了日常用語，變得粗俗化了。明代通俗作家馮夢龍的著名小說《杜十娘怒沉百寶箱》中，「破瓜」變成「破身」之意：「那杜十娘自十三歲破瓜，今一十九歲，七年之內，不知歷過了多少公子王孫，一個個情迷意蕩，破家蕩產而不惜。」真是對「破瓜」一詞的玷汙！

　　二代喜多川歌麿，生卒年不詳，去世於一八三一年前後，江戶時代後期浮世繪畫師。他原是戀川春町的門人，後來成為喜多川歌麿的門人。一八〇六年歌麿黯然離世後，他改稱為二代歌麿。他的畫風與歌麿晚期作品非常相似，有很多錦繪、肉筆繪作品以「歌麿」落款，讓人難以分辨出於誰手。他還以二代春町的名字創作通俗小說作品。

　　這幅〈瓢簞、小鳥、蝴蝶〉落款「歌麿」，實際是二代歌麿所繪。這是一幅花鳥小品，並非典型的歌麿派畫作。畫面內容包括一枝開花結果的葫蘆藤，一隻黃鳳蝶和一隻紅腹雀。瓜藤蜿蜒，富有韻律，鳥、蝶都活潑動感。不知是有意還是無意，這幅畫的題材與中國傳統的「瓜蝶圖」有暗合之處。「瓜蝶圖」寓意「瓜瓞綿綿」，含有健康長壽、子孫興旺的祝願。

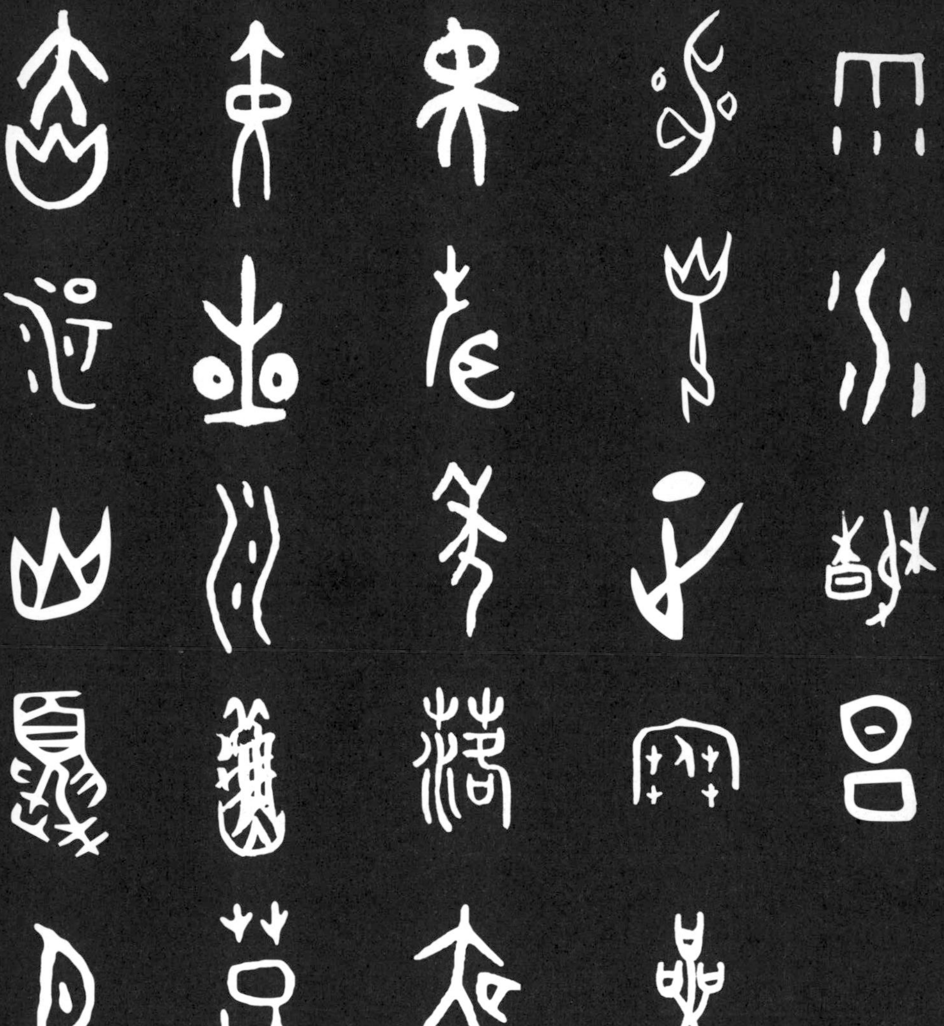

自然篇

黑

❶

❷

人的頭臉套了一個髒袋子

月黑殺人夜，風高放火天——歐陽修

北魏元懷所著《拊掌錄》中，記載了歐陽修的一則趣事。歐陽修與人行酒令，約定各作詩兩句，每句中必須嵌入徒刑以上的罪名。一人曰：「持刀哄寡婦，下海劫人船。」歐陽修曰：「月黑殺人夜，風高放火天。」這四項都是徒刑以上的罪名。

黑，甲骨文字形❶，這是一個會意字，但是會意的是什麼卻眾說紛紜。谷衍奎在《漢字源流字典》中認為「像人頭面上有飾物形」，意思是古人生活環境很差，為了避獸害，不僅頭上戴有飾物，還將臉面抹黑做為保護色。此說較為牽強，因為這個字形上面的圓形物並不像飾物的形狀。我認為下面是人形，人的頭上套了一個袋子，頭臉都套在袋子裡面，自然黑乎乎的什麼都看不見，因此會意為「黑」。

再來看看「黑」字的金文字形❷、❸和❹，顯然也是一個會意字，但是會意的是什麼仍然眾說紛紜。谷衍奎認為金文對甲骨文字形加以繁化，「頭面上有黑點，身上有飾物」，「後又將一定圖案刺在頭面上做為同族的標誌，後又發展為假面具。所以『黑』的初意應是把頭面塗抹得看不清楚」。但是如上所述，飾物的形狀並沒有說服力。

白川靜先生則認為下面是「火」，上面是裝有物品的口袋，「將橐中之物烤焦發黑，或變成黑色粉末，因

❸

❹

❺

此有了發黑、黑色之意」。但甲骨文和金文字形的下面明明都是人形，跟「火」的形狀相去甚遠。

　　因此，我認為「黑」的金文字形仍然緊承甲骨文而來：上面還是袋子，只不過袋子很髒，所以添加了很多黑色的粉末或煙灰，在表達「黑乎乎的什麼都看不見」的同時，再用身上、頭臉上都濺滿了黑色粉末或煙灰，來進一步加強「黑」的意義表達。

　　黑，小篆字形❺，在金文字形的基礎上訛變得非常厲害，下面由人形和黑色粉末、煙灰，訛變成兩個「火」的「炎」，上面訛變成屋頂通氣孔的形狀。因此《說文解字》根據小篆字形解釋道：「黑，火所熏之色也。」下面燒火，上面是煙囪，熏得發黑，故會意為黑色。楷體字形除了下面的「火」還存在之外，上面完全看不出造字的本意了。

　　古時以青、赤、白、黑、黃五種顏色為正色，根據五行學說，「東方謂之青，南方謂之赤，西方謂之白，北方謂之黑，地謂之黃」，北方屬水，黑色。根據《禮記》的記載：「夏后氏尚黑，大事斂用昏，戎事乘驪，牲用玄。」夏代崇尚黑色，舉辦喪事要在晚上，戰事要乘黑馬，祭祀要用黑色牲畜。此後歷經殷人尚白、周人尚赤之後，秦代又繼承了夏代的傳統。秦文公有一次出獵，捕獲了一條黑龍，認為這是水德之瑞，於是秦始皇將秦朝定為「水德」，「衣服旄旌節旗皆尚黑」。後來崇尚黑色的習俗才漸漸消退，開始崇尚黃色了。

　　黑色地位的低落大概跟佛教的興盛有關，佛教把惡業稱作「黑業」：「黑業者，是不善業果報地獄受苦惱處，是中眾生，以大苦惱悶極，故名為黑。」

烏鴉全身黑色，因此也用「烏」來代表黑色。《小爾雅》：「純黑而反哺者，謂之烏。」傳說小鴉長大後，會銜食餵養母鴉，此之謂反哺，烏鴉因此被稱作「慈烏」。

　　古人還把年輕人叫作「黑頭」，因為頭髮發黑的緣故。司馬光寫道：「黑頭強仕之時，已登廊廟；黃髮老成之日，還賞林泉。」黑頭和黃髮，多麼鮮明的對比！以「黑頭」而居高位者稱「黑頭公」，晉代的王珣，二十歲時與謝玄一起做桓溫的佐吏，二人皆富有才幹，桓溫如此評價二人：「謝掾年四十，必擁旄杖節；王掾當作黑頭公。」桓溫不愧有知人之明，果然，謝玄不到四十歲就成為東晉名將；而王珣更是年紀輕輕就封侯。正應了吳偉業的這句詩：「談笑阮生青眼客，文章王掾黑頭公。」

　　古代早就有了「黑子」一詞，不過最早可不是指太陽黑子，而是指人身上的黑痣，這倒跟「黑」的金文字形中的那些黑點非常相像。據說漢高祖劉邦的長相是：「隆準而龍顏，美須髯，左股有七十二黑子。」高鼻梁，高眉骨，美鬍髯，令人稱奇的是左腿上居然還有七十二顆黑痣！姑且不論七十二顆黑痣如何可能，即使可能，那也類似於一種生理缺陷，但是擱在成王敗寇的勝利者身上，反而成了生具異相的證據！

①

人在火上烤得紅紅的

大人者，不失其赤子之心者也——《孟子》

赤就是紅色，但為什麼指代紅色呢？相信很多人都
不太清楚。

赤，甲骨文字形①，這是一個會意字，上面是人形
（「大」的甲骨文字形就是一個人形），下面是火，人在
火上被烤得紅紅的，因此會意為火的顏色，即紅色。金
文字形②，接近甲骨文，火的形狀更清楚。小篆字形③，
人和火的形狀仍然看得很清楚。

《說文解字》：「赤，南方色也。」古人將青、赤、白、
黑、黃五種顏色稱為正色。根據五行學說，五種正色又
有方位的區別，即東方謂之青，屬木；南方謂之赤，屬
火；西方謂之白，屬金；北方謂之黑，屬水；天（中央）
謂之黃，屬土。因此，南方之神就是火神，名為赤帝祝
融，立夏的時候要在都城的南郊祭祀赤帝，表示炎炎夏
日就要來了。

中國有一個著名的別稱叫作「赤縣神州」，人盡皆
知。這個稱謂出自《史記·孟子荀卿列傳》。司馬遷記
載了一位叫騶衍的齊國人，他提出一種學說：「以為儒
者所謂中國者，於天下乃八十一分居其一分耳。中國名
曰赤縣神州。赤縣神州內自有九州，禹之序九州是也，
不得為州數。中國外如赤縣神州者九，乃所謂九州也。」
騶衍的意思是說，在黃帝之前，天下非常之大，所謂「中
國」僅僅占了八十一分之一，這八十一分之一叫作「赤

❷

❸

縣神州」。「赤縣神州」之內又分為九州，即大禹治水後劃定的九州：冀州、兗州、青州、徐州、揚州、荊州、豫州、梁州、雍州。這九州僅僅是中國之內的九州，中國之外還有九州，即大九州，即今天的世界範圍。

我們一直有一個誤解，認為古代的「天下」一詞專指中國，因而猛烈批判古人的「天下觀」，批判這種認為中國是世界中心的自大心態。其實不然，從騶衍的理論中可看出，古人認為「天下」很大，中國僅僅占據其中的八十一分之一！

「赤縣」之名，眾說紛紜。一種說法是：《禮記・檀弓上》稱周人崇尚赤色，而周天子直接管轄的千里王畿稱作「縣」，故稱「赤縣」。「神州」之名即出自「大九州」，不過大九州說法不一，這裡僅介紹《淮南子・墜形訓》中的說法：「東南神州曰農土，正南次州曰沃土，西南戎州曰滔土，正西弇州曰並土，正中冀州曰中土，西北台州曰肥土，正北濟州曰成土，東北薄州曰隱土，正東陽州曰申土。」取「大九州」起始的「神州」與「赤縣」並舉，故以「赤縣神州」指代中國。

我們形容一個心地純潔、毫無雜念的人，常常說這個人有「赤子之心」；形容那些在海外卻始終心懷祖國的人，也常常使用「海外赤子」一詞。「赤子」本義指嬰兒，孔穎達解釋道：「子生赤色，故言赤子。」顏師古解釋說：「赤子，言其新生未有眉髮，其色赤。」《孟子》說：「大人者，不失其赤子之心者也。」其中「赤子之心」即嬰兒之心，嬰兒之心當然純潔無瑕，沒有絲毫雜念。這裡又引申出忠誠、真純的意思，比如赤膽忠心。

此外，火發出的紅光非常明亮，因此段玉裁說：「赤色至明，引申之，凡洞然昭著皆曰赤，如赤體謂不衣也，赤地謂不毛也。」赤條條一絲不掛，裸露也是「赤」的引申義。

《浮世五色合・赤》
歌川國貞繪，1844年

　　歌川派是江戶時代浮世繪各派中最大派系。歌川國貞（1786~1865），又稱三代歌川豐國，是浮世繪藝術發展末期最受歡迎的繪師之一。他出身名門，以豔麗的美人畫、生動的歌舞伎演員畫著稱。文森・梵谷（Vincent Van Gogh）收藏的浮世繪中，來自歌川國貞的作品多達一百五十九幅。

　　這幅畫屬於一組描繪五種顏色（《浮世五色合》）的系列作品之一，五色即「青、赤、白、黑、黃」，這幅畫的是「赤」色。畫面上，一名女子正在準備生魚片，拿一柄鋒利廚刀托起緋紅色魚片，正要放入盤中。上方題滿了當時著名的通俗小說家式亭小三馬的句子，這些文字都與紅色有關。標題底色、女子頭飾、紅唇、和服襯裡、魚片，這些鮮明的紅色調形成呼應。國貞筆下的美人有一種妖豔之感，眉毛上挑，眼珠分明，鼻挺唇紅，身姿健壯。這幅作品常常出現在當代和風料理店、壽司店中，當作裝飾品。

❶ ❷ ❸

人佩帶著環形玉器

遼寧牛梁河遺址出土了一位手握雙龜的老人的遺骨，有專家稱是黃帝的遺骨，證據之一是黃帝之「黃」在甲骨文中即是烏龜的形狀。這真是無知者無畏。我們且來看一看「黃」字的原始字形及其演變。

黃，甲骨文字形❶，這是一個象形字，至於像什麼東西則眾說紛紜。有人說像一支射出去的著火的箭，由火光而聯想為黃色之意；有人說箭射中了靶心，靶心為了醒目起見，用赤褐色的泥漿塗抹，因而引申為黃色之意；還有人說像佩玉之形，上面是繫帶，中間是雙玉相連，下面是穗子，這種玉後來就叫作「璜」；但是徐中舒先生則認為「像人佩環之形」，中間的圓環形就是佩環，並引《禮記·經解》的「行步則有環佩之聲」，來證明「此為佩玉有環之證」。徐中舒先生此說最有說服力。

黃，甲骨文字形❷，稱「黃」乃烏龜之形大概就是從這個字形附會的，但這個字形仍然承甲骨文字形❶而來，只是形體略加變化而已。

金文字形❸，早期的金文字形繼承了甲骨文的模樣，但是晚期的金文字形❹和❺，則區別很大，有學者認為此後的金文系統明顯和佩玉有關，不再像此前的字形爭議之大。仔細觀察金文字形❹，中間的玉和下面的穗子歷歷可見，上面是「止」，人的腳，佩玉行走，「行步則有環佩之聲」，果然如此！這個字形最能證實「黃」

④ ⑤ ⑥

乃「佩環之形」。金文字形❺，上面編結繫帶的樣子清晰可見。小篆字形❻，同於金文。

　　《說文解字》：「黃，地之色也。」但這是引申義，其本義應當是佩璜。根據五行學說，黃為五種正色（青、赤、白、黑、黃）之一，居於中央，因此被古人崇尚，用作皇家的顏色。「璜」這種玉多為黃色，所謂「黃石為璜」，「黃」因此而引申為黃色。《淮南子・本經訓》中記載盛世的若干特徵，其中說：「甘露下，竹實滿，流黃出而朱草生。」甘露、竹實、流黃、朱草都是祥瑞之物，「流黃」即指褐黃色的玉。

　　《淮南子・氾論訓》中有言：「古之伐國，不殺黃口，不獲二毛。」征伐別國，不能殺黃口，不能俘虜二毛。「黃口」指幼兒，雛鳥的嘴巴是黃色的，因此借用來形容幼兒，至今口語中尚有「黃口小兒」的稱謂。「二毛」指老人，老人頭髮斑白，半黑半白，故稱「二毛」。根據古人的說法：「人初老則髮白，太老則髮黃。」因此也用「黃髮」來指代老人。《爾雅・釋詁》中說：「黃髮、齯齒、鮐背、耉老，壽也。」其中，「齯（ㄋㄧˊ）齒」指老年人牙齒落盡後重生的細齒；「鮐（ㄊㄞˊ）」是鮐魚，背上有黃色斑紋，老年人的背上若生斑，就稱「鮐背」；「耉（ㄍㄡˇ）」是老年人臉上的壽斑。古人認為這些都是老年人高壽的徵象，是值得祝賀的事情。

❶   ❷

閃電和雷聲的交響

仲春，雷乃發聲；仲秋，雷始收聲——《禮記》

　　一個描述自然現象的「雷」字，成為了今天的網路流行語：「太雷人了！」「雷死人不償命！」不過，巨大的雷聲令人恐懼，同時也令人全身發麻，倒是跟「雷人」的情景十分相似。

　　雷，甲骨文字形❶，這是一個象形字，中間像彎彎曲曲的閃電，兩邊的圓圈表示打雷的聲音，整個字形像閃電和雷聲的交響。金文字形❷，中間還是閃電的形狀，上下左右四個「田」字還是打雷的聲音，很像我們在電影中看到的地雷的形狀。之所以把表示雷聲的小圓圈改為「田」字形，是因為刀刻不便，因此改圓為方形。金文字形❸，在上面添加了一個「雨」字，變成一個會意字，會意為雷雨交加。小篆字形❹，把閃電去掉了。

　　《說文解字》：「雷，陰陽薄動，生物者也。」《春秋·玄命苞》：「陰陽合為雷。」《白虎通義》：「雷者，陰中之陽也。」《淮南子·墜形訓》：「陰陽相搏為雷。」以上解釋都是從陰陽觀念入手而做出的，倒不如《禮記·月令》從自然現象入手的樸素解釋：「仲春，……雷乃發聲；仲秋，……雷始收聲。」

　　有趣的是，古人對打雷的聲音能夠傳多遠，有自己獨特的界定。東漢章帝時，由於地方經費不足，有大臣向皇帝建議對食鹽等日用品實行專賣制度，遭到尚書僕射朱暉的堅決反對，認為這是與民爭利。漢章帝非常生

❸

❹

氣，朱暉卻對眾大臣說：「如果明明知道不能實行這項政策還『順旨雷同』，有負臣子的職責。」在朱暉的堅持下，這一政策最終沒有實行。

李賢解釋「順旨雷同」說：「打雷的時候，雷聲能夠震驚百里，而百里稱『同』，故稱『雷同』。」此處，「同」是古代土地的面積單位，方圓百里為「同」。《左傳·襄公二十五年》：「天子之地一圻，列國一同。」方圓千里稱「圻（ㄑㄧˊ）」，天子直接管轄的地盤是方圓千里，諸侯直接管轄的地盤方圓百里。後來就把隨聲附和或者觀點與人相同叫作「雷同」。

在民間，對一個人恨到了極點，常常詛咒他出門遭「天打五雷轟」；形容一個人遭到了巨大的打擊，則是「五雷轟頂」。「五雷」到底是真的有五種雷還是被雷轟五次？《太平廣記》從《神仙感遇傳》中，輯錄了一則叫「葉遷韶」的故事。

唐代有一個叫葉遷韶的人，幼年有一次在野外放牧，遇大雨便在大樹下避雨，剛好這棵樹被雷劈了，不過被雷劈開的地方隨即又癒合了起來，無巧不巧，將雷公夾在樹中間。雷公伸胳膊蹬腿，吹鬍子瞪眼，醜態出盡也出不來。葉遷韶拿了一塊石頭劈開樹幹，雷公這才脫身，臨走前向葉遷韶千恩萬謝，並約定過幾天再在這棵樹下見面。

到了那一天，雷公拿出一卷墨篆送給葉遷韶，說：「你按照墨篆中的辦法可以致雷雨，祛疾苦，立功救人。我共有兄弟五人，你需要雷的時候，只需呼喚一聲雷大雷二，我們立馬就會趕來打雷。不過，雷五性格暴躁，沒有什麼危急的事情，不要輕易叫他。」

從此之後，葉遷韶行符致雨，做了很多好事。有一次，葉遷韶在

吉州市喝得大醉，太守抓住了他，準備打他的屁股。葉遷韶大呼雷五，此時郡中正當大旱，只聽霹靂一聲，震耳欲聾，果然是雷五趕來，連續下了兩天兩夜的大雨，解除了旱情。葉遷韶就這樣在江浙間周遊，後來他的法術傳了下來，被稱為「五雷法」。

　　這就是「五雷」一詞的來歷，原本是指的雷公兄弟五人。後來「五雷法」成為道教的一種修練方法，「五雷」更進一步被理論化為金木水火土的五行之雷：東方木雷，南方火雷，西方山雷，北方水雷，中央土雷。

　　這原本也是一幅「繪曆」，畫中人物衣服的花紋中隱藏著表示大月的數字。大約是一個夏天的傍晚，室內已經架起暗綠色蚊帳。女子似是沐浴更衣後，正打算就寢，又像是在等待約好來訪的情人。此時外面忽然雷聲隱隱。女子舉起纖細的雙手掩向耳朵，露出輕微的懼怕神情。她的身形體態顯得非常柔弱，是一個典型的「春信式」美人。

　　另有一說是，畫中女子是聽到遠處彷彿傳來情人的腳步聲，故而將兩手攏向耳後，朝聲音來處轉過去，想聽得更清楚一些。構圖簡潔、刻畫微妙的作品，往往經得起多種詮釋。

從天上降下密集的雨水

故人何許？渾忘了、江南舊雨——張炎

❶　　　　　❷

「雨」字最初讀作四聲「ㄩˋ」，作動詞用，甲骨文字形❶，這是一個象形字，最上面的一橫代表天空，從天空降下六滴雨水。甲骨文字形❷，雨下得很「瘦」。金文字形❸，雨水顯得更加密集。小篆字形❹，許慎稱上面的「一」代表天空，下面的短橫代表雨水，中間是覆蓋的雲層，「水零其間也」，但甲骨文和金文字形中都看不到雲層的樣子。

《說文解字》：「雨，水從雲下也。」《周易・小畜》：「密雲不雨，自我西郊。」雲層厚密卻不下雨，可見「雨」字最早作動詞用，跟「水從雲下也」的用法一樣。

《淮南子・本經訓》中有關於漢字造字最原始的記載：「昔者倉頡作書，而天雨粟，鬼夜哭。」這裡的「雨」也是動詞，下雨的意思。

東漢學者高誘解釋為什麼會「天雨粟」：「倉頡始視鳥跡之文造書契，則詐偽萌生，詐偽萌生則去本趨末，棄耕作之業而務錐刀之利。天知其將餓，故為雨粟。」意思是說人一識字就會變得狡詐起來，不願意再從事辛苦的農耕，而去追逐微不足道的利益，上天先「雨粟」，預示著天下人將要挨餓了。他接著解釋為什麼又會「鬼夜哭」：「鬼恐為書文所劾，故夜哭也。」意思是人類有了書寫工具，就可以把鬼的罪狀披露揭發給上天，因此鬼日夜號哭。

③

④

　「雨」從下雨的本義引申為名詞，讀作「ㄩˇ」，一直到今天都是這個讀音，四聲的讀音在日常生活中被徹底廢棄了，但其實有些讀音是錯誤的，比如二十四節氣的雨水、穀雨的「雨」都應該讀作四聲，當動詞用。

　有一句很雅的俗語叫「舊雨新知」，「舊雨」指老朋友，「新知」指新朋友。「新知」容易理解，「舊雨」是什麼意思呢？老朋友跟下雨有什麼關係呢？

　這個典故出自杜甫。杜甫四十歲前後，過的是「朝扣富兒門，暮隨肥馬塵，殘杯與冷炙，到處潛悲辛」的生活。先是到長安應試，落第，然後向貴人投贈，最後才得到一個看守兵器庫的小官。

　四十歲這一年，杜甫向唐玄宗獻上了〈三大禮賦〉，得到唐玄宗的賞識，一些趨炎附勢之輩認為杜甫前途不可限量，紛紛登門巴結，一時間門庭喧囂。

　到了秋天，還是沒有杜甫即將做官的消息，杜甫又得了瘧疾，臥病在床，貧病交加。秋雨綿綿，過去那些巴結他的「老朋友」再也不登門了，以至門可羅雀。這時，一位姓魏的進士冒雨前來探望杜甫的病情，並告訴杜甫自己即將出外做官，特意來辭行。

　客人走了之後，杜甫思前想後，非常感動，於是寫了一篇〈秋述〉，諷刺人情冷暖，世態炎涼，又悲嘆自己懷才不遇。

　在此文開頭，杜甫寫道：「秋，杜子臥病長安旅次，多雨生魚，青苔及榻。常時車馬之客，舊，雨來，今，雨不來……」意思是說過去下雨的時候那些老朋友也來探望我，而今遇雨卻都不來了。這是一

句多麼沉痛的話啊！

　　從此之後，「舊雨」就成為老朋友的代稱，「今雨」或者「新雨」成為新朋友的代稱，如宋人張炎〈長亭怨〉：「故人何許？渾忘了、江南舊雨。」

聲

耳朵聽到了擊打磬的聲音

放鄭聲，遠佞人。鄭聲淫，佞人殆——《論語》

❶　　　　❷

聲，甲骨文字形❶，這是一個會意字：左下是「磬」的形狀，磬（ㄑㄧㄥˋ）是一種樂器，用石頭或玉製成，懸掛在架子上，擊打使之發出樂聲；左上是繩結，把磬繫著懸掛起來；右邊是一隻大大的耳朵。整個字形會意為：耳朵聽到了擊打磬的聲音。甲骨文字形❷，更加複雜化。根據左民安先生的解釋：「是由五個部分拼合組成的一個字，左上部是『磬』的形狀，右邊是一隻手拿著一個敲打磬的小槌，中間有『耳』和『口』，表示『話音入耳』就是『聲』。整個『聲』字，就是敲打石磬、傳聲入耳的意思。」解釋得很清楚。

聲，小篆字形❸，之前的五個組成部分中少了一個「口」，這就變成一個形聲字，正如許慎所說：「從耳殸聲。」其中「殸」是「磬」的古字。楷書字形❹，跟小篆相比，幾乎沒有任何變化。簡體字形「声」，各個組成部分僅剩下了用繩結繫起來的磬，而且還變形得非常厲害，完全看不出造字的原意了。

《說文解字》：「聲，音也。」不過在古人看來，聲、音、樂三者區別甚大，《禮記·樂記》中說：「凡音之起，由人心生也。人心之動，物使之然也。感於物而動，故形於聲。聲相應，故生變；變成方，謂之音。比音而樂之，及干戚羽旄，謂之樂。」簡單而言，聲是感於物而發出的聲音，音是詠唱而成的歌曲，樂是加入樂器伴奏

❸ ❹

演唱的樂曲。因此,《樂記》接著說:「知聲而不知音者,禽獸是也;知音而不知樂者,眾庶是也。唯君子為能知樂。是故,審聲以知音,審音以知樂,審樂以知政,而治道備矣。」意思是說,最終形成的「樂」是倫理之道,又是治理政事之道,因此必須由聲知音,由音知樂,這樣才能達到「德」的高度。

古人把音樂分為五聲,即宮、商、角(ㄐㄩㄝˊ)、徵(ㄓˇ)、羽,分別相當於現在簡譜中的1、2、3、5、6。這五聲被古人稱作正聲,即純正的樂聲;與正聲相反的稱作淫聲,指淫邪的樂聲。

春秋戰國時期,鄭國的溱(ㄓㄣ)水和洧(ㄨㄟˇ)水之上,青年男女在此聚會,舉行歌詠比賽,互訴愛情,這種俗樂不符合孔子提倡的雅樂,因此被稱為「鄭聲」。孔子曾經評價道:「放鄭聲,遠佞人。鄭聲淫,佞人殆。」把鄭聲跟佞人相提並論,可見他對鄭聲的厭惡之情,鄭聲因此被稱為亂世之音。衛國的音樂也是淫聲,衛國的濮水之上有個叫桑間的地方,同樣是青年男女聚會歌詠之地,因此也被斥為淫聲,並且還誕生了一個成語「桑間濮上」,以指代男女幽會的地方,桑間濮上之音被稱作亡國之音。

《周禮》中規定:「凡建國,禁其淫聲、過聲、凶聲、慢聲。」淫聲如上所述;過聲指悲哀和歡樂失之過分的音樂;凶聲指亡國之聲,如桑間濮上之音;慢聲指惰慢不恭的音樂。這四類音樂都是嚴格禁止的。

在中醫裡,五聲還被用來診察病情,即呼、笑、歌、哭(悲)、呻。古人還把這五聲與五行對應起來:「木在藏為肝,在音為角,在聲為

呼；火在藏為心，在音為徵，在聲為笑；土在藏為脾，在音為宮，在聲為歌；金在藏為肺，在音為商，在聲為哭；水在藏為腎，在音為羽，在聲為呻。」在中醫看來，這五聲都能夠顯示病人的病情。

❶

❷

太陽照耀的天然溫泉

溫液湯泉，黑丹石緇——張衡

　　「湯」在今天中國人的日常生活中，都當飲食講，比如菜湯、煲湯等，不過日本文化仍然承繼了「湯」的本義「溫泉」，而且直到今天還把公共浴池稱作「湯屋」。

　　湯，金文字形❶，這是一個會意字，左邊是流動的泉水，右邊是「昜」，「昜」是「陽」的古字，即太陽，表示經由太陽照耀而來的天然的溫熱。因此，這個字形就會意為天然的溫泉。古代傳說中的日出之地就名為「湯谷」，可見太陽和「湯」的關係。金文字形❷，右邊的太陽還發出了光芒，進一步突出了被太陽照耀而變得溫熱的含義。小篆字形❸，楷書字形❹，都和金文沒有任何區別。簡體字形「汤」將右邊的「昜」加以簡化，完全看不出太陽照耀的原始含義了。

　　《說文解字》：「湯，熱水也。」但這其實是引申義，是從溫泉的本義引申而來。古時把溫泉稱作湯井、湯泉、溫液，張衡的〈東京賦〉中有云：「溫液湯泉，黑丹石緇。」其中的「溫液」、「湯泉」都是形容溫泉，「黑丹」指黑色丹砂，「石緇（ㄗ）」指黑色石頭，都是祥瑞之物。

　　「湯」由本義引申為熱水，尤其是指滾燙的熱水或者開水，這跟太陽照耀的意象相關。孔子曾經有過這樣的名言：「見善如不及，見不善如探湯。」看到善，就要擔心自己趕不上它；看到不善，就要像把手伸到滾燙

③　　　　　　　④

的開水中一樣趕緊躲開。可見這「湯」的溫度之高。

　　有一個常用的成語「固若金湯」，從中更可見「湯」的滾燙之意。這個成語比喻堅固的防禦工事，但是「金湯」是什麼東西，為什麼可以比喻堅固呢？原來，「金湯」是「金城湯池」的縮略語。金屬鑄就的城牆當然堅固無比，是為「金城」；「湯池」是灌滿了滾水的護城河。無水的護城河叫「隍」，有水的護城河叫「池」。《漢書・食貨志》中說：「神農之教曰：『有石城十仞，湯池百步，帶甲百萬，而亡粟，弗能守也。』」班固借用神農氏之口說：即使有高達十仞（八十尺）的石頭城牆，百步那麼廣的「湯池」，百萬帶甲的兵士，可是如果沒有糧食的話，這座城最終還是不可能守得住的。

　　《禮記・王制》中有這樣的規定：「方伯為朝天子，皆有湯沐之邑於天子之縣內。」其中「方伯」指一方諸侯之長。按照夏代的規制，王城周圍千里的地域稱為「王畿」，四海之內分為九州，其中之一為畿內，由天子親自管轄，「王畿」和「畿內」又稱作「縣」，此之謂「天子之縣」。方伯朝見天子的時候，要在「天子之縣」的範圍之內，設置供住宿和湯沐的場所，鄭玄解釋「湯沐」之禮：「給齋戒自潔清之用。浴用湯，沐用潘。」這是因為朝見天子事先要齋戒，還要沐浴，以示潔淨。有趣的是，洗身體的「浴」要用「湯」，即熱水；洗頭的「沐」要用「潘」，即米汁。後來，又把國君、皇后、公主等皇室成員收取賦稅的私邑也稱作「湯沐邑」。

❶　　　　❷

星

眾多的星星閃閃發光

　　人們常常習慣說「日月星辰」，比如李商隱的詩：「昨夜星辰昨夜風，畫樓西畔桂堂東。」其實「星辰」在古人的用法中有很大的區別。「星」是統稱，如果細分的話，金、木、水、火、土五大行星才能稱為「星」，「辰」是指二十八宿；又有「三辰」之說，日、月、星合稱「三辰」。要是不清楚這些區分，有時候是讀不懂古籍的。

　　星，甲骨文字形❶，兩側的兩個小圓圈代表星星，中間是「生」，草木滋長的樣子。關於這個字形是象形字還是形聲字，說法不一。認為是形聲字的學者說，中間的「生」即是聲符；認為是象形字的學者說，兩側的兩個小圓圈代表「日」，日為陽精，陽氣之精華，陽精分而為星，因此這個字形表示「日生為星」。

　　甲骨文字形❷，星星共有五個。金文字形❸，上部變為「晶」，但此字中的「日」不是指太陽，而是指星星，「晶」就是「星」的象形，意為眾多的星星閃閃發光。小篆字形❹，同於金文字形。楷體字形是去掉兩個「日」的省寫。

　　《說文解字》：「星，萬物之精，上為列星。」其中「列星」即排列在天空中定時出現的恆星。古人將恆星視作萬物之精華，固定羅列於天空之上。

　　因為星辰眾多，所以引申為許多點狀物都稱作「星」，比如定盤星、準星、一星半點、五星上將，婦女

③　　　　　　　　　④

裝飾面頰的美容花點也稱作「星」。

　　白髮在黑髮中很醒目，就像星星在黑暗的天空中閃閃發光，因此又可引申為鬢髮斑白，蔣捷的〈虞美人〉詞曰：「而今聽雨僧廬下，鬢已星星也。」

　　夜空中的星星非常明亮，因此，又將女人明亮的眼睛比喻作「星眼」，「笑開星眼，花媚玉顏」，這是多麼美麗的意象啊！

　　秉承陰陽觀念，古人將星星分為吉星和凶星。恆星當然屬於吉星，而彗星一類不固定的星星就屬於凶星，又稱孽星、妖星、變星。明代人認為福、祿、壽三福神屬於吉祥之星，稱作「三星」，大學士李東陽有〈三星圖歌壽致馬太守〉：「福星雍容豐且都，翩然騎鶴乘紫虛。祿星高冠盛華裾，浮雲為馭鸞為車。壽星古貌長骨顱，渥丹為顏雪鬢鬚。」

　　星辰雖然眾多，但還有許許多多不明亮的無名小星，古人於是把「小星」作為妾的代稱。這一稱謂出自《詩經・小星》：「嘒彼小星，三五在東。」其中「嘒」（ㄏㄨㄟˋ）指星光微弱。《毛詩序》如此解說：「〈小星〉，惠及下也。夫人無妒忌之行，惠及賤妾，進御於君，知其命有貴賤，能盡其心矣。」這是政治掛帥的解釋，真實情況是妾因為身分低賤，不敢跟主人同床一夜，見星而往，見星而還，免得正房妒忌。《金瓶梅》中，西門慶的正妻名叫吳月娘，恰恰暗示別的妾都是「小星」而已。

《五星二十八宿神形圖》（局部）
（傳）唐代梁令瓚繪，日本大阪市立美術館藏

　　梁令瓚，蜀人，唐代畫家、天文儀器製造家，工篆書，擅畫人物。官率
府兵曹參軍。開元九年（721），唐玄宗命僧一行改造新曆（大衍曆），梁令瓚
負責創制黃道遊儀木樣，後又與一行創制渾天銅儀。

　　《五星二十八宿神形圖》原分上下兩卷，描繪五星（歲星、熒惑、鎮星、
太白、辰星）及二十八星宿對應的人物神怪圖像。每星宿一圖，或人或獸，
或人身獸首，每圖前有篆書說明。今僅存上卷的五星和「角」至「危」十二宿。
第一幅是歲星，即木星，「豪俠勢利」；第二幅是熒惑星，即火星，因其時明
時暗，行蹤不定，故名「熒惑」，形象是「嬌暴公子」；第三幅是鎮星，即土星，
是「以黑煙霧為宮」的「御史」；第四幅是太白星，即金星，形象為神妃；第
五幅是辰星，即水星，乃一博學「功曹」。此卷設色古豔，人物似吳道子風格。
經考證圖中人物造型及其法器都屬佛教密宗。

光

一個人執燭照明

百兩彭彭，八鸞鏘鏘，不顯其光——《詩經》

❶　　　　❷　　　　❸

　　《詩經·韓奕》是一首描述韓侯受封入覲、迎親、歸國的詩篇，其中吟詠韓侯迎親的盛大儀仗：「百兩彭彭，八鸞鏘鏘，不顯其光。」百兩，一百輛車，特指結婚時所用的車輛；彭彭，盛多貌；八鸞，掛在馬銜上的八個鸞鈴，每輛車四馬八鸞；鏘鏘，鸞鈴清越的鳴聲；「不」通「丕」，大，「不顯其光」即大大地顯露韓侯的榮耀。此處的「光」當榮耀講，這當然是引申義，那麼，「光」的本義到底是什麼呢？

　　光，甲骨文字形❶，這是一個會意字，下面是一個面朝右、屈膝跪坐著的人，上面是「火」。至於甲骨文字形❷，此人面向左跪坐，頭頂是熊熊燃燒的火焰。金文字形❸和❹，頭上的火焰加以簡化，但火焰燃燒之狀仍栩栩如生。金文字形❺，火焰下面很明顯是一個女人。小篆字形❻，下面不大看得出人形了，訛變為「兒」。

　　《說文解字》：「光，明也。從火在人上，光明意也。」然而，「光」這個「從火在人上」的字形引發了很多爭議：有人認為這是一種刑罰，用火來燒跪著的犯人的頭髮；有人認為跪著的是男奴或女奴，將可燃物放進火盆之類的器物中，然後置於男奴或女奴的頭頂來照明；白川靜先生認為上面的火焰乃是火種，下面跪著的人是守護火種的神職者，因此「光」本指護火的聖職者。這些解釋都是不瞭解古人如何照明的方法所致。

❹　　　　　　　　❺　　　　　　　　❻

　　徐灝早就說過：「光從人持火。」這個「火」即古人照明所用的
「燭」，但不是今天的蠟燭。鄭玄注《儀禮・士喪禮》：「火在地曰燎，
執之曰燭。」其中，「燎」即「庭燎」，以蘆葦為幹，用布纏裹，再用
油脂澆灌；將「庭燎」舉起來就叫「燭」。因此，古時的「燭」其實就
是火炬。

　　《禮記・少儀》中有「執燭抱燋」之句，尚未燃著的火炬稱「燋
（ㄐㄧㄠ）」。何謂「執燭抱燋」？晚清學者尚秉和先生說：「薪之燃甚速，
故親執其既燃者，復抱未燃者，以待續爇。」燃火曰「爇（ㄖㄨㄛˋ）」。
古時飲宴，有專門負責執燭的人，不僅要坐在屋角，而且不參與辭讓
或作歌，怕的是不專心而引起火災。

　　《管子・弟子職》：「昏將舉火，執燭隅坐。」《禮記・檀弓上》：「曾
子寢疾，病……童子隅坐而執燭。」前者是弟子執燭坐在屋角，後者
是童子執燭坐在屋角。可見「光從人持火」的意思就是「執燭隅坐」，
並非是刑罰，也不一定要使用男奴或女奴，更非守護火種。魏晉之前，
古人皆席地而坐，坐姿乃為跪坐，「光」字形下面的人正是跪坐之姿。

　　林義光說得很清楚：「古者執燭以人，從人持火。」張舜徽先生也
說：「凡以火照物者，恆伸手高舉其火。光字從火在兒上，謂火光高
出頭上，非謂人頭之上有火也。」這就是「光」字「從火在人上」的本
義，極其具象地反映了古人執燭照明的情景。

〈秉燭夜遊〉

南宋馬麟繪，絹本設色，臺北故宮博物院藏

　　馬麟（約1180~1256後），祖籍河中（今山西永濟），後遷居浙江錢塘。宮廷畫家馬遠之子。馬麟畫承家學，擅畫人物、山水、花鳥，用筆圓勁，軒昂灑落，畫風秀潤處過於乃父，頗得宋寧宗趙擴、皇后楊氏稱賞。

　　〈秉燭夜遊〉是一幅團扇畫，取材於蘇東坡的〈海棠〉一詩：「東風嫋嫋泛崇光，香霧霏霏月轉廊。只恐夜深花睡去，更燒高燭照紅妝。」畫面上是夜色掩映的深堂廊廡，昏暗中庭院燭光高照，映出園中盛開的海棠。一名士人據太師椅對著門而坐，細細品味這良夜花光。馬麟以工致細膩的手法，表現園苑亭廊的布局之美，以及夜色、燭光、花霧的深淺濃淡，雖尺幅之地，卻覺興味幽深。

❶　　　　　　　❷

流水和濺出的水滴

以鑑取明水於月——《周禮》

　　徐中舒先生在《甲骨文字典》中說：「甲骨文水字繁省不一。」這是因為流水變化無方，古人描摹水形的時候也就縱橫恣肆，反正只要能夠畫出流水的模樣就行了。因此，本文所列舉的「水」字僅僅是甲骨文中的一小部分。

　　水，甲骨文字形❶，可以看得很清楚，中間是一道水流，兩旁是水滴之形。白川靜先生在《常用字解》一書中則認為：「中間為主流，兩旁為細流。」甲骨文字形❷，中間又添加了一道水流。

　　金文字形❸，小篆字形❹，都大同小異。

　　《說文解字》：「水，準也。北方之行。象眾水並流，中有微陽之氣也。」近代學者王襄先生在《古文流變臆說》中就此辨析道：「水之中盡為流水之象，兩旁短畫為斷續之支流或其波瀾。契文之水之偏旁有作水流曲線及數點短畫諸形……許氏微陽之說，雜用五行家言，未足以說字。」

　　張舜徽先生在《說文解字約注》一書中也批駁說：「水乃純象形字，橫看自見。許必附會陰陽五行之說，最是一病，學者不必為其所惑也。萬物以水為最平，故《管子·水地篇》云：『水者，萬物之準也。』是已。今上海人讀水如矢，亦取平義。」

　　水是人類最基本的生活必需品，因此古人把水稱作

❸　　　　　　　　❹

「上水」，意即第一位的飲品。根據《周禮》的記載，周代有「漿人」一職，職責之一是「掌共王之六飲，水、漿、醴、涼、醫、酏，入於酒府」。

　　這是周天子的六種日常飲料。第一種就是水；第二種是漿，指酢（ㄘㄨ、）漿，一種含有酸味的飲料，也有人說是「水米汁相將」的米湯；第三種是「醴（ㄌㄧˇ）」，即甜酒；第四種是「涼」，指薄酒，也有人說是將米、麥炒熟後搗成粉末，用涼水攪拌做成的薄粥；第五種是醫，指梅漿，梅子的漿汁，也就是今天常喝的酸梅湯，也有人說是用粥加曲糵釀成的甜酒；第六種是酏（ㄧˊ），指很清的稀粥，也有人說是將麥芽糖溶於水製成的甜飲。此「六飲」又稱「六清」，因為這六種飲料的共同特點都是味道清淡。

　　除了飲用之外，水還用以祭祀，稱作「玄酒」，這是因為水深則色黑的緣故；又稱「清滌」，取其清澈皎潔之意。

　　根據《周禮》的記載，周代有「司烜氏」一職，「烜（ㄒㄩㄢˇ）」是火盛之貌，因此司烜氏的職責就是掌管火禁之事，同時「掌以夫遂取明火於日，以鑑取明水於月，以共祭祀之明齍、明燭，共明水」。此處，「遂」通「燧」，指銅製的陽燧，向日取火；「鑑」是青銅所製的大盆，所謂「取明水於月」，其實指的就是露水，《史記·扁鵲倉公列傳》中稱為「上池之水」；「齍」通「粢（ㄗ）」，泛指穀物。明火、明水、明粢、明燭之所以都有一個「明」字，是指取日月陰陽之潔氣，專供祭祀。

❶

❷

地面上三股火焰上騰，迸出火星

四時變國火，以救時疾——《周禮》

「火」，這麼簡單的一個字，有趣在什麼地方呢？

火，甲骨文字形❶，很顯然這是一個象形字，像地面上三股火焰上騰之狀。甲骨文字形❷，大同小異。甲骨文字形❸，一股火焰旁邊迸射出火星。值得注意的是「火」和「山」的區別，正如徐中舒先生所說：「甲骨文中火字與山字形近易混，當據具體辭例辨別之。」

火，金文中尚未發現獨體字，金文字形❹是金文「炎」字的偏旁，晚清學者林義光在《文源》中形容為「光焰迸射之形」。小篆字形❺，徹底與「山」字區別開來。白川靜先生就此解說道：「古字原為火苗的整體之形，今字『火』為火苗之上火星飛散之形。」張舜徽先生則觀察得更加仔細，他說「火」的甲骨文字形和金文的偏旁「皆半圓形，像火之上銳下闊，旁有火星迸出也」。《周禮·考工記》記載「火以圜」，鄭玄解釋說：「為圜形似火也。」自篆體之後，「而圜形不可見矣」。

《說文解字》：「火，燬也。南方之行。炎而上。」漢代盛行五行學說，因此將「火」釋為「南方之行」只是對陰陽家言的附會。至於說「火，燬也」，劉熙在《釋名·釋天》中解釋得很清楚：「火，化也，消化物也。亦言燬也，物入中皆毀壞也。」

《論語·陽貨》中，宰我對孔子建議，希望縮短為父母守三年之喪的規定時說：「舊穀既沒，新穀既升，

③　④　⑤

鑽燧改火，期可已矣。」此處，「鑽燧改火」跟舊穀、新穀一樣，也是表示時間的變遷。但什麼叫「改火」呢？「燧」即木燧，古人出門要隨身攜帶，以便鑽木取火。不過，古時所鑽之木，要隨著四季的變更而換用不同的木材，這叫「改火」或「改木」。東漢學者馬融解釋說：「春取榆柳之火，夏取棗杏之火，季夏取桑柘之火，秋取柞楢之火，冬取槐檀之火。一年之中，鑽火各異木，故曰改火也。」

為什麼要「改火」呢？《周禮》中有「司爟（ㄍㄨㄢˋ）」一職，「掌行火之政令，四時變國火，以救時疾」。賈公彥注解道：「火雖是一，四時以木為變，所以禳去時氣之疾也。」禳（ㄖㄤˊ），意為去除。之所以換用不同的木材，是為了去除時疾，比如春天用榆木和柳木，夏天再用就會有毒，因此要換用適合夏日所用的棗木和杏木。

〈木蘭詩〉中寫道，木蘭打完仗回到家，恢復了女兒身的裝扮之後，「出門看火伴，火伴皆驚忙」。按照北魏兵制，士兵十人為一「火」，十人共用一個灶吃飯，灶要生火煮飯，十人同「火」而食，故稱「火伴」。唐代沿用了這一建制，根據《新唐書・兵志》的記載：「十人為火，火有長。」可見「火伴」本來是一個軍事術語，後來詞義從同灶吃飯的士兵擴展成同伴的稱謂，「火」字也添加了一個單人旁，寫成「伙伴」了。「伙食」、「伙房」、「伙夫」、「同伙」的稱謂也是由此而來。

〈田園旅人　堤上借火〉
（田園の旅人 堤上の煙草のもらい火）
鈴木春信繪，約 1767 年至 1768 年

　　　日本江戶時代，無論男女都喜
歡用細長的菸管吸菸。和這種菸管
相配的是切細的菸絲，放到菸鍋
裡，點燃後就可以慢慢地享受一段
迷離時光。菸管大多製作精美，配
套的還有菸絲包、皮套、布袋、菸
盒等。在風月文化中，吸菸也是遊
女和客人交流感情的活動之一。這
幅畫描繪了清曠的田間，一個旅人
向坐在堤上小憩的女子「借火」點
燃菸管的情景。水田中是嫩綠的秧
苗，遠處有騎馬趕路的行人，有小
小房舍。年輕男女湊近菸管的姿
態，顯得親密有情。

❶   ❷

三股大水和其中飛濺的水沫

予決九川，距四海，濬畎澮距川——《尚書》

　　看到「川流不息」這個成語，相信人們的腦海裡立刻就會浮現出河水奔騰的景象。「川」字就是這樣造出來的，甲骨文字形❶，兩邊是河岸，中間是流水。也有人認為是三股大水之形，還有人認為中間的三點表示水流中的漩渦。甲骨文字形❷，更為繁複，似乎更應該理解為三股大水和其中飛濺的水沫或漩渦。

　　甲骨文字形❸和金文字形❹，再到後來的小篆字形❺，都省寫為彎彎曲曲的三道筆劃，跟今天使用的「川」字一模一樣。

　　《說文解字》：「川，貫穿通流水也。」《尚書·益稷》中記載帝禹的話說：「予決九川，距四海，濬畎澮距川。」意思是說：我疏通了九州的河流，使它們流入四海，挖深疏通了田間的大水溝，使它們流入大河。「濬」通「浚（ㄐㄩㄣˋ）」，深挖疏通之意；「畎（ㄑㄩㄢˇ）」本來寫作「く」，讀音相同，也就是「川」字的一彎，指田間最小的水流；「澮（ㄎㄨㄞˋ）」本來寫作「巜」，讀音相同，也就是「川」字的兩彎，兩「く」相合，指田間較大的水流；田間的畎、澮被深挖疏通之後，流入的大河就稱作「川」。

　　《爾雅·釋水》中還有古人關於「川」的更有趣的辨析：「湀闢，流川；過辨，回川。」其中，「湀（ㄍㄨㄟˇ）闢」也作「湀辟」，指貫注無阻的流水，即所謂「流川」，通流之川，也有說是深水處。「過辨」，郭璞注解說：「旋

❸ ❹ ❺

流。」北宋學者邢昺進一步注解說：「回，旋也。言川水之中有迴旋而流者，名過辨也。」也有說「過」通「渦」，漩渦。此即所謂「回川」，迴旋而流之川。

近代學者沈兼士曾有論說：「湀闢流川，過辨回川，名雖各異，事實相成。水迴旋處必深滿，及其盈科而出，勢更洶湧。《爾雅》特析其本末為旋流與通流，以注湀闢過辨之轉語耳。解者若認旋流與通流為截然兩事，則泥矣。」他的意思是說，旋流為本，深滿到一定程度則洶湧而出，發展為貫注無阻的通流，其實不過是一條大川的不同狀態而已。

《周禮·考工記》記載：「凡天下之地勢，兩山之間必有川焉。」因此而有「山川」一詞。《尚書·禹貢》記載帝禹「奠高山大川」，高山指五嶽，大川指四瀆。所謂「四瀆」，指古時最大的四條河流：長江、黃河、淮水、濟水。

根據《周禮》的記載，周代有掌管玉器以及用玉器來祭祀的「典瑞」一職，「璋邸射以祀山川」。「璋」是形狀像半個圭的玉器（編註：圭是一種板形玉器，下部為方形，上部尖削或呈圓弧形），「邸射」指璋的上部削尖，用以祭祀山川。同時還要將馬沉入河中，這就是山川之祭。

今日四川省的得名，始於北宋所置益州、梓州、利州、夔州四路，合稱「川峽四路」；元代設「四川行中書省」，簡稱「四川行省」。四川者，指岷江、沱江、黑水、白水四大川也。

大川出山則必有平野，因此「川」引申為平野、平地，比如一馬

平川、虎落平川之「平川」，即指廣闊平坦之地。又引申為旅途，比如「川資」，指旅途所需的路費。古人旅行，以水路乘船最為快捷，故將路費稱作「川資」、「川費」。

年

人的頭上頂著成熟的農作物回家

❶　　　　　❷

華人每年都要過年，這個「年」字是怎麼來的呢？

年，甲骨文字形❶，這是一個會意字，上面是「禾」，像一棵沉甸甸的農作物，下面是一個面朝左、手臂下垂的人，會意為農作物成熟，人背負著農作物運回家去。葉玉森在《說契》中解釋道：「疑從人戴禾。禾稼既刈，則捆為大束，以首戴之歸。」意思是人的頭上頂著沉甸甸的農作物回家。甲骨文字形❷，更像人背著「禾」的樣子。金文字形❸，下面的人形訛變為「千」。小篆字形❹，緊隨金文字形的訛變，因此許慎把「年」歸類為形聲字，「從禾千聲」，這是錯誤的。

《說文解字》：「年，穀熟也。」但「年」的本義就是豐收。《春秋穀梁傳》說：「五穀皆熟為有年也。」又說：「五穀大熟為大有年。」都是這個意思。農作物收割完畢，古人要慶祝豐收，同時祭祀祖先神靈，這個節日就稱作「年」。邢昺解釋道：「年者，禾熟之名，每歲一熟，故以為歲名。」不過，根據《爾雅》的記載，堯舜的時候不叫「年」，而叫「載」；夏代的時候叫「歲」；商代的時候叫「祀」；一直到了周代才改稱「年」。

中國民間有一個流傳久遠的傳說，認為「年」是一種怪獸，人們過年放鞭炮是為了趕走這頭怪獸，避邪驅凶，保佑家中平安。不過，放鞭炮的習俗起源很晚，南朝宗懍的《荊楚歲時記》記載：「正月一日，雞鳴而起，

❸

❹

先於庭前爆竹、燃草,以辟山臊惡鬼。」在火藥發明之前,古人用火燒竹,畢剝發聲,以驅除山鬼瘟神,稱作「爆竹」。但是,周代時已經有了「年」,可見「年」是一頭怪獸的說法只是民間相沿的傳說,實際上「年」的形成還是跟歲末的祭祀有關,這從「載」(堯舜)、「歲」(夏)、「祀」(商)一直到「年」的演變,就可以看得很清楚。

「載」有祭祀的意思,比如載社就是祭祀社廟,載璧就是祭祀時所用的玉;「歲」和「年」同義,一年的最後一天要舉行儀式,擊鼓驅疫,謂之逐除,這就叫「歲除」,也含有祭祀的意思在內;「祀」就更不用說了。因此,相沿而到周代的「年」字,仍然繼承了前幾代祭祀的含義,跟歲末的祭祀有關。

今天我們所說的「過年」,意思就是在一年的最後一天舉行祭祀祖先的活動,把這個舊年過去,迎接新的一年,這才是「過年」的本義。孟浩然有詩曰:「白髮催年老,青陽逼歲除。」青陽是春天,逼著「歲除」,一年趕緊過完,好迎來萬物復甦的春天。

需要注意的是,除了一年、年齡等義項之外,「年」還有一種比較獨特的用法,就是科舉時代同科考中的人的互相稱呼,比如年誼即指同年登科的關係。《儒林外史》:「你我年誼世好,就如至親骨肉一般。」另外又可互稱同年,除了指出生於同一年之外,還指同科中士,比如唐人李肇說:「(進士)俱捷謂之同年。」清人顧炎武說:「同榜之士,謂之同年。」

❶　　　　❷　　　　❸

　　「正」是個義項繁多的漢字。關於「正」字的甲骨文和金文字形，歷代學者爭議頗多，因此對「正」字的本義也多有分歧。在種種分歧之中，也出現了一些有趣的觀點。

　　正，甲骨文字形❶，這是一個會意字，下面是一隻腳，而且是左腳，最長的一劃表示左腳最上面的大腳趾。這隻腳就是「止」的甲骨文字形。上面填實的橢圓點表示什麼呢？學者們就是在這裡出現了分歧。先來看甲骨文字形❷，上面變成了方方正正的口形。甲骨文字形❸，下面的腳變成了右腳。徐中舒先生認為上面的口形「像人所居之邑」，下面的腳「表舉趾往邑，會征行之義，為征之本字」。裘錫圭先生認為上面的口形「代表行程的目的地」，下面的「止」「表示向目的地行進」，因而「正」字的本義是遠行。白川靜先生則認為「正」字「本來義示向著城邑逼近，義為征伐以及征服」。

　　正，金文字形❹，上面填實成了圓點。金文字形❺，上面也是填實的橢圓點。金文字形❻，上面填實的圓點和下面的「止」連在一起。金文字形❼，上面訛變為一橫，為小篆字形❽打下了基礎。

　　《說文解字》：「正，是也。從止，一以止。」這是許慎根據小篆字形所做的解說，但上面的「一」乃屬訛變。《說文解字》：「是，直也。」因此許慎的意思就是說，「正」

④ ⑤ ⑥ ⑦ ⑧

字的本義是這隻腳直直地往前走。張舜徽先生根據金文字形上面填實的圓點認為：「像止前有物阻之，不得行進也。乃阻止之止本字。凡云停止靜止，當以正為本字。」並感嘆「後世引申義行而本義廢」。

林義光則根據金文字形認為上面填實的圓點「像正鵠形」。所謂「正鵠」，指箭靶的中心。古人常舉行射禮，關於射箭的靶子，鄭玄說：「方十尺曰侯，四尺曰鵠，二尺曰正，四寸曰質。」其中，「侯」是整個一面箭靶，方十尺；「鵠」縮小到四尺；「正」又縮小到二尺；「質」又縮小到四寸。《詩經‧猗嗟》中有「終日射侯，不出正兮」的詩句，意思是箭箭不離「正」這二尺見方的靶心，可謂神射手。因此，林義光認為「正」的本義當為正鵠。

此說頗為新穎，卻與甲骨文字形❷和❸相差甚遠，而且「正」的各種字形中，下面的那隻腳是有方向性的，因此釋為「向著城邑逼近」更有說服力，甲骨卜辭中也是將「正」用為征伐之意。

白川靜先生完美地解釋了「正」的本義和引申義：「向被征服的地方的人民征稅，謂『征』。這樣的統治方法曰『政』。對被征服地的人們施以重壓，強制納稅，此謂『政』，而將這樣的統治方法認作正當、正義。由此，『正』有了正確、糾正之義，並有純正之義。」（編註：征通「徵」。）

「正」還有一個讀音「ㄓㄥ」，僅用於「歲之首月也」，即正月。杜預解釋說：「凡人君即位，欲其體元以居正，故不言一年一月也。」所謂「體元居正」，意思是人君以天地之元氣為本，常居正道而施仁政，因此帝王即位稱「元年」，而將歲之首月稱「正月」。

〈元日村慶圖〉
明代李士達繪，紙本淡設色，
美國克利夫蘭藝術博物館（Cleveland Museum of Art）館藏

　　李士達（1550~1620），字通甫，號仰槐，江蘇蘇州人。萬曆二年（1574）
進士，工人物、山水。

　　這是一幅歲朝風俗畫，描繪石湖一帶村舍過新年的情景。元日即農曆正
月初一。畫面上是水村農舍，湖邊人家，柳岸板橋，長者訪友宴飲，兒童燃
放鞭炮，敲鑼打鼓，歡慶佳節。山水景物筆墨蒼潤，人物用筆圓熟，身姿各異，
神態生動。畫面充滿喜慶、升平氣象，又不失水村山郭的寧靜和質樸。

春

❶　　　　　　　❷

日光照射，大地回春，草木生長

為此春酒，以介眉壽——《詩經》

　　少女愛慕異性，稱之為「有女懷春」，我們來看看「春」字的字形和字義演變，是怎樣具備這個義項的。

　　春，甲骨文字形❶，這是一個會意兼形聲的字，共分為四個字元：左右兩邊是草，左下方是「日」，中間是草根埋在地下的草木發芽了。整個字形會意為日光照射，大地回春，草木生長。

　　中間部分，有學者認為就是「屯」字，乃是「純」字的初文，或指十字形的木架子上纏了一團線絲，或指垂有穗狀物的花邊之形。如果這樣解釋的話，那麼「屯」就僅僅表聲，不參與「春」字的會意過程。而許慎解釋為：「屯，象草木之初生。」中間的圓圈像臃腫的土堆，下部是冬季埋在土堆裡面的草根，春天到來，草根艱難地拱破土堆，萌發出上面的一根芽來。按照這種解釋，「屯」既表聲，同時也參與了「春」字的會意過程，日光照射，草木發芽，這就是春天來臨的徵兆。

　　甲骨文字形❷，四個字元的位置進行了更動。

　　春，金文字形❸，還是這四個組成字元，但是位置發生了較大的變化，「屯」字移到草和日的中間，字形變得更加緊湊。金文字形❹，下部的「日」有些變形，是不是寫出這個字的古人正飢餓難耐，以至於心不在焉地把「日」寫成了「月（肉）」的樣子？小篆字形❺，跟甲骨文和金文字形相比，沒有任何變化。楷體字形除了

③　　　　　　　④　　　　　　　⑤

下面的「日」，別的部分看不出來跟過去字形的聯繫，也看不出是會意字還是形聲字了。

《說文解字》：「春，推也，草春時生也。」許慎的意思是說春天來臨的時候，草木「推」開土堆發芽，故稱「推」。隨著春天來臨，少女的心也「推」開了冬眠已久的心房，對異性的愛慕也開始發芽，因此稱作「有女懷春」，多麼具象的比喻！

「春」還可以用作酒的別稱。有人誤以為從唐代開始人們才把酒別稱為「春」，這是因為不瞭解「春」和酒的關係的緣故。《詩經・七月》中有名句：「為此春酒，以介眉壽。」其中，「眉壽」指長壽的老人。「春酒」是指冬釀經春始熟之酒，故名「春酒」。

今天已經被濫用的「買春」一詞，本來是一個極其優雅的古代詞彙，竟然被現代人抹黑成了嫖娼，真是悲哀！晚唐詩論家司空圖把「玉壺買春」列入〈典雅〉一章，現代語言學家郭紹虞先生解釋得非常清楚：「春有二解：《詩品注釋》：春，酒也。唐《國史補》：酒有郢之『富水春』，烏程之『若下春』，榮陽之『上窟春』，富平之『石東春』，劍南之『燒春』。此一義也。楊廷芝《詩品淺解》：春，春景。此言載酒遊春，春光悉為我得，則直以為買耳。孔平仲詩：『買住青春費幾錢。』楊萬里詩：『種柳堅堤非買春。』此又一義也。竊以為二說皆通。」哪裡有絲毫下流的含義！

夏

腳踩農具、手持刀具的農耕舞蹈

冕服采章曰華，大國曰夏——孔安國

❶　　　　　❷

《史記・夏本紀》：「禹於是遂即天子位，南面朝天下，國號曰夏后。」禹稱帝的國號為夏后氏或夏氏，簡稱為「夏」。這是中國典籍中的記載，考古界尚未發現夏代存在的直接證據，晚於夏代的甲骨文中也還沒有發現公認的「夏」字。這確實是一件奇怪的事情。我們只能從「夏」字的字形起源和古代典籍的記載，來大致勾勒夏代為何以「夏」命名，以及中國別稱「華夏」的由來。

夏，金文字形❶，這是一個非常複雜的象形字，但象的到底是什麼形，學界大致共有十種說法，比如人形說、圖騰說、大禹治水之形說、舞蹈之形說等，但都因證據不充分而一一遭到駁斥。我贊同舞蹈之形說，但又與傳統的釋義有別。

仔細研究這個字形，其上部為「頁」，是人頭的象形，這一點沒有爭議。有爭議的是下部的字元。右側是一隻手，中間是一個人操持之狀，人的腿伸得很長，盡頭處是一把形似木叉的耕地農具，這種農具叫「耒（ㄌㄟˇ）」。這個人操持的是什麼東西呢？最左邊的兩個字元非常像刀具之形。這個人腳踩農具，手持刀具，如此複雜的造型不像是真的在幹農活，倒像是一種儀式。我認為，這確實是一種儀式，是模仿農耕動作來表演的舞蹈。

相傳大禹擅長作樂，樂章即以「夏」命名，比如後

③

④

⑤

世記載的〈大夏〉、〈三夏〉、〈九夏〉，鄭玄解釋〈九夏〉說：「〈九夏〉皆詩篇名，頌之族類也。此歌之大者，載在樂章，樂崩亦從而亡。」可見〈九夏〉乃是「頌之族類」，歌頌自己部族的樂章。再聯想到大禹的兒子啟，根據《山海經・海外西經》的記載，啟也是一個樂舞能手：「大樂之野，夏后啟於此舞九代，乘兩龍，雲蓋三層，左手操翳，右手操環，佩玉璜。」其中「翳（ー）」是羽毛所製的華蓋。

農耕是農業社會的支柱，播種或豐收時舉行的祀祖娛神儀式，模仿農耕的動作來製作樂舞，乃題中應有之義，古代君王每年都要到郊外祭祀土地和五穀之神，樂舞當然也是必不可少的項目。因此，大禹將國名定為「夏」，極有可能就是以農耕之舞命名，此即「頌之族類」，「夏」的這個字形表現的就是農耕的舞蹈。

夏，金文字形❷，這個舞蹈的人頭髮都飄起來了，喜氣洋洋的樣子一望可知；右臂還擎著一個圓環狀的東西，這個東西很可能是圓形而中間有孔的玉環，這讓我們想起夏啟舞蹈的時候「右手操環」的描述。金文字形❸，舞蹈之形加以簡化。金文字形❹，頭、手、腳、玉環都變形得厲害。小篆字形❺，只剩下了人的身體，農具和玉環都消失不見了。

《說文解字》：「夏，中國之人也。」這是引申義。「夏」由隆重盛大的農耕之舞而引申為盛大、大之意，孔安國解釋說：「冕服采章曰華，大國曰夏。」這就是中國別稱「華夏」的由來。

❶　　　　　　❷

秋末舉行的火燒秋蟲的焚田習俗

眼色暗相鉤，秋波橫欲流──李煜

　　中國是農業社會，農業耕種跟四季關係密切，因此甲骨文中就已經有了「秋」這個字。

　　秋，甲骨文字形❶，上面是一隻蟋蟀，下面是火，左民安先生解釋說：「火燒秋蟲，為古代焚田之習俗，在秋末進行。」因此「秋」是一個會意字。再看甲骨文字形❷和❸，非常像蟋蟀的樣子，《詩經・七月》中的名句：「七月在野，八月在宇，九月在戶，十月蟋蟀入我床下。」蟋蟀是秋蟲，因此用蟋蟀來會意秋天。《說文解字》中還收錄了「秋」字的籀文字形❹，左上為「禾」，下為「火」，表示五穀熟了，右邊的蟋蟀訛變為一隻龜的樣子。小篆字形❺，只保留了「火」和「禾」，仍然會意為五穀成熟。

　　《說文解字》：「秋，禾穀熟也。」《管子・四時》：「秋聚收，冬閉藏。」秋天是聚集收成的季節。《爾雅》：「秋為白藏。」這是一種有趣的說法。秋天在五行學說中屬金，方位屬西方，顏色則是白色，因此說「秋為白藏」。秋天又是蕭條蕭殺的季節，因此「秋」又引申出悲愁的意思：「秋之為言愁也。」比如把不得意的士人叫作秋士，把年老色衰的婦女叫作秋娘。

　　秋天蕭殺，因此古代的律令刑獄之事皆稱秋，比如刑部別稱秋曹，處決死刑犯也都在秋天進行。古代的皇帝自詡為「天之子」，為了顯示順應天道的政治合法性，

③

④

⑤

特意把刑殺安排在秋冬之際進行，因為秋冬的肅殺之氣，渲染了刑殺本身的嚴肅性和震懾力。按照五行學說，秋天屬金，適合刑殺。因此，「金秋」一詞並無今天秋高氣爽的盛世意象，恰恰相反，金秋時節是死囚集體送命的日子。西漢大臣竇嬰是在農曆十二月的最後一天被殺，因為過了這一天就是春天，不僅不能再行刑，還有可能遇赦。

這一季節的刑殺被稱為「天刑」，在以儒家為正統意識形態的歷史中，金秋時節舉行的「秋決」並不僅僅是奪去了一個死囚的身體，甚至被抬高到用上天來懲罰死囚的高度。而「天之子」，就是上天在人間的代理人，是上天授權施行「天刑」的最高律令。

中國歷史上第一次出現「秋後決死刑」的記載，是在《金史‧刑法志》中。該法規定只有強盜這一個犯罪種類排除在秋決的禁忌之外，其餘一切死刑犯都要在金秋時節處決。後來「秋決」這個詞更加通俗化為「秋後問斬」、「秋後算帳」，在古代小說中非常常見。

「秋」還用來形容女人的眼波，這是因為秋天的時候天空高遠，秋風吹拂著水面，水中漣漪蕩漾，清澈無比，這樣的水被稱作「秋水」。「秋水」清澈到什麼程度呢？可以一眼望到底，因此有「望穿秋水」一詞。因此，古人就用「秋水」、「秋波」來比喻女人清澈明亮又流轉蕩漾的眼波，實在是太具象了！

最早使用「秋波」一詞的應該是那位著名的詞人皇帝、南唐後主李煜了，李煜在寫給小周后的情書〈菩薩蠻〉中吟詠道：「眼色暗相鈎，秋波橫欲流。」

《西廂記》中的名句：「餓眼望將穿，饞口涎空咽，空著我透骨髓

相思病染，怎當他臨去秋波那一轉！休道是小生，便是鐵石人也意惹情牽。」這段描寫太有名了，以至於崔鶯鶯「臨去秋波那一轉」成為中國愛情史上最著名的秋波事件，影響所及，清代人徐震在《美人譜》中把它當作美人七項「韻」標準的壓卷選項。這七項「韻」的標準是：「簾內影，蒼苔履跡，倚欄待月，斜抱雲和（雲和是絃樂器），歌餘舞倦時，嫣然巧笑，臨去秋波一轉。」

《仇英款西廂記圖冊》之一
清代佚名繪，絹本設色，美國佛利爾美術館（Freer Gallery Of Art）館藏

　　自從元代王實甫改編金人董解元所寫的《西廂記諸宮調》之後，這本《西廂記》雜劇就在中國舞臺上經久不衰。這部雜劇被明代戲曲學家評為「古戲之首」，成為明代各類文學著作中首屈一指的暢銷書，仇英、唐寅、陳洪綬、錢穀等名家都曾以其為題創作過畫作或版畫插圖。這套仇英款《西廂記圖冊》，是清人模仿仇英的風格所繪。「明四家」之一的仇英擅界畫，工人物，尤擅仕女，刻畫細膩，精麗豔逸。此圖冊設色明麗古雅，布置妥帖，人物精細，應是「蘇州片」畫家全盛期出品。

　　這幅圖描繪的是《西廂記》第一本第一折「驚豔」。張生與崔鶯鶯在佛殿相遇，鶯鶯的美貌令張生「魂靈兒飛在半天」，只一個照面，就「瘋魔了張解元」。畫面上，張生回首顧盼，鶯鶯與紅娘踏殘紅，過芳徑，正嫋嫋婷婷走向深院。張生的留戀，鶯鶯的嬌羞，紅娘的伶俐，歷歷在目。

落

樹木凋謝

自古落成須善頌，掃除東閣望公來——王安石

❶

　　「落」是個後起的字，小篆字形❶，這是一個形聲字。《說文解字》：「落，凡草曰零，木曰落。從草洛聲。」其中「零」和「落」都是墜下來的意思，「零」的本義是「餘雨」，也就是細雨，所以草的凋謝叫「零」，取其輕微之意；樹木的凋謝叫「落」，比草的凋謝動靜要大一些。屈原在〈離騷〉中的名句：「惟草木之零落兮，恐美人之遲暮。」草木零落，就是零、落分指。杜甫有句詩，這種區別顯得更加清晰：「歲暮百草零，疾風高岡裂。」草只能稱「零」。還有「人閑桂花落」、「落英繽紛」等種種表示樹木凋謝的詩文，可以驗證「零」和「落」的區別。

　　樹木凋謝，枝葉在地上堆成一堆，會阻擋人的行進，因此古人把籬笆稱作籬落。柳宗元有詩曰：「籬落隔煙火，農談四鄰夕。」又由此引申出人聚居的地方，比如村落、屯落、聚落。

　　至於「落」的各種讀音：ㄌㄨㄛˋ、ㄌㄠˋ、ㄌㄚˋ，都是在漫長的語音演變過程中逐漸添加上去的，有的還是方言讀音，比如蓮花落的「落」讀作ㄌㄠˋ。

　　最有趣的是「落成」一詞，今天把建築工程完工稱為「落成」，含義非常簡單，再也沒有別的意味在內了，可是在古代，這個詞的意思要複雜得多。

　　古代宮室在建成之後要舉行祭禮，這種祭禮就叫作

「落」。西元前五三五年，楚靈王建了一座離宮，取名章華臺，十分華美。建成之後，楚靈王帶著大臣伍舉一起登臺，楚靈王洋洋得意地讚美道：「章華臺真是太美了！」伍舉接過楚靈王的話頭，批評他以舉國之力建造這麼一座臺，勞民傷財，用了好幾年才建成，沒有什麼值得炫耀的。楚靈王不聽伍舉的勸諫，還想把各國的國君都請來參加落成典禮，沒想到各國國君都以之為恥，紛紛拒絕了邀請，只有魯國國君勉強前來。

這個故事記載在《左傳·昭公七年》裡，原文是：「楚子成章華之臺，願與諸侯落之。」杜預解釋道：「宮室始成，祭之為落。」清代學者紀曉嵐在《閱微草堂筆記》中也說：「落成之日，盛筵祭神。」

《左傳·昭公四年》：「叔孫為孟鐘，曰：『爾未際，饗大夫以落之。』」魯國大夫叔孫穆子為兒子孟丙造了一口鐘，對兒子說：「你還沒有正式和人交際，在請大夫們飲宴的時候舉行鐘的落成典禮。」杜預解釋道：「以豭豬血釁鐘曰落。」豭（ㄐㄧㄚ）豬就是公豬，釁（ㄒㄧㄣˋ）是指用動物的血來祭祀新製的器物。用公豬的血來祭祀新鐘，這個祭禮就叫作「落」。

「落」這種祭禮也稱作「考室」，「考」是成的意思，「室」即宮室。顏師古解釋道：「凡宮新成，殺牲以釁祭，致其五祀之神，謂之考室。」這和「落」的祭禮儀式完全相同。除了殺牲用作祭品之外，還有一項儀式是唱歌頌禱，《詩經》中有一首叫〈斯干〉的詩，就是周宣王「考室」時所頌禱的歌，既展示了宮室的生動面貌，又表達了對主人的良好祝願。因此，王安石在詩中寫道：「自古落成須善頌，掃除東閣望

公來。」就是這一祭禮的具象描述。

　　現今在建築竣工之後，往往會邀請官員或者名流進行剪綵，也是古代舉行祭禮的遺意，只不過方式不一樣罷了。

❶　　　　❷　　　　❸

太陽從海面上冉冉升起

令下三十日不燒，黥為城旦——《史記》

　　「旦」這個字，今天最常用的義項是「元旦」，以及戲曲中扮演婦女的「旦角」。我們先來看作為時辰的「旦」字的字形，再來探討「旦」為什麼可以用作戲曲角色的稱謂。

　　旦，甲骨文字形❶，這是一個會意字，上面是「日」，一輪太陽，下面是太陽的倒影。據此則造出這個字的時候，古人是在水邊觀察日出。甲骨文字形❷，上面的「日」省去了中間的一點。甲骨文字形❸，上下兩個「日」，更像太陽及其倒影。金文字形❹和❺，下面填實並連為一體，表示太陽剛剛從水面或海面上升起。金文字形❻，太陽似乎掙脫著，拚命從水面或海面上冉冉升起。小篆字形❼，日影訛為「一」。

　　《說文解字》根據小篆字形解釋說：「旦，明也。從日見一上，一，地也。」許慎的意思是說「旦」是太陽從地面上升起之形，但這種解釋是錯誤的，「旦」的字形是從河面或海面上升起，因此「旦」的本義就是早晨，夜剛盡，日初出，天剛破曉。《詩經·女曰雞鳴》中的名句「女曰雞鳴，士曰昧旦」，「昧」是昏暗不明，「昧旦」即將明未明，正是「旦」字形的具象寫照。

　　「旦」是一天的開始，因此引申將農曆每月的第一天也稱作「旦」，每月初一亦稱「朔」，「朔旦」連用即指初一；再引申將新年的第一天也稱作「旦」，比如「元

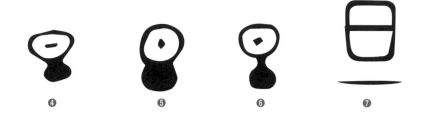

④　　　　　⑤　　　　　⑥　　　　　⑦

旦」，南宋吳自牧所著《夢粱錄》中說：「正月朔日，謂之元旦，俗呼為新年。一歲節序，此為之首。」現在則是將陽曆的一月一日稱作「元旦」。

　　古時有一種刑罰叫「城旦」，《史記・秦始皇本紀》記載，秦始皇下令燒書，「令下三十日不燒，黥為城旦」。「黥」是墨刑，將犯人刻面染墨做為標記。「城旦」是一種需要服四年的刑罰，應劭解釋說：「城旦者，旦起行治城，四歲刑也。」天剛破曉就要起床築城，而且還要堅持四年之久，真是辛苦！婦人力弱不能築城，則罰去舂米，也是四歲刑。

　　古人將盟誓稱作「旦旦」，出自《詩經・氓》中「信誓旦旦」的詩句，指著初升的太陽起誓，以表明自己皎如白日的心跡。

　　至於將戲曲中扮演婦女的角色稱作「旦」，則歷代爭論頗多。有「反言說」：「旦為婦人，昏夜所用，故反言旦。」有「省筆說」，如《清稗類鈔》：「伶人粗傖，識字無多，始而減筆，繼而誤寫，久之一種流傳，遂為專門之名詞，明知其誤而不可改矣……小旦，小姐也，先去女旁，後又改旦為旦，但圖省筆而已。」也有「動物說」，如《通俗編》：「狚，猿之雌者，其性好淫，今俗訛為旦。

　　王國維在《古劇腳色考》中認為：「旦名之所本雖不可知，然宋金之際，必呼婦人為旦；故宋雜劇有裝旦，裝旦之為假婦人，猶裝孤之為假官也。至於元人，猶目張奔兒為風流旦，李嬌兒為溫柔旦（《青樓集》），此亦旦本伎女之稱之一證。」此說最為可靠，因此「旦」乃是對伎女（女歌舞藝人）的稱呼。

寒

房子裡的人用草來抵禦冰冷

九月寒砧催木葉，十年征戍憶遼陽——沈佺期

❶

❷

　　寒冷僅僅是人體的一種感覺，能感覺到，卻看不見、摸不著，因此這個字就被造得極其複雜。

　　寒，金文字形❶，這是一個會意字，上面是房子，房子裡有一個人，旁邊是四把草，會意為用草來抵擋寒氣。金文字形❷，字形更加複雜，上面還是房子，房子裡添加了許多東西：中間一個人，人的下面是腳，最下面的兩橫代表冰塊，腳踩在冰塊上可想而知有多麼寒冷！周圍還是塞了四把草來禦寒，估計造出這個字的古人，造字的時候一定也會感到全身冰冷吧！小篆字形❸（見214頁），跟金文字形大同小異。楷體字形變形嚴重，完全沒有寒冷的感覺了。

　　《說文解字》：「寒，凍也。從人在宀下，以草薦覆之，下有仌。」其中「仌」就是冰。古人對四季的變化很敏感，因此創造了四季之神，其中冬神稱作「玄冥」，又稱「司寒」，北方為冬，因此，冬天時天子的各種器具都要使用黑色，祭祀司寒的時候，要使用黑牡（黑色的雄性犧牲）和秬黍（黑色的黍子）。

　　雖然冬天最為寒冷，但其實從秋分之後天氣就開始轉寒了，沈佺期有詩曰：「九月寒砧催木葉，十年征戍憶遼陽。」其中「砧（ㄓㄣ）」是擣衣石，「寒砧」指寒秋時節的擣衣聲，秋景之冷落蕭條可見一斑。二十四節氣中有三個與「寒」有關的是寒露、小寒、大寒。

〈月下打砧美人圖〉（月下砧打ち美人図）局部
葛飾應為繪，紙本設色，東京國立博物館藏

　　葛飾應為，生卒年不詳，江戶時代女性浮世
繪師，浮世繪巨匠葛飾北齋的三女兒，本名「阿
榮」（お栄）。她性情豪放不羈，一生追隨父親，
醉心於繪畫。因擅長光影明暗的運用，後世尊稱
她為「光之浮世繪師」。

　　這幅圖畫的是一名女子在月光下擣衣，據説
源白白居易的〈聞夜砧〉：「誰家思婦秋擣帛，月
苦風淒砧杵悲。八月九月正長夜，千聲萬聲無了
時。應到天明頭盡白，一聲添得一莖絲。」滿月
的清輝照亮思婦的面容和服飾。她的雙臂充滿力
量感，眉目英挺，神情哀傷中帶有堅定，畫面是
秋夜的幽寂清冷。

❸

　每年陽曆十月七日、八日或九日為寒露，氣溫更低，空氣已結露水，快要凝結成霜了，故稱「寒露」。有三個徵兆出現（「三候」），就意味著寒露到來了。第一個徵兆是「鴻雁來賓」，古人認為鴻雁（大雁）是中國更北方的鳥類，這時大舉南遷到中國南方過冬，就像來中國做客一樣，故稱「來賓」；第二個徵兆是「雀入大水為蛤」，「蛤（《ㄜˊ）」指產於中國沿海一帶的蛤蜊，「大水」即大海，天氣轉寒，雀鳥突然都不見了，而海邊突然出現了很多蛤蜊，貝殼的條紋、顏色跟雀鳥很相似，於是古人就認為「飛物化為潛物」，雀鳥化做了蛤蜊；第三個徵兆是「菊有黃花」，菊花開始開放。

　每年陽曆一月五日、六日或七日為小寒。《月令七十二候集解》解釋道：「月初寒尚小，故云。月半則大矣。」小寒的「三候」是：第一個徵兆是「雁北向」，大雁開始北飛；第二個徵兆是「鵲始巢」，此時北方到處可以見到喜鵲築巢的繁忙景象；第三個徵兆是「雉雊」，「雉」是野雞，「雊（《ㄡˋ）」是動詞，專指野雞鳴叫，野雞感受到陽氣而鳴叫。

　大寒是二十四節氣的最後一個節氣，每年陽曆一月二十日或二十一日為大寒，是一年中最冷的時候。大寒的「三候」是：第一個徵兆是「雞乳」，可以孵小雞了；第二個徵兆是「征鳥厲疾」，征鳥是遠飛的鳥，指鷹隼等猛禽，這些鳥正處於捕食能力極強的狀態中，盤旋於空中到處尋找食物，以補充身體能量，抵禦嚴寒；第三個徵兆是「水澤腹堅」，在一年中的最後五天，河流中的冰一直凍到水中央，而且最結實、最厚。

❶

❷

半個月亮爬上來

少采夕月——《國語》

　　朝、夕相對，分別指早晨和晚上。這是今天的義項，已經屬於泛指；不過，古時一天之中的時段有著詳細的區分，而且各有專名，絲毫混淆不得。

　　夕，甲骨文字形❶，像半個月亮。甲骨文字形❷，換了個方向，但仍然是半個月亮之形。徐中舒先生在《甲骨文字典》中總結說：「像半月之形，為月之本字。卜辭借月為夕……卜辭中一至四期之夕字每加一點以與月字相區別，五期則夕字多不加點，月字每加一點以相區別。然亦偶有混用者。」也就是說，甲骨文中月、夕常通用，需要根據具體的卜辭來判斷到底指「月」還是「夕」。

　　夕，金文字形❸，月中沒有一點。金文字形❹，月中有一點。日本著名漢學家白川靜先生在《常用字解》一書中進行了仔細的辨析：「月亮有盈有虧，雖然也有圓月之時，但為了區別於太陽，『月』寫作新月之形。『夕』、『月』二者古字形相似，但甲骨文『夕』的新月中有點，而『月』的新月中無點。現今字體演變為『夕』中一點，『月』中兩橫，依此表示區別。」

　　夕，小篆字形❺。《說文解字》：「夕，莫也。從月半見。」段玉裁注解說：「莫者，日且冥也。日且冥而月且生矣，故字從月半見。旦者，日全見地上；茣者，日在茻中；夕者，月半見。皆會意象形也。」王筠則解

❸　　　　　　　　❹　　　　　　　　❺

釋說：「黃昏之時，日光尚在，則月不大明，故曰半見。」

　　《國語・魯語下》中有「天子大采朝日」和「少采夕月」的記載，「少采」即「小采」。白川靜先生解釋說：「殷代有『朝夕之禮』，朝禮為迎接朝日，夕禮為迎接夕月。此儀禮稱『大采』、『小采』，此時進食。大采時亦操持政務，所以，將政治稱為『朝政』。」

　　此說較為簡略。實際情形是：春分的時候，天子要在東門之外拜日；秋分的時候，天子要在西門之外祭月。「大采」是指天子所穿的禮服、所戴的禮冠，此乃盛服，要用青、黃、赤、白、黑五彩製成；「少采」是指繡有黑白斧形的禮服。

　　大采、小采亦引申為一日之中的時段。甲骨文大家董作賓在名著《殷曆譜》中把商人一天的作息時間分為八段：一曰明，破曉，夜剛盡而日初出之時；二曰大采，天亮，日出之時，即今天所說的早晨，自諸侯至士要在這個時段朝見天子，故稱「朝政」；三曰大食，開始吃早餐，又稱「饔（ㄩㄥ）」，約為上午十點；四曰中日，即晝，白天；五曰日昃（ㄗㄜˋ），太陽西斜；六曰小食，開始吃晚餐，又稱「飧（ㄙㄨㄣ）」，約為下午四點；七曰小采，準備迎接夕月；八曰夕，月半見至夜總稱之為「夕」。

　　由此也可看出，商代實行的是大食、小食的一日兩餐制，秦漢之時改為一日三餐制。相應地，三餐的稱謂也有改變：早飯稱「朝食」，天色微明時進食；午飯稱「晝食」；晚飯稱「晡食」，「晡（ㄅㄨ）」指申時，相當於下午三點到五點。

〈招仙圖〉
明代張靈繪，紙本墨筆，北京故宮博物院藏

　　張靈，生卒年不詳，字夢晉，吳郡（今江蘇蘇州）人，家貧，與唐寅為鄰，兩人志趣相投，交誼最深。性落拓，嗜酒，好交遊。所畫人物冠服玄古，形色清真。間作山水，並善竹石、花鳥。

　　這幅〈招仙圖〉卷又名〈朝仙圖〉，是明代白描人物畫的精品之作。皓月當空，四下空曠，一清麗女子低眉籠袖，悄然佇立橋頭。大面積留白烘托出寂寞蕭索的氛圍，以及女子惆悵淒涼的心境。據説卷後曾有唐寅題詩〈招仙曲〉：「鬱金步搖銀約指，明月垂璫交龍綺。秋河拂樹蒹葭霜，哪能夜夜掩空床。煙中滉滉暮江搖，月底纖纖露水飄。今夕何夕良宴會，此地何地承芳佩。」詩意與畫面可謂情景交融。

莫

太陽落到草叢之中

❶

❷

漢字中有一種增繁現象，比如「莫」是「暮」的本字，本來就指日暮，但被用作否定副詞之後，又給它添加了一個「日」寫作「暮」，這就是增繁現象。正如清代學者惠棟的感嘆：「今俗作暮，日下加日，不成文。」同理，「暴」本來就有「日」，又加了一個「日」寫作「曝」；「益」本來就有水，又加了三點水寫作「溢」。但其實增繁前後的義項完全相同。

莫，甲骨文字形❶，上下是四棵草，中間是一輪太陽。太陽落進草叢之中，表示日暮。甲骨文字形❷，圓圈中間添加一橫，以示與其他圓形符號相區別。

金文字形❹，小篆字形❺，都大同小異。今天使用的「莫」字，下面草的形狀訛變成了「大」。

《說文解字》：「莫，日且冥也。從日在中。」南唐學者徐鍇說：「平野中望日且莫將落如在茻中也。今俗作暮。」

「莫」還有另一種寫法，即甲骨文字形❸，下面不避煩瑣地又添加了一隻鳥。關於這隻鳥，有兩位學者給出了非常有趣的解說。

尤仁德先生所著《古文字研究雜記四則》中寫道：「除表現太陽西下落入草木之狀而外，還以禽鳥莫時投林棲宿來表示昏夜即將降臨之意。鳥入林，雞進窩，夜晚將臨，這是一種人們習見的自然景象。」並舉《漢書·

❸ ❹ ❺

朱博傳》為例:「府中列柏樹,常有野鳥數千棲宿其上,晨去暮來,號曰『朝夕鳥』。」(編註:亦有版本為「朝夕烏」。)

劉志基教授編著的《中國漢字文物大系(第一卷)》中寫道:「甲骨文『莫』還有從隹者,則造字意圖有所變異了。『隹』即鳥。上古有『陽鳥載日』、『日中三足烏』之類太陽神話傳說。三足烏是神話傳說中駕馭日車的神鳥名,為日中三足烏之演化。日暮當然是太陽運行的結果,可知『莫』字之從隹者,與此種觀念相聯繫。」

「莫」即指日暮,古代經典中都寫作「莫」。有一個成語「日暮途遠」,也可以寫成「日暮途窮」,形容處境十分艱難。

根據《史記·伍子胥列傳》的記載:伍子胥之父伍奢因受陷害,和長子同被楚平王所殺,伍子胥逃亡到吳國,對昔日好友、楚國大夫申包胥發誓說:「我必覆楚。」申包胥則說:「我必存之。」後來吳軍攻入楚都郢,伍子胥「乃掘楚平王墓,出其屍,鞭之三百」。申包胥逃亡到山中,指責伍子胥的「鞭屍」之舉,伍子胥回答道:「吾日莫途遠,吾故倒行而逆施之。」司馬貞的索隱寫道:「子胥言志在復仇,常恐且死,不遂本心,今幸而報,豈論理乎!譬如人行,前途尚遠,而日勢已莫,其在顛倒疾行,逆理施事,何得責吾順理乎!」

這個故事的結果是:申包胥求救於秦,「立於秦廷,晝夜哭,七日七夜不絕其聲」,終於感動了秦哀公,發兵救楚,楚國遂得以保存。

夜

月亮升到了人的腋下

夜中，星隕如雨——《左傳》

❶　　　　❷

王力先生在《王力古漢語字典》中辨析道：「從傍晚到日出叫『夕』，從昏至旦叫『夜』，有時也混用。」

甲骨文中還沒有發現「夜」字，這也就意味著「夜」是後起字，更早的時候把夜晚這一整段時間都叫「夕」。夜，金文字形❶，白川靜先生在《常用字解》一書中解釋得很清楚：「會意，『大』和『夕』組合之形。『大』為伸展手足站立者的正視圖。『夕』形示黃昏時的月亮。人的腋下出現月亮，由此『夜』義指月亮出現的時段，即夜間、夜晚。」

夜，金文字形❷和❸，左邊人的腋下出現了一個指事符號，表示此處乃是人之腋下；右邊的半月（夕）也處於這一指事符號相同的位置，表示半個月亮慢慢爬上來，爬到了人腋下的位置，當然就表示夜晚來臨了。小篆字形❹，一模一樣。我們今天使用的「夜」字則不大看得出來伸展手足站立、腋下出現月亮的象形了。

《說文解字》：「夜，舍也。天下休舍也。」段玉裁注解說：「休舍猶休息也。舍，止也。」也就是說，夜晚就是人應該休息的時候了。

不僅是應該休息，而且也必須休息。根據《周禮》的記載，周代有「司寤氏」一職，職責是「掌夜時」。「寤（ㄨˋ）」指醒著，醒著才能掌管夜間之事。「以星分夜，以詔夜士夜禁。御晨行者，禁宵行者、夜遊者。」其中，

❸

❹

「夜士」指夜晚巡邏的士卒，禁止晨行、宵行和夜遊的各色人等。

《左傳・莊公七年》的「經」中記載了一則夜半奇事：「夏四月辛卯，夜，恆星不見。夜中，星隕如雨。」夜中即夜半。這是世界上天琴座流星雨的最早紀錄，發生於西元前六八七年，在魯國國都曲阜觀測到的。

此「經」的「傳」中寫道：「夏，恆星不見，夜明也。星隕如雨，與雨偕也。」這是說出現流星雨的同時還下著雨。

《春秋穀梁傳・莊公七年》則有不同意見：「夜中星隕如雨，其隕也如雨。」這是說流星就像雨一樣隕落下來。「我見其隕而接於地者，則是雨說也。著於上，見於下，謂之雨；著於下，不見於上，謂之隕，豈雨說哉？」也就是說，如果真是下雨，那麼必有發端的雲層，然後雨落到地下；而流星雨只能看見隕落於地，卻看不到發端之處，因此僅僅是流星雨，並沒有同時下雨。

《春秋公羊傳・莊公七年》也進行了有趣的質疑：「如雨者何？如雨者，非雨也。非雨，則曷為謂之如雨？不修《春秋》曰：『雨星不及地尺而復。』君子修之曰：『星隕如雨。』」這是說「如雨」的意思就不是下雨。「不修《春秋》」指未經孔子編修過的魯國的原始史書，該史書中記載：「雨星不及地尺而復。」流星雨還沒有接近地面就消失了。因此，孔子才把這則記載更簡潔地改為「星隕如雨」。

《青樓十二時・丑之刻》（青樓十二時　続　丑ノ刻）
喜多川歌麿繪，約1794年

　　最早開始研究浮世繪的十九世紀法國文學家龔固爾（Goncourt），將喜多川歌麿稱為「青樓畫家」，因其最善於敏銳捕捉及細膩刻畫江戶時代吉原遊女的日常生活與喜怒哀樂。《青樓十二時》系列共十二幅，是歌麿描繪吉原遊女生活細節的代表作。一個「時刻」即兩小時，十二幅畫細緻描繪了遊女一天一夜的生活。〈丑之刻〉是該系列中最精彩的一幅。「丑之刻」為深夜兩點左右，起床外出的遊女手執用於照明的紙撚，正在趿木屐。背景利用金粉襯托出闌珊夜色。女了惺忪的睡眼加深了畫面的迷離頹廢。

　　張愛玲在〈忘不了的畫〉中曾經特別談到這一幅：「她立在那裡，像是太高，低垂的頸子太細，太長，還沒踏到木屐上的小白腳又小得不適合，然而她確實知道她是被愛著的，雖然那時候只有她一個人在那裡。因為心定，夜顯得更靜了，也更悠久。」

參

❶　　　　❷

人的頭頂三星高照

人生不相見，動如參與商——杜甫

　　「人生不相見，動如參與商。」這是杜甫〈贈衛八處士〉開篇的名句。「參」是參星，「商」是商星，又叫辰星。參星在西，商星在東，此出彼沒，永不相見，因此用來比喻不和睦，或者親友彼此隔絕不能相見。

　　根據《左傳‧昭西元年》的記載，上古時期，高辛氏有二子，老大叫閼伯，老二叫實沈，都住在曠野的大樹林裡。兄弟二人不和睦，每天都是刀槍相見，互相征伐。後來帝堯很生氣，就把老大閼伯遷到東邊的商丘，命他主管用大火星來定時節的職責，商朝人沿襲了下來，因此大火星稱作「商星」；把老二實沈遷到西邊的大夏（今太原一帶），命他主管用參星來定時節的職責，太原後來屬於三晉之地，因此參星稱作「晉星」。這就是「參商」比喻相隔絕的來歷。

　　參，甲骨文字形❶，這是一個會意字，下面是一個側立的人形，頭頂是三顆星星，會意為參星高照。為什麼用三顆星星來會意呢？這是因為參宿雖然共有七顆星星，但其中最耀眼的三顆連成一線，因此「參」的字形選擇了三顆星星。金文字形❷，下面是一個跪著的人形，上面同樣是三星照耀。金文字形❸，左下角添加了三撇，代表星星的光芒。現代學者朱芳圃先生說：「『參』象參宿三星在人頭上，光芒下射之形。」小篆字形❹，同於金文。楷書字形❺，上面看不出星星的樣子了。

❸

❹

❺

　　《說文解字》：「參，商星也。」根據段玉裁所說，這是許慎的手誤，應當解釋為：「參，晉星也。」就是因為高辛氏的二兒子實沈被遷到晉地的緣故。這是「參」的本義，讀音為「ㄕㄣ」。

　　《詩經・綢繆》中有「三星在天」、「三星在隅」、「三星在戶」的詩句，此處的「三星」就是指「參」字形中的那三顆星星，因此「參」可以當作「三」來用，讀音即為「ㄙㄢ」。又因為三顆星星並立，這個讀音的「參」又可以引申為叢立的樣子，西晉束皙的〈補亡詩・華黍〉中有「芒芒其稼，參參其穡」的詩句，「芒芒」形容廣大、眾多，「參參」則形容農作物一片片叢生並排列出去的樣子。

　　《周禮》中規定，每個諸侯國中要「設其參，傅其伍」，而「設其參」是指設立司徒、司馬、司空三卿，「傅其伍」是指三卿之下又要設立五位大夫。這裡的「參」雖然是指三卿，但因為卿的作用是輔佐諸侯，因此可以引申為參與決策之意，所謂「三相參列」，後世的參軍、參謀、參知政事等官職都由此而來，讀音為「ㄘㄢ」。

　　因為三顆星星呈長短、錯落不齊之貌，「參」又可以引申為長短、錯落不齊之意，而常與「差」連用為「參差」一詞，讀音為「ㄘㄣ ㄘ」。《詩經・關雎》中的名句「參差荇菜，左右流之」、「參差荇菜，左右采之」、「參差荇菜，左右芼之」就是這樣的用法。

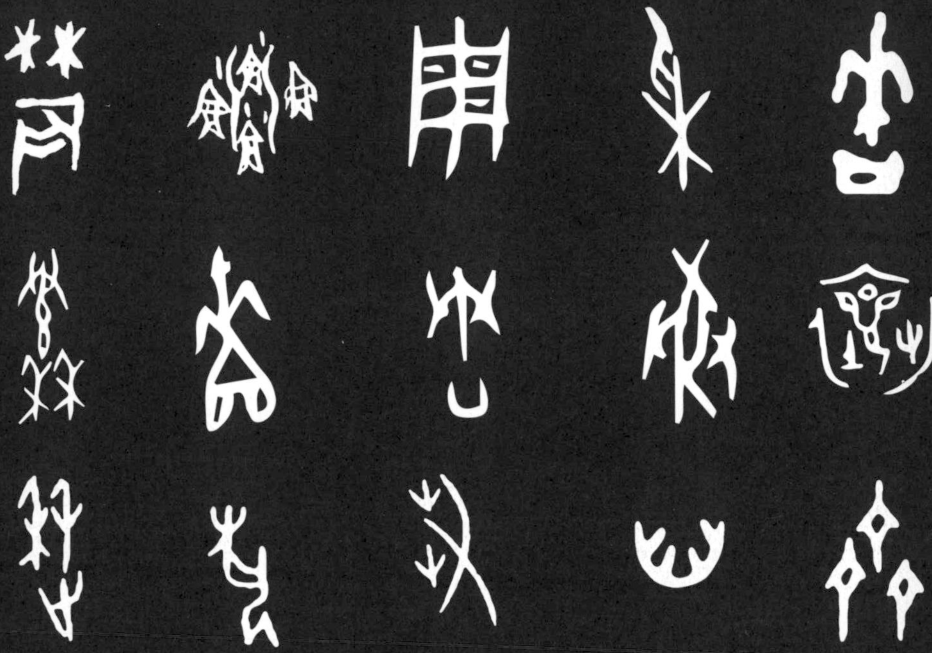

農事篇

香

器皿中盛著芳香的黍子

至治馨香，感於神明──《尚書》

很多學者都認為甲骨文中沒有「香」字，但徐中舒先生主編的《甲骨文字典》中收錄的「香」字，卻具備了「香」字的原始功用，因此應當視作「香」字。

香，甲骨文字形❶，這是一個會意字，上面是禾穗下垂之形，下面是盛禾穗的器具。甲骨文字形❷，上面下垂的禾穗還散落了很多顆粒。谷衍奎《漢字源流字典》的釋義非常準確：「甲骨文是器中盛禾黍形，小點表示散落的黍粒，會新登禾黍芳香之意。」小篆字形❸，上面根據甲骨文字形定型為「黍」，下面是「甘」，因此許慎認為「從黍從甘」，雖然也可會意為黍稷等糧食的芳香，但「甘」其實是盛黍稷之器的訛變。楷體字形則只保留了「黍」上部的「禾」。

《說文解字》：「香，芳也。」不過「香」和「芳」還有更細緻的區分。清代學者王筠說：「香主謂穀，芳主謂草。」張舜徽先生則進一步解釋說：「草之芳在花，穀之香在實。在花者其芳分布，在實者必熟食時然後知之。」這就是為什麼「香」的甲骨文字形中禾穗下垂的緣故，成熟才會下垂，也才會散發出穀物的香味。

《尚書·君陳》中寫道：「至治馨香，感於神明。黍稷非馨，明德惟馨爾。」雖然認為黍稷並不馨香，而是美德馨香，但這不過是比喻義。前半句的「至治馨香，感於神明」，其中「馨香」是指用作祭品的黍稷，「馨」

②

③

是「香之遠聞者也」，其意思是，用成熟的黍稷當作祭品，香味可以遠遠地被神明聞到。

根據《左傳‧僖公五年》的記載，晉國要向虞國借道去討伐虢國，面對大夫宮之奇的勸諫，虞君說「吾享祀豐潔，神必據我」，宮之奇則一針見血地指出：「神所馮依，將在德矣。若晉取虞而明德以薦馨香，神其吐之乎？」意思是神憑依的是人的德行，如果晉國吞併虞國之後，修明美德，並將黍稷獻祭給神明，神明難道還會將祭品吐出來嗎？

黍稷成熟之後，古人要先將這些穀物祭獻給神明和先祖，這就叫「薦」，是指沒有用酒肉當作供品的素祭。「薦馨香」，可見「馨香」的確是用作祭品的黍稷等穀物。

「香」的本義既是穀物的香味，則可引申為草木之香，比如沉香、檀香、丁香，或者引申為獸類之香，比如麝香。

漢代人對尚書郎有個非常雅致的稱謂，叫作「懷香握蘭」。《初學記》卷十一引東漢學者應劭所著《漢官儀》：「尚書郎含雞舌香，伏奏事，黃門郎對揖跪受，故稱尚書郎懷香握蘭，趨走丹墀。」雞舌香就是丁香，「丁」是「釘」的古字，雞舌香的子看起來像釘子，故稱「丁香」；丹墀（彳）指宮殿前的紅色臺階和臺階上的空地。因為雞舌香可以除口臭，所以在皇帝身邊處理政務的尚書郎要奏事的時候，必須口含雞舌香，袖中還要藏有叫蘭的香草，以免熏到皇帝的萬乘之軀。這大概是世界上最早的口香糖了吧。

❶ ❷ ❸

農

拿著蚌鐮在林中耕作

我昔官稱勸農使，年年來激西江水——范成大

《史記‧孝文本紀》：「農，天下之本，務莫大焉。」

「農」如此之重要，因此中國從秦代起就設置了勸農官，職責是勸農民採桑、耕作，歷代相沿，范成大的詩曰：「我昔官稱勸農使，年年來激西江水。」他就做過這樣的官職。

農，甲骨文字形❶，這是會意字，上部是「林」，下部是「辰」。「辰」是「蜃」的本字，「蜃」是蛤、蚌之類的軟體動物，古人用牠們的殼製成農具，用來耕作，這種農具叫蚌鐮，在蚌鐮的背部鑿兩個孔，用繩子繫在拇指上，以用來掐斷禾穗。因此，「農」會意為拿著農具在林中耕作。不過，許慎認為：「辰，震也。三月，易（陽）氣動，雷電振，民農時也，物皆生。」以此會意為在林中務農。但許慎的看法跟「辰」字的甲骨文字形不符，是因為他沒有見過甲骨文的緣故。

甲骨文字形❷，雙手持蚌鐮。

農，金文字形❸，下部是蚌鐮，上部變成「田」，會意為拿著蚌鐮在田中耕作。金文字形❹，蚌鐮的兩側添加兩隻手，手持著蚌鐮進行耕作。金文字形❺，字形變得複雜起來，蚌鐮下面添加了一隻腳，兩隻手移到「田」字兩側，「田」上面的一橫表示田界。最早寫出這個字形的古人一定很小氣，他的意思是只在自己家的田裡耕作，所以畫出了田界。

④　　　　⑤　　　　⑥　　　　⑦

　　小篆字形❻，直接從金文變形而來，變成了一個從晨囟（ㄒㄧㄣˋ）聲的形聲字，從晨，取日出而作、日落而息之意。楷書字形❼，上面的「田」訛變為「曲」，失去了最初的形象。簡體字形「农」完全看不出造字的本意了。

　　《說文解字》：「農，耕也。」引申為農業、農民。《周禮》中將農民分為三類，稱作「三農」，分別為山農、澤農、平地農，指居住在山區、水澤和平地的農民。

　　古時以農立國，西周統治者制定了治理國政的八項原則，稱「農用八政」，都是為了發展農業生產。《漢書‧食貨志》開宗明義寫道：「〈洪範〉八政，一曰食，二曰貨。食謂農殖嘉穀可食之物，貨謂布帛可衣，及金、刀、魚、貝，所以分財布利通有無者也。二者，生民之本，興自神農之世。」班固取農用八政之首的「食」和「貨」來概稱古代的財政制度，故稱〈食貨志〉。而農用八政出自《尚書‧洪範》：「八政：一曰食，二曰貨，三曰祀，四曰司空，五曰司徒，六曰司寇，七曰賓，八曰師。」

　　農業靠天吃飯，古人就將天上的一顆星命名為農星，稱作「農丈人星」。「丈人」是對老年男子的尊稱，移用來稱呼農星，「老農主稼穡」，可見古人的樸素願望，「人事作乎下，天象應乎上」，是多麼渴盼豐收啊！唐代詩人張碧有一首〈農父〉詩，道盡了農民的辛苦：「運鋤耕劚（ㄓㄨˊ）侵星起，隴畝豐盈滿家喜。到頭禾黍屬他人，不知何處拋妻子。」這首詩說的還是豐收年景，荒年的景象就更加淒慘了。

231

《（傳）王振鵬養正圖十則之一‧觀獲稻》
明清佚名繪，絹本設色長卷，美國大都會藝術博物館藏

　　王振鵬，生卒年不詳，字朋梅，浙江溫州人。元代著名畫家，擅長人物畫和宮廷界畫，被元仁宗賜號為「孤雲處士」，官至漕運千戶。《養正圖》又稱《聖功圖》，是帶有啟蒙教育性質的作品，內容皆為歷代賢明君主的故事。這套《養正圖》雖是王振鵬款，卻是明清人所繪。

　　〈觀獲稻〉一則畫的是南齊文惠太子蕭長懋的故事：范雲嘗從文惠太子幸（親臨）東田，觀獲稻。文惠顧雲曰：「刈此甚快。」雲曰：「若此春耕夏耘與夫秋收，三時之間亦甚勤勞。願殿下知稼穡之艱難，無殉一朝之宴逸也。」文惠改容謝之。

　　東田，在建康（今江蘇南京）鐘山東，其地有文惠太子的別墅。范雲是有名的神童，風姿秀朗，少機警有識，居官能直言勸諫，圖中著一襲紅袍的少年就是他。史傳文惠太子的別墅建造得連綿華遠，壯麗精巧，越過皇宮，范雲的一番勸諫大概是白費了。

漁

手持漁網捕魚

不涸澤而漁，不焚林而獵──《文子》

❶

❷

❸

捕魚船上的燈火稱「漁火」，最著名的「漁火」詩當屬唐代詩人張繼的〈楓橋夜泊〉：「月落烏啼霜滿天，江楓漁火對愁眠。姑蘇城外寒山寺，夜半鐘聲到客船。」

漁，甲骨文字形❶，這是一個會意字，中間是一張網，網裡網外各有兩條魚，魚身上還濺著水滴。甲骨文字形❷，一隻手持著魚竿釣起了一條魚。甲骨文字形❸，下面的手持著右邊的網捕到一條魚。金文就更好看了，金文字形❹，下面有兩隻手，上面的左邊是水，右邊是一條魚，用雙手捕魚。金文字形❺，剛剛用網捕到魚，水還直往下滴。小篆字形❻，變成了一個會意兼形聲的字，從水魚聲，右邊「魚」下面的魚尾栩栩如生，不同於楷書字形❼中「魚」下面的四點。

《說文解字》：「漁，捕魚也。」這是「漁」的本義。古時有「漁師」的官職，專門負責捕魚，捕到的魚供祭祀和宴飲。《禮記·月令》：「是月也，命漁師始漁，天子親往，乃嘗魚，先薦寢廟。」供奉在先祖的宗廟裡。文子說：「先王之法，不涸澤而漁，不焚林而獵。」由此，「漁」和「獵」都引申出掠奪的意思，而且還可連用為「漁獵」。「天下兵亂，漁獵生民」、「倚勢漁獵百姓」，都是古書中常見的用法。

在男權社會裡，男尊女卑，男人將女人視為獵物，追逐女人就像打獵和捕魚，得到了女人，無非就是這場

④　　　⑤　　　⑥　　　⑦

狩獵活動的戰利品而已，因此誕生了「漁色」和「獵豔」這樣的日常用語。「漁獵」連用，也形容貪逐美色，明武宗時的佞臣江彬「……至揚州，即民居為都督府，遍刷處女、寡婦，導帝漁獵」，引導武宗荒淫無度。

　　不過，「獵豔」最早並不是指獵取女色。此語出自《文心雕龍》，在〈辨騷〉一章中，劉勰批評學習屈原的人，其中有一類是「中巧者獵其豔辭」，中等才能的人只會搜獵學習屈原和宋玉的豔辭。此處的「獵豔」當然是指搜求華麗的詞語，後來才引申為「漁色」之意。

　　「漁色」一詞的詞源就更加早了。《禮記‧坊記》對諸侯娶妻妾有嚴格的規定：「諸侯不下漁色。」此處「下漁色」是指在自己的國家裡娶妻妾，孔穎達解釋說：「漁色，謂漁人取魚，中網者皆取之。譬如取美色，中意者皆取之，若漁人求魚，故云漁色。諸侯當外取，不得下向國中取卿、大夫、士之女。若下向內取國中，似漁人之求魚無所擇，故云不下漁色。」漁人撒網捕魚，網中的魚當然全部歸漁人所有；譬如國君在自己國家裡面娶妻妾，國中的女人當然全部都歸屬於你，你想娶誰就娶誰，誰敢對國君做什麼的？因此要對國君的這種特權加以限制，規定為只能娶別的國家的女人。這就叫不能「漁色」。

周

田地裡種滿了農作物

周雖舊邦，其命維新——《詩經》

❶

❷

❸

周是孔子最為推崇的朝代，他在《論語》中感嘆道：「周監於二代，郁郁乎文哉！吾從周。」這句話的意思是：周代的禮儀制度是從夏、商兩代借鑑來的，是多麼的文采豐盛啊！我遵從周代。《詩經·文王》如此吟詠周代的使命：「周雖舊邦，其命維新。」周雖然是一個古老的邦國，但它的天命到了文王時期才開始更新。那麼，這個「舊邦」，這個古老的邦國，為什麼用「周」來命名呢？

周，甲骨文字形❶，這是一個象形字，郭沫若先生認為「像田中有種植之形」，其中的黑點是禾稼之形。甲骨文字形❷，更像田中有農作物。金文字形❸，整整齊齊的一塊田地。金文字形❹，省去了表示禾稼的黑點，這個字形為今天的「周」字打下了基礎。值得注意的是，甲骨文和直到此時的金文字形中，都還沒有出現「口」這個字元。

不過，有些學者認為這個字形像玉片上雕刻的花紋，或者「像鐘體上雕滿乳突形，表示雕刻周密之義」，因此是「雕」的初文。白川靜先生則認為這是一面盾牌，上面劃分為若干區間，每個區間中都繪有圖案，做為「周」這個部族的族徽。這些見解都很有趣，不過「周」最早卻是一個地名，用作地名的「周」字跟田地農作物之形密切相關。

④　　　　⑤　　　　⑥　　　　⑦

　　周部族早期居住在今山西省南部一帶，到了古公亶父時期才遷往今陝西省岐山下的周原，因其地名「周」，故改國號為「周」。周原之所以名「周」，正是因為這裡土壤肥沃，灌溉便利，而周部族的始祖就是擅長農耕的后稷，擔任帝堯的農師。遠道遷徙而來的周部族，為什麼偏偏會在周原扎下根？可想而知，對於擅長農耕的周部族來說，適合耕作的周原簡直就是上天所賜的一塊土地。因此，周原之所以名「周」，正是由田地農作物之形而來。

　　周，金文字形⑤和⑥，下面添加了「口」這個字元，徐中舒先生認為「示國家政令所從出」，也就是說，這個時期的周部族已發展壯大，組織嚴密，政令通達，成為可以抗衡商王朝的一支力量了，因此才在原來的「周」字的基礎上添加了一個「口」，「示國家政令所從出」，同時也宣示著取商而代之的野心。不過，也有可能表示「田」所在的城邑。

　　周，小篆字形⑦，許慎在《說文解字》中就是根據這個字形釋義：「周，密也，從用口。」但這個釋義是錯誤的，從以上演變可知，「周」並不從「用」。至於「周，密也」，不過是引申義，本義是形容周原這塊地方適合農耕。既然適合農耕，當然田地稠密，因此而引申為稠密、周密。至於周姓這支大姓，當然也就應該到周原這個周王朝的發祥之地去尋根問祖了。

❶

❷

采

用手從樹上捋取葉子和果實

蜉蝣之翼，采采衣服——《詩經》

要論有趣，「采」這個字的字形遠遠算不上漢字中特別出色的，只不過是古人日常勞作的如實寫照而已，但是「采」的各種引申義卻非常有趣。

采，甲骨文字形❶，這是一個會意字，上面是一隻方向朝下的手，下面是一棵樹（木），會意為用手採摘樹上的葉子。甲骨文字形❷，下面的樹上長滿了果子，這隻手採摘的是果實。金文字形❸和❹，下面同樣是一棵樹，上面的手輕輕採摘的樣子栩栩如生。至於小篆字形❺，幾乎沒有變化。

《說文解字》：「采，捋取也。」這就是「采」的本義，突出的是「捋取」的意象，用手輕輕在樹上捋取葉子和果實。由捋取、採摘又可以引申為選擇，比如古代婚禮的第一項程序叫「納采」，指男方看中並選擇了女方之後，向女方家庭送求婚禮物，請求女方接納。

樹上的葉子和果實五顏六色，因此「采」又引申為彩色，為了區別詞義，「采」的這個義項後來寫作「彩」。

《詩經‧蜉蝣》中有「蜉蝣之翼，采采衣服」的詩句，「采采」歷來有兩說，一說是眾多貌，樹上的葉子和果實很多，當然可以引申為眾多，另一說是形容衣服之華麗。五顏六色的衣服當然華麗，因此「采」用來形容衣服的彩色。

《國語‧魯語下》中有「天子大采朝日」和「少采夕

③　　　　　　④　　　　　　⑤

月」的記載。「大采」是指天子所穿的禮服、所戴的禮冠，此乃盛服，要用青、黃、赤、白、黑五彩製成；「少采」是指繡有黑白斧形的禮服。這也是用「采」來形容衣服的顏色。

　　有趣的是，「采」還是九畿之一。天子所居的王城以外五千里，由內及外，以五百里為界，共分為九個部分，乃是諸侯的領地和外族所居之地。根據《周禮》的記載：「方千里曰國畿，其外方五百里曰侯畿，又其外方五百里曰甸畿，又其外方五百里曰男畿，又其外方五百里曰采畿，又其外方五百里曰衛畿，又其外方五百里曰蠻畿，又其外方五百里曰夷畿，又其外方五百里曰鎮畿，又其外方五百里曰蕃畿。」其中的「采畿」為何稱「采」呢？賈公彥解釋說：「云『采』者，採取美物以共天子。」仍是用「采」的本義。

　　古代諸侯、卿大夫的封地稱作「采地」或「采邑」。顏師古在為《漢書・刑法志》所作的注中說：「采，官也。因官食地，故曰采地。《爾雅》曰：『采、寮，官也。』說者不曉采地之義，因謂菜地，云以種菜，非也。」顏師古仍然沒有解釋清楚為何「采地」稱「采」的緣故。其實，諸侯和卿大夫在自己的封地內，有權向百姓收取賦稅養活自己，就像從樹上採摘葉子和果實一樣，向百姓「采」賦稅，因此才稱作「采地」。這還可以稱作「食邑」，諸侯和卿大夫靠賦稅為食，更像從樹上採摘葉子和果實為食，因此「食邑」是更加具象的稱謂。當作這個義項的時候，「采」必須讀四聲（ㄘㄞˋ）。

《列女圖冊・羅敷採桑》
清代改琦繪，曹貞秀書，紙本墨筆，美國大都會藝術博物館藏

改琦（1773~1828），字伯韞，號香白，又號七薌、玉壺山人、玉壺外史、玉壺仙叟等。松江（今上海市）人，工人物、佛像、仕女，筆意秀逸瀟灑，喜用蘭葉描。其筆下仕女衣紋細秀，樹石背景簡逸，造型纖細，敷色清雅，時人稱為「改派」。曹貞秀（1762~1822），字墨琴，自署寫韻軒，安徽休寧人，畫家曹銳之女，詩人王芑孫之妻，僑居吳門。她詩、書、畫、繡俱能，尤以小楷書法為佳，士林（學界）重之。

　　這套《列女圖》冊頁共十六開，由改琦繪像，曹貞秀小楷書詩，書、畫皆清雅韶秀。這幅圖畫的是羅敷採桑，典故出自漢樂府〈陌上桑〉。畫面上，美人與桑樹皆修長纖秀，頗有「柔條紛冉冉，落葉何翩翩」的韻致。

❶　　　❷

秦

雙手持著杵舂搗穀物

　　中國第一個大一統的帝國秦朝為何以「秦」為名？
這要追溯到周孝王時期，分封非子，「邑之秦，使復續
嬴氏祀，號曰秦嬴」。據此則「秦」是早已存在的地名。
秦人在秦地慢慢發展壯大，到了秦襄公時期，因護送周
平王有功，遂得以躋身諸侯之列而立國，國號即為「秦」。

　　秦，甲骨文字形❶，這是一個會意字，上面是雙手
持杵，下面的禾苗垂著頭，表示成熟了，整個字形會意
為雙手持杵舂禾。甲骨文字形❷，另一根不同形狀的
杵。金文字形❸，垂著頭的禾苗栩栩如生。金文字形❹，
又是一根不同形狀的杵，這個字形為小篆打下了基礎。
小篆字形❺，緊承金文字形而來，下面的禾苗簡化成了
一株，不過還是垂著頭。

　　《說文解字》：「秦，伯益之後所封國，地宜禾。」伯
益是秦人的始祖。「秦」的本義是持杵舂禾，可想而知
秦地糧食產量之豐富，即許慎所言「地宜禾」。事實也
是如此，所謂「八百里秦川」，歷來是農業發達的地區，
著名的縱橫家張儀曾形容秦國「積粟如丘山」，以至於
「秦富十倍天下」。

　　根據《秦律·倉律》的記載，秦國國內「萬石一積」
的禾倉極多，位置在今西安附近的櫟陽倉則「二萬石一
積」，國都咸陽倉更是達到了驚人的十萬石一積！想想
「秦」字為何造成雙手持杵舂禾的模樣，可以想見因為

❸

❹

❺

糧食出產極富，人們不停地勞作，以至於以這種繁忙的景象造字，並拿來命名這個富庶之地。當然，這種得天獨厚的條件也奠定了秦朝的統一大業。

《樂府詩集》中收錄有晉人傅玄的一首詩，其中吟詠道：「昔為形與影，今為胡與秦。」秦始皇統一中國之後，無疑對周邊國家產生了巨大的震撼，因此西域諸國就稱中國為「秦」，一直沿用到漢代。《漢書·西域傳》記載：「匈奴縛馬前後足，置城下，馳言：『秦人，我丐若馬。』」丐，給予。匈奴仍然用「秦人」稱呼漢代中國。晉人傅玄更是將「胡與秦」對舉。古代印度稱中國為「支那」，就是「秦」的音譯，佛教典籍中屢見不鮮，並沒有輕蔑之意。

秦地為天下之糧倉，當然得益於灌溉便利，國都咸陽有涇河、渭河、灃河等大大小小八條河流，因此劉熙在《釋名·釋州國》中給「秦」下了這樣一個名義：「秦，津也，其地沃衍有津潤也。」雖然是以音釋義，但是也準確地道出了秦地之所以產糧豐富的根本原因。

❶　　　　❷　　　　❸

把麥子收入糧倉

坤為地，為母，為布，為釜，為吝嗇——
《易經》

　　「嗇」這個字今天不單獨使用，組詞也僅用於「吝嗇」。如果說一個人「吝嗇」，那是語感極為嚴重的羞辱。不過，「嗇」最初被造出來的時候，完全沒有這樣的貶義成分。

　　「嗇」，甲骨文字形❶，這是一個會意字，上面是一穗小麥，下面是穀倉，會意為將小麥等收穫的糧食收入糧倉。甲骨文字形❷，下面糧倉的樣子更具象。甲骨文字形❸，上面是兩穗小麥，下面是「田」，會意為從田裡收穫小麥。甲骨文字形❹，這座糧倉的樣子更是栩栩如生，連屋頂都畫出來了。金文字形❺，上面小麥的樣子有些變形。金文字形❻，下面的糧倉變成了「回」字形結構，為小篆字形❼的訛變打下了基礎。

　　《說文解字》：「嗇，愛濇也。」愛濇即愛惜。但這是引申義，「嗇」的本義是收穫農作物，因此「田夫謂之嗇夫」。古時年終要舉行蜡祭，祭祀與農事有密切關聯的八種神，其中兩種是先嗇和司嗇，先嗇即神農氏等農業始祖，司嗇即農神后稷。

　　「嗇」為什麼用小麥來會意呢？徐灝解釋得非常清楚：「《本草》云：『麥為五穀之長。』《夏小正傳》云：『麥實者，五穀之先見者也。』」將小麥收入糧倉，順理成章地引申為愛惜糧食，又引申為吝惜，過分愛惜自己的財物，當然就是「吝嗇」了。不過鮮為人知的是，「吝嗇」

242

④

⑤

⑥

⑦

最初卻是一個不折不扣的褒義詞！

古人認為乾為天，坤為地，《易經‧說卦》有這一段描述：「乾為天，為圜，為君，為父，為玉，為金，為寒，為冰，為大赤，為良馬，為老馬，為瘠馬，為駁馬，為木果；坤為地，為母，為布，為釜，為吝嗇，為均，為子母牛，為大輿，為文，為眾，為柄。」

孔穎達解釋說：「乾既為天，天動運轉，故為圜（ㄩㄢˊ）也；為君為父，取其尊道而為萬物之始也；為玉為金，取其剛之清明也；為寒為冰，取其西北寒冰之地也；為大赤，取其盛陽之色也；為良馬，取其行健之善也；為老馬，取其行健之久也；為瘠馬，取其行健之甚，瘠馬，骨多也；為駁馬，言此馬有牙如倨，能食虎豹；為木果，取其果實著木，有似星之著天也。」

又說：「坤既為地，地受任生育，故謂之為母也；為布，取其地廣載也；為釜，取其化生成熟也；為吝嗇，取其地生物不轉移也；為均，取其地道平均也；為子母牛，取其多蕃育而順之也；為大輿，取其能載萬物也；為文，取其萬物之色雜也；為眾，取其地載物非一也；為柄，取其生物之本也。」

但是，「為吝嗇，取其地生物不轉移也」這句解釋仍嫌含糊，高亨先生則解說得更加清晰：「地生養草木，草木固植於一處，不能自移，且離地即死，是地保守其財物也。」原來，「吝嗇」是大地母親（坤）的美德之一，即保養大地上的一切生物，不使一切生物因為轉移而死去。這個解釋恰是「嗇」字形的具象寫照。「吝嗇」的本義漸漸失去，移用到人的身上，才變成一個貶義詞。

雙手持杵在石臼中搗碎穀物

誕我祀如何，或舂或揄，或簸或蹂——《詩經》

「舂」在今天已不屬於常用字，但在古人的日常生活中卻是非常重要的一個字，因此造得非常早。從這個字身上，我們可以窺見古人農事的一個側面。

舂，甲骨文字形❶，這是一個會意字，下面是一個石臼狀的器具，上面是兩隻手持著一根杵，會意為雙手持杵搗碎穀物。甲骨文字形❷和❸，杵的兩旁還有濺出的穀粒。甲骨文字形❹，下面很明顯是石臼的形狀。金文字形❺，上面杵的樣子更加具象。小篆字形❻，緊承甲骨文和金文字形而來。楷書字形變形得很厲害，上面訛變成了「舂」字頭。

《說文解字》：「舂，擣粟也。從廾持杵臨臼上……古者雍父初作舂。」其中，「擣」通「搗」；「粟」即穀子；「廾（ㄍㄨㄥˇ）」是兩手捧物之形；「雝父」即雍父，相傳是黃帝的大臣，杵臼的發明者。先民最初用雙手持杵搗碎穀物，漢代時發明了石碓（ㄉㄨㄟˋ），腳踏驅動，上面綁縛的錘子或石頭落下時砸在石臼中，從人力轉而借用機械之力。桓譚在《新論·離車》篇中評論道：「宓犧之制杵臼，萬民以濟，及後世加巧，因延力借身重以踐碓，而利十倍杵舂；又復設機關，用驢、騾、牛、馬及役水而舂，其利乃且百倍。」段玉裁因此感慨「失聖人勞其民而生其善心之意矣」。

《詩經·生民》是周人吟詠始祖后稷的誕生和播種

④

⑤

⑥

五穀的詩篇，其中有「誕我祀如何，或舂或揄，或簸或蹂」的詩句，這是描寫祭祀先祖的情景。「舂」是舂米，「揄」是將舂好的米從臼中取出，「簸」是揚米去糠，「蹂」通「揉」，用手搓去穀皮。舂、揄、簸、蹂，正是收穫穀物後一系列農事活動的具象寫照。

根據《周禮》的記載，周代專設有「舂人」一職：「舂人掌共米物。祭祀，共其齊盛之米；賓客，共其牢禮之米。凡饗食，共其食米。掌凡米事。」其中，「齊（ㄗ）盛」指盛在祭器內的穀物，以供祭祀之用；「牢禮」指用牛、羊、豬三牲宴飲賓客之禮；「饗食」指饗禮和食禮，都是隆重的宴飲賓客之禮。

「舂人，奄二人，女舂抗二人，奚五人。」舂人之職由兩位閹割的奄人擔任；其下還有兩位女舂抗，「抗（ㄧㄠˇ）」，從臼中舀取舂好的穀物；五位奚，「奚」，女奴。「女舂抗」和「奚」都是女奴，因犯罪或者被俘而罰為苦力，舂人役使女犯勞作的場所就稱作「舂市」。

有趣的是，雙手持杵舂米，必須用力才能將穀物搗碎，因此「舂」又訓為撞（編註：訓，指解釋文字的意義）。周代有一種名為「舂牘」的樂器，《釋名·釋樂器》解釋說：「舂，撞也；牘，築也。以舂築地為節也。」此「舂牘」用大竹筒製成，長者七尺，短者一、二尺，鑿通後兩頭開孔，髹（ㄒㄧㄡ）畫，用赤黑色的漆塗飾，演奏時雙手持以頓地，就像舂米的動作一樣，故稱「舂牘」。

《耕織圖・耕第十八圖・舂碓》
（傳）元代程棨摹樓璹繪本，紙本設色，美國佛利爾美術館藏

　　佛利爾美術館所藏這套元程棨摹樓璹《耕織圖》，清代藏於圓明園，一八
六〇年英法侵略北京時掠走，共兩卷，計耕圖二十一幅，織圖二十四幅，各
附標題及五言詩一首。此套《耕織圖》描繪細緻，畫風樸實，充滿田園氣息。

　　這幅是《耕圖》第十八幅，描繪了農人舂米的情景。一種是純人工，幾個
壯丁圍著一個大石臼，正汗流浹背地揮杵搗米。一種是借助機械，後面一人
手扶木欄，腳踏地碓舂米。旁邊幾人拿著簸箕，將舂過的米簸去穀殼。詩云：
「娟娟月過牆，簌簌風吹葉。田家當此時，村舂響相答。行聞炊玉香，會見流
匙滑。更須水轉輪，地碓勞蹙踏。」整個勞動場面辛苦又熱烈。

用雙手照顧躺著的豬

民食芻豢，麋鹿食薦，蝍蛆甘帶，鴟鴉嗜鼠——莊子

❶

「豢」這個字如今只用於「豢養」一詞，而且是貶義詞，被收買並利用就叫「豢養」。不過在古代，「豢養」從來不是貶義詞，而是餵養、供養的意思，是一個中性詞，用於君臣之間時則含有褒義，比如蘇轍在〈代張公安道乞致仕表〉一文中說：「君臣之際，非獨以爵祿豢養為恩；進退之間，固將以名節始終為意。」

豢，甲骨文字形❶，這是一個會意字，中間是一隻躺臥著的豬，兩旁是兩隻手，會意為照顧管理豬。徐中舒先生則說「像抱持之以見豢養之義」。甲骨文字形❷，這個字形更加有趣，中間躺臥著的豬肚子裡還有一隻小豬仔。這是一隻懷孕的母豬，被主人的兩隻手加以照顧的樣子栩栩如生。小篆字形❸，變形得非常屬害，下面則定型為「豕」。

《說文解字》：「豢，以穀圈養豕也。」養牛羊叫「芻」，養犬豕叫「豢」。「芻」是餵牲畜的草，牛羊是草食動物，故有「反芻」一詞；狗和豬則用穀物等糧食餵養。二者合稱「芻豢」，泛指牛羊豬狗等牲畜的肉。莊子在《齊物論》中寫道：「民食芻豢，麋鹿食薦，蝍蛆甘帶，鴟鴉嗜鼠，四者孰知正味？」其中，「薦」是甘草，甜美的草；「蝍蛆」即蜈蚣；「帶」是一種蟲子，也有人說是蛇；鴟（彳）是貓頭鷹。這句話的意思是：人們吃牲畜，麋鹿吃甘草，蜈蚣嗜好小蟲子，貓頭鷹和烏鴉喜歡吃老

鼠,人、麋鹿、蜈蚣、貓頭鷹和烏鴉,誰知道自己所食的是純正的滋味呢?

　　豬是中國古代最早馴養的六種牲畜之一,因此「豢」引申而泛指飼養。《正字通》曰:「凡畜養禽獸,皆曰豢。」稀奇的是,古時竟然有豢龍之術!《左傳‧昭公二十九年》記載:「古者畜龍,故國有豢龍氏,有御龍氏。」

　　「昔有飂叔安,有裔子曰董父,實甚好龍,能求其耆欲以飲食之,龍多歸之。乃擾畜龍,以服事帝舜。帝賜之姓曰董,氏曰豢龍。」由此可知,董姓即是豢龍氏的後裔。

　　「有陶唐氏既衰,其後有劉累,學擾龍於豢龍氏,以事孔甲,能飲食之。夏后嘉之,賜氏曰御龍。」由此可知,劉姓即是御龍氏的後裔。

　　「龍一雌死,潛醢以食夏后。夏后饗之,既而使求之。懼而遷於魯縣,范氏其後也。」其中「醢(ㄏㄞˇ)」是肉醬。一條雌龍死了,劉累偷偷地剁成肉醬給夏王孔甲吃,孔甲覺得很好吃,吃完還要,劉累哪有那麼多條龍給孔甲吃啊,只好遷居到魯縣。由此可知,范姓也是御龍氏的後裔。

　　古人稱「馬八尺以上為龍」,因此「豢龍」也用作良馬之名。根據《梁書》的記載,河南國向梁武帝獻「舞馬」,能夠按照節拍跳舞的馬,張率寫了一篇賦,其中有「軡服烏號之駿,騊駼豢龍之名」的描述。「軡(ㄅㄧㄥˊ)服」指車馬,「烏號」指良弓,「騊駼(ㄊㄠˊ ㄊㄨˊ)」和「豢龍」皆是良馬之名。

❶　　　　　❷　　　　　❸

襄

種植農作物的「解衣耕」之法

跂彼織女，終日七襄——《詩經》

　　「襄」是一個非常有趣的漢字。這個字被先民們造得複雜無比，但同時又精確地反映了先民日常生活的習俗及其細節。

　　襄，金文字形❶，這是學者公認的「襄」字，毫無疑問是一個複雜的會意字。這個字形的外面包了一層「衣」，裡面的字元代表什麼東西，很費人思量。我們先來看看許慎在《說文解字》中根據小篆字形❸所做出的釋義：「漢令：解衣耕謂之襄。」段玉裁注解說：「此襄字所以從『衣』之本義，惟見於漢令也。」許慎的意思是說，根據漢朝的律令，「襄」就是解衣而耕。

　　什麼叫「解衣耕」？字面意思就是脫掉衣服耕作。明清人儒王夫之就是這樣理解的，在《說文廣義》一書中，他說：「解衣耕謂之襄，勞之甚也。《書》曰：『思曰贊贊襄哉！』勸其勤也。故相承為勤勞成事之辭。諡法：『辟土有德曰襄。』言如農之冒暑釋衣，以務墾土也。」王夫之的意思很明白，所謂「解衣耕」，就是指農民冒著酷暑，脫掉衣服，以方便耕作。這個解釋非常奇怪，脫掉衣服耕作有必要小題大作地專門列入「漢令」嗎？脫掉衣服耕作又為什麼稱作「襄」呢？

　　其實，王夫之的解釋屬於望文生義。已故訓詁學大師陸宗達先生在《訓詁簡論》一書中則如此解釋：「『解衣耕』是一種種植農作物的方法。『衣』指地的表皮，

❹

❺

❻

並非衣裳之衣……在天氣乾旱時，把又乾又硬的土皮扒開，然後用表層下濕潤的土播種撒籽，再用表層的土覆蓋上去，以待其發芽成長，古代把這種播種方法叫『襄』，其作用是保持墒情（編註：指土壤溼度的情況）。」

　　按照陸宗達先生的解釋，那麼金文字形❶中外面那層「衣」指地的表皮，表皮的「衣」裡面，上部的小圓圈代表種子，種子下面是挖開後敞口的土坑，右下角是一隻手，左下角是挖出的表層又乾又硬的「土」。整個字形就是這樣會意的，這就叫「解衣耕」。

　　襄，金文字形❷，請注意這個字形中沒有外層的「衣」，最上面的種子用「田」來替代，表示是在田中耕作。右下角還是那隻手，不過添加了一個工具，表示手持農具播種。金文字形❸，同樣沒有外層的「衣」，上面的種子已經發芽了。《說文解字》中收錄的古文字形❹，與前面三個字形差別甚大，兩隻手在上面，持著一根杵狀的農具在挖坑，左右的四撇是挖出的土的形狀，最下面還添加了一隻腳。三國時期所立的《三體石經》字形❺，與古文字形大同小異，略有變形。小篆字形❻，「衣」裡面的各個字元完全失去了本來的樣子，以至於許慎認為這是聲符。

　　不過，王連成先生在《從郭店簡〈成之聞之〉和〈語叢四〉的『讓』和『壞』字看漢字源流和演化》一文中提出了一個疑問，那就是只有金文字形❶有外層的「衣」，因而「對其他不含有『衣』的字形無效」，因此他認為「此字字形所表達的字義（本義）當為製作陶器」，金文字形❶和❷「兩字中上部的圓環為象形字素，表示正在製作的陶坯」，古

文字形❹和《三體石經》字形❺中的「噴射形筆劃表示做陶坯時轉盤上（無轉盤時雙手作環形運動）有泥水甩出」。甚為有趣，可備一說。

　　播種時需要眾人合力，共同耕作，因此「襄」引申為襄助；播種是過程，完成則是結果，因此「襄」又引申為完成、成就；播種是一個反覆不斷的動作，因此「襄」又引申為反覆，比如《詩經・大東》中的詩句「跂彼織女，終日七襄」，這是形容織女星在白晝移動了七次位置，當然是反覆之意。

《御製耕織圖‧耕第二圖‧耕》
清代焦秉貞繪，康熙三十五年（1696）內府刊本，美國國會圖書館藏

　　這是《耕圖》第二幅，描繪農人早春趕牛初耕情景。詩云：「東
皋一犁雨，布穀初催耕。綠野暗春曉，烏犍苦肩楨。我銜勸農字，
杖策東郊行。永懷歷山下，往事關聖情。」耕，即把土地翻開鬆土，
是非常具有儀式性的一個舉動，古代帝王還要進行象徵性的親耕。
春耕的農具要在二月二「龍抬頭」之日備好。耕田十分費力，在沒
有農業機械的年代，牛是農民最得力的助手。雖然春寒料峭，圖中
的農人卻只穿單衣，捲袖赤足，也難怪前人會曲解「襄」為「解衣
耕」了。

歷

農人的雙腳走過栽植整齊的禾苗

蓬頭攣耳，齞脣歷齒——宋玉

❶　　　　　❷

　　歷，甲骨文字形❶，可以清楚地看出，上面是兩株禾苗，下面是一隻左腳。甲骨文字形❷，下面是一隻右腳。

　　造字的先民到底想用這兩株禾苗表示什麼意思呢？我們來看看《說文解字》的釋義：「秝，稀疏適也。」南唐學者徐鍇解釋說：「適者宜也。禾，人手種之，故其稀疏等也。」張舜徽先生在《說文解字約注》一書中進一步解釋說：「立苗欲疏，秝字實像稀疏適宜之意。」也就是說，農人栽種禾苗的時候，間距要稀疏合適才能長得好。因此，兩株禾苗的「秝（ㄌㄧˋ）」字其實就是「歷」和「曆」字的本字。

　　下面的一隻腳，很顯然是農人的足跡，或表示農人栽種禾苗時的足跡，或表示農人在田間踏看巡視的足跡。

　　歷，甲骨文字形❸，上面變成了兩「木」，當然也可以理解為山林，但甲骨卜辭中以兩「禾」為最多，因此兩「木」應該視作兩「禾」的省寫。金文字形❹，上面添加了一個表示山崖的「厂」，意為崖前的田地裡，農人在栽種或巡視；下面則定型為「止」，即腳。小篆字形❺，大同小異。

　　《說文解字》：「歷，過也。」張舜徽先生解釋說：「歷之言秝也，謂足之所至，其跡秝秝可數也……歷之本義為足所過，引申為一切經過之稱。」也就是說，「歷」的

253

❸

❹

❺

本義即指農人的足跡經過栽植整齊的禾苗；而禾苗的間距稀疏適宜，一棵一棵歷歷可數，因此引申為一個一個物體清晰分明，比如「歷歷在目」這個成語，形容所有東西都清清楚楚地呈現在眼前。

如果把「歷」下面的「止」換成「日」，就造出來「曆」字，從字面意思來看，是指太陽運行過栽植整齊的禾苗，但其實是因為農業生產與太陽等天象的運行有密切關係，因此「曆」才當作曆法、日曆的義項。而在簡體字形中，「歷」和「曆」統一簡化為「历」字，造字的本義完全看不出來了。

戰國時期楚國辭賦家宋玉的名作〈登徒子好色賦〉中如此描述登徒子之妻的醜陋：「其妻蓬頭攣耳，齞唇歷齒，旁行踽僂，又疥且痔。」其中，「蓬頭」指頭髮散亂；「攣（ㄌㄩㄢˊ）」指蜷曲，「攣耳」即耳朵張不直，蜷曲著；「齞（ㄧㄢˋ）」指張口見齒，「齞唇」即齒露唇外；「歷齒」指牙齒稀疏不整齊，如同禾苗的間距一樣，用的正是「歷」字的本義；「旁行」指搖搖晃晃走路的樣子；「踽僂（ㄐㄩˇㄌㄡˊ）」指彎腰駝背；「疥」即疥瘡，「痔」即痔瘡。宋玉下筆，真是刻薄！

跪在地上種植草木

不興其藝，不能樂學——《禮記》

❶　　　❷　　　❸

　　「藝」的簡體字形「艺」，上草下乙，讓人完全不明白它跟技藝、藝術等義項有任何關係；即使是繁體字形「藝」，也仍然不知所云。原來，「藝」的本字就是字形中間的「埶」。

　　埶，甲骨文字形❶，右邊是一個跪坐著的人，左邊是一棵草或木。甲骨文字形❷，這個人把草或木種在地上。甲骨文字形❸，手的形象更誇張，顯然是在強調用手種植的意思。金文字形❹，實在是太美麗的姿態和動作！金文字形❺，草木的下部添加了一個「土」，表示把草木種在土中。小篆字形❻，左右兩邊都有所變形。

　　《說文解字》：「埶，種也。從坴丮，持而種之。」其中，「坴（ㄌㄨˋ）」指大土塊，顯然是字形中草木和土的訛變；「丮（ㄐㄧˊ）」指以手持握，顯然是字形中跪坐之人和手的訛變。也就是說，本來應該寫作從坴從丮的這個字，寫成了「埶」。

　　至於「埶」為什麼又繁化為「藝」，原因和過程大概有三點：一是因為「埶」拿去用作偏旁，比如勢、熱、褻等字；二是因為與草木有關，再給它加上草字頭變成「蓺」；三是因為廣義上的種植草木之事，不僅包括栽植，也包括除草，因此又加上下面的「云」，跟草字頭組成「芸」，表示除草之意。「藝」字就這樣變得臃腫起來，而它清新可喜的本來模樣就這樣慢慢消失了。

❹   ❺   ❻

《詩經‧小雅‧楚茨》有詩句為「我藝黍稷」，即我種植黍子和穀
子的意思。《詩經‧國風‧南山》有詩句為「藝麻如之何？衡從其畝」，
意思是種麻應該怎麼做？要縱橫耕耘田畝。《孟子‧滕文公上》中有
「后稷教民稼穡，樹藝五穀，五穀熟而民人育」之句，「樹」和「藝」
並舉，均指栽種五穀。這些用例中的「藝」都是使用本義。

不管是種草、種樹還是栽種農作物，都是一門技能，因此引申為
技藝、藝術。《禮記‧學記》論為學之道曰：「學，不學操縵，不能安弦；
不學博依，不能安詩；不學雜服，不能安禮；不興其藝，不能樂學。」

「縵（ㄇㄢˋ）」指琴瑟上的弦索，如果不先學調弄弦索，則手指不
便，彈琴時也就不能安弦中聲；「博依」指廣泛的譬喻，詩歌有比興的
技巧，「比」即比喻，「興」是起興，借別的事物引起詩歌的發端，不
先學這兩種技巧，就不能使詩歌安正完善；「雜服」指各色服制，不先
學各色服制，就不能諳熟服飾制度的各項禮制；「藝」即禮、樂、射（射
箭）、御（駕車）、書（識字）、數（計算）六藝，不喜歡學習這六種技能，
就不能樂於為學的正道。

先秦時，中國的教育模式為通識教育，以上論述的為學之道，指
的是要先廣泛涉獵各種龐雜的知識，在此基礎之上，才能掌握正確的
學問。

用手拔草

❶

❷

「芻」這個字今天已經很少單獨使用，而是作為聲旁出現在雛、皺、鄒等漢字之中。不過，在古人的日常生活中，「芻」的重要性遠遠超出今人的想像。

芻，甲骨文字形❶，右邊是一隻手，左邊是兩棵草。甲骨文字形❷，手和草改變了方向。金文字形❸，變成上下結構。從這個字形看得很清楚，「芻」就是用手薅草、拔草之意。小篆字形❹，一隻手增繁為兩隻手，而且手的樣子也不太像了。簡體字形「刍」更符合甲骨文和金文的原始字形，卻看不出拔草之形了。

《說文解字》：「芻，刈草也。象包束草之形。」其中「刈（一ˋ）」即割，刈草即割草。許慎根據小篆字形，把兩隻手的象形誤認作包裹著草的樣子。

「芻」既可作名詞，又可作動詞。用作名詞時，或指割草之人，比如甲骨卜辭中有「羌芻」的稱謂，羌人是遊牧部落，殷商王室把俘虜中的羌人擇取出來，命他們從事畜牧生產；或指餵牲口的草料，比如《詩經·小雅·白駒》中有「生芻一束」的詩句，用一束生草來餵馬；或指吃草的牲口，比如食草的牛羊稱「芻」，食穀的犬豕稱「豢」，合稱「芻豢」。相應地，「芻」用作動詞時，或指割草這種行為，或指用草餵牲口。

除了以上義項之外，「芻」還有一個極為重要的用途，即用草紮成人和各種動物的形狀，用於祭祀或為死

❸

❹

者殉葬。老子《道德經》中有「天地不仁，以萬物為芻狗；聖人不仁，以百姓為芻狗」的名句，「芻狗」就是草紮的狗。老子的意思是說：天地和聖人無所謂仁或不仁，對待萬物和百姓就像對待芻狗一樣，任其自生自滅。

《莊子・天運》中描述過「芻狗」的命運：「夫芻狗之未陳也，盛以篋衍，巾以文繡，尸祝齊戒以將之。及其已陳也，行者踐其首脊，蘇者取而爨之而已。」其中，「篋（くーせ丶）衍」，竹製的長方形箱子；「尸祝」，祭祀時的主持人；「齊」，通「齋」；「蘇者」，割草的人；「爨（ちメ马丶）」，燒火做飯。

這段話的意思是：芻狗還沒有陳設出來用於祭祀的時候，盛在竹箱裡，覆蓋著繡巾，尸祝齋戒後迎送它。等到祭祀過後，走路的人踩踏它的頭和背，割草的人撿回去燒火做飯而已。此即老子所言「以萬物為芻狗」的道理。

古時把殉葬用品稱作「明器」。《禮記・檀弓下》記載：「塗車芻靈，自古有之，明器之道也。孔子謂為芻靈者善，謂為俑者不仁，殆於用人乎哉！」其中，「塗車」指泥車，「芻靈」指草紮的人、馬，自古以來就有，乃是喪葬之事使用明器之道。孔子認為發明芻靈的人有仁善之心，而發明偶人「俑」的人則不仁，因為用偶人殉葬，接近於用活人殉葬。

孟子在〈梁惠王上〉篇中總結說：「仲尼曰：『始作俑者，其無後乎！』為其象人而用之也。」最早用俑來殉葬的人，他們一定會斷子絕孫的！可見孔子對用偶人來殉葬這一惡習的極度厭憎。

《詩經‧小雅‧鴻雁之什六篇圖卷‧白駒》
（傳）南宋馬和之繪，趙構書，絹本設色，美國大都會藝術博物館藏

　　《詩經‧小雅‧鴻雁之什六篇圖卷》是根據《詩經‧小雅‧鴻雁之什》中
的六首詩所繪。這幅描繪的是〈白駒〉一首的詩意。《毛詩序》認為此詩是大
夫諷刺周宣王不能留用賢者於朝廷。詩共四章，回環往復，寫客人欲去，主
人苦心挽留。畫面描繪的應是最後一章：「皎皎白駒，在彼空谷。生芻一束，
其人如玉。毋金玉爾音，而有遐心。」客人已乘上白駒將入空谷而去，主人知
其不可留，以「生芻一束」秣馬，希望以後仍能「相聞而無絕」。「白駒」做為
一種意象廣泛存在於後世歷代文人墨客的作品中，常用來代指志行高潔的人。

臼

鑿出凹槽的舂坑

斷木為杵，掘地為臼——《周易》

❶

《後漢書·吳祐傳》記載了一則逸事：「時，公沙穆來遊太學，無資糧，乃變服客傭，為祐賃舂。祐與語大驚，遂共定交於杵臼之間。」

膠東人公沙穆遊學於太學，因家貧而換服為傭，來到為官的吳祐家裡，擔任舂米之職。吳祐偶爾與之交談，大驚，於是兩人定交，此之謂「杵臼之交」，比喻身分懸殊的朋友相交而不分貴賤。

「杵（ㄔㄨˇ）」是舂米所用的棒槌，「臼」則是舂米的容器。我們來看看這個字是怎麼造出來的。

甲骨文中還沒有發現「臼」字，也許可以說明杵臼的發明較晚，金文字形❶，這是一個非常明顯的象形字，像一個下凹的舂坑之形，其中的四點，乃是坑壁上鑿出的齒狀凹槽，用以增加舂磨時的摩擦力。至於小篆字形❷，大同小異。今天使用的「臼」字，出於寫作便利的緣故，將其中的四點省作兩短橫。

《說文解字》：「臼，舂也。古者掘地為臼，其後穿木石。象形。中，米也。」許慎誤將其中的四點釋義為所舂之米。張舜徽先生在《說文解字約注》一書中解釋說：「太古掘地為臼，米與土自相雜，故重在擇米；其後既穿木石為臼，而米漸純潔，故石臼至今用之。」今天日常生活中所使用的石臼，裡面仍然有鑿出的凹槽。

《周易·繫辭》中寫道：「斷木為杵，掘地為臼，杵

❷

臼之利，萬民以濟。」據說杵臼是黃帝的大臣雍父發明的。

　　段玉裁說：「引伸凡凹者曰臼。」其實並非「凡凹者為臼」，比如人的口腔後方兩側、上下頜各六個的槽牙，是因為其形如臼，故又稱「臼齒」。後世之臼多為石製，能夠長久使用，因此「臼」又引申為陳舊、一成不變的老套子，比如「窠臼」一詞。

　　晚唐著名博物學家段成式所著《酉陽雜俎》中，收錄了一個有趣的故事：「卜人徐道昇言江淮有王生者，榜言解夢。賈客張瞻將歸，夢炊於臼中。問王生，生言：『君歸不見妻矣，臼中炊，固無釜也。』賈客至家，妻果卒已數月，方知王生之言不誣矣。」

　　王生竟然張榜公示自己的解夢本領，可見對此非常有自信。「賈（ㄍㄨˇ）客」指商人，商人張瞻夢見自己在臼中做飯，王生為之解夢道：「在臼中做飯，是因為沒有釜的緣故。」其中「釜（ㄈㄨˇ）」是鐵鍋，諧音為「婦」，「無婦」即指張瞻的妻子病逝。後世遂用「炊臼」、「炊臼之夢」、「炊臼之戚」或「臼中無釜」來比喻喪妻。比如明人李濂所作〈悼亡雜詩〉之九，開篇就吟詠道：「鼓盆歌底事，炊臼夢堪疑。」此處「鼓盆」用莊子喪妻鼓盆而歌的典故，和「炊臼」一樣，都是喪妻之意。

❶

三枝麥穗長得一樣高

乃命大酋，秫稻必齊——《禮記》

　　物品擺放整齊，換作是你，會怎麼造「齊」這個字？古人造字「近取諸身」，因此一定會從身邊最常見、印象最深刻的現象或習俗來造字，「齊」字也不例外。

　　「齊」，甲骨文字形❶，倒是極為簡省，由三個相同的字元組合而成。這三個字元，有學者認為表示大量種子破土而出，但是它與別的甲骨文字形中臃腫的種子之形相比，並不相像；有學者認為像三支箭頭，東夷之人善射，因此齊國以此為國名，但是它與別的甲骨文字形中的箭頭之形相比，卻沒有契刻成這個樣子的；白川靜先生在《常用字解》一書中認為「頭髮上插有三支簪之形」，但是這三支簪的形狀未免過於奇特。

　　齊，金文字形❷，大同小異。小篆字形❸，增飾繁化，反而變得更複雜了。《說文解字》:「齊，禾麥吐穗上平也。象形。」徐鍇解釋說:「生而齊者莫若禾麥。二，地也。兩旁在低處也。」王筠則指出「齊」的古文字形三枝穗的上面是平的，「三平無參差。此參差者，作篆者配合之，取適觀耳。又加二以像地形」。張舜徽先生也在《說文解字約注》一書中說:「生物之長植在地面而至平齊者，無踰禾麥，故造字時取象焉。」

　　也就是說，「齊」的字形乃是三枝禾麥所吐的穗齊平之狀，古代中國是農業社會，農事最為常見，因此以之取象。不過，筆劃化的篆體字無法保持三穗齊平之

❷

❸

狀，不僅因為「取適觀耳」，為了美觀的緣故，還因為三穗齊平太擠占書寫的位置，因此改為參差之態。再添加一個二表示同一片土地上長出來的禾麥才會齊平。正如徐中舒先生在《甲骨文字典》中的總結：「像禾麥吐穗似參差不齊而實齊之形，故會意為齊。」

《禮記·月令》如此描述冬季的第二個月釀酒之事：「乃命大酋，秫稻必齊，麴糵必時，湛熾必潔，水泉必香，陶器必良，火齊必得。兼用六物，大酋監之，毋有差貸。」

「大酋」，酒官之長；「秫（ㄕㄨˊ）」，黏性高粱，秫、稻必須要選擇同時成熟的，這裡用的就是「齊」的本義；「麴（ㄑㄩˊ）」，把糧食蒸過，發酵後再曬乾，製成酒麴，「糵（ㄋㄧㄝˋ）」，用發芽的穀物釀酒，酒精度較低，製作麴糵一定要適時；「湛」，浸漬，「熾」，火炊，浸漬和蒸煮麴糵時一定要清潔；釀酒所使用的井水和泉水一定要甘美；所盛的陶器一定要精良；釀製的火候必須適中。以上六種條件齊備之後，才開始在大酋的監督之下釀酒，不允許有任何差錯。

「齊」由齊平的本義引申為整齊、平等、齊備等諸多義項。更有趣的是，祭祀前的齋戒要整理自己的身心，使身心整齊、肅敬，因此「齊」又引申為齋戒，這個義項後來寫作「齋」，二者可為通假字。

〈春疇麥浪圖軸〉
清代袁耀繪，絹本設色，北京故宮博物院藏

　　袁耀，生卒年不詳，清代畫家，字昭道，江都
（今江蘇揚州）人。袁江之侄，一說其子。「二袁」
是清初揚州重要畫家。工山水、樓閣、界畫，畫風
精緻工整。袁耀還畫過一些村園田居類作品，這幅
〈春疇麥浪圖軸〉即是其一。

　　這幅畫展現了廣闊的麥田，遠處春山隱隱，有
桃花盛開。近景是農家院落，茅屋籬笆。整個畫面
是一派富有生氣的田園風光。全畫以素淡的青綠為
主調，清新悦目。細看田間人物，似是一個年輕女
子帶著兩個孩子回娘家的情景，一兒跑前，一兒尚
在襁褓中，後面有人挑著行李。小院柵欄門口已有
老人迎候多時，一隻村犬歡跳著出去迎接，透出一
股活潑的鄉野諧趣。燕子飛翔，風吹麥浪，齊齊整
整，青翠滿目，是典型的豐收景象

輿地篇

❶

❷

「岳」和「嶽」之間並非簡體與繁體字形的關係，實際上，「岳」是「嶽」的古字。

岳，甲骨文字形❶，這是一個象形字，像疊在一起的兩座高大山峰，表示高山峻嶺。甲骨文字形❷，大同小異。不過也有學者認為甲骨文字形像山上豎立的羊頭之形，會意為在高山上祭祀。小篆字形❸，接近甲骨文。《詩經‧崧高》中有詩曰：「崧高維岳，駿極於天。」恰是這一字形的具象化寫照。

到了小篆字形❹，人們造出了一個「嶽」字，從象形字變成了形聲字，《說文解字》：「東，岱；南，霍；西，華；北，恆；中，泰室。王者之所以巡狩所至。從山獄聲。岳，古文，象高形。」

所謂東岳泰山、南岳衡山、西岳華山、北岳恆山、中岳嵩山的五岳（五嶽），其實最早的時候只有四岳。根據《尚書‧堯典》的記載：「歲二月，東巡守，至於岱宗。五月南巡守，至於南岳。八月西巡守，至於西岳。十有一月朔巡守，至於北岳。」這裡沒有中岳嵩山的記載，直到周代方才設置了中岳，於是才有今日的「五岳（五嶽）」之名。

掌管「四岳」的官員也被稱作「四岳」，相傳是共工的後裔，因為輔佐大禹治水和掌管四岳有功，賜姓姜，封到呂這個地方，也就是姜太公呂尚的先祖。

❸

❹

　　女婿稱妻子的父親為岳父，母親為岳母，今天還在使用的這兩個稱謂，是怎麼來的呢？

　　唐代筆記小說《酉陽雜俎》講了一個很好玩的故事。

　　唐玄宗李隆基要去泰山封禪，任命張說為封禪使。封禪是古代帝王祭天地的大典，一般都在泰山舉行。在泰山上築土為壇祭天，這叫「封」；在泰山下的梁父山開闢場地祭地，這叫「禪（ㄕㄢˋ）」。張說身為封禪使，全權負責封禪大典的準備工作和各種儀式。按照慣例，封禪後三公以下的官員都升遷一級，張說的女婿鄭鎰本來是九品官，按說應該升遷為八品官，但張說大權在手，假公濟私，趁機將女婿升為五品官，五品官官服的顏色為紅色。

　　封禪後，唐玄宗舉行盛大的宴會，慶祝封禪順利結束。席間，唐玄宗看到穿著紅色官服的鄭鎰，不明白他怎麼一下子升到了五品官，就詢問鄭鎰，鄭鎰無言以對。宮廷樂師，著名笑星黃旛綽在一旁打圓場，說道：「此泰山之力也。」意思是鄭鎰的升遷是借助封禪泰山的機會，被張說提拔的。

　　從此之後，人們就把妻子的父親稱為「泰山」，妻子的母親順理成章地被稱為「泰水」。又因為泰山乃五岳之首，號稱「東岳泰山」，故此妻子的父親又稱為「岳父」，妻子的母親也順理成章地被稱為「岳母」，岳父母的家稱為「岳家」。

　　岳父、岳母還有一個別稱：丈人、丈母。「丈」本來是古代對長輩男子的尊稱。男人年滿七十歲可以得到官府賞賜的拐杖。「拐杖」的「杖」最早寫作「丈」，因此「丈人」就是手持拐杖的老人。受賜拐杖

是一種榮譽，故以此尊稱老年男子，後來慢慢演化為對妻子父親的專用稱呼，也稱作「岳丈」，妻子的母親也就順理成章地被稱為「丈母」或者「丈母娘」了。

楚

人的腳踏進了茂密的山林

蜉蝣之羽，衣裳楚楚——《詩經》

「楚」這個字很有意思，甲骨文字形❶，上部有兩棵樹木，代表山林，下面是足（腳），因此「楚」是一個會意字，人的足跡踏進了山林，會意為開發山林的意思。但同時還兼有形聲，下面的「足」表聲。甲骨文字形❷，山林更加茂密，人踏進山林的足跡也更加深入。金文字形❸，字形變得工整了。小篆字形❹，接近金文。楷體字形的下部變成了「疋」，「疋」和「足」在上古的時候是同一個字。

古代楚人自稱為「楚」，是因為楚人的聚居地多山林，需要開發，故稱楚人、楚國。後來，楚人回憶起他們的祖先，聲稱祖先「篳路藍縷，以啟山林」，正是紀念祖先開發山林的功勞。《說文解字》：「楚，叢木，一曰荊。」這是從開發山林引申出來的意思，把一種落葉灌木或小喬木叫作「楚」，又叫「荊」，所以中原各國又稱楚國為荊蠻。

早在《詩經》中就出現了「楚」這種植物的影子。《漢廣》：「翹翹錯薪，言刈其楚。」翹讀作ㄑㄧㄠ，本義是鳥尾上的長羽，這裡比喻雜草叢生；錯，雜；刈（ㄧˋ），收割。這兩句詩的字面意思是：眾多錯雜的薪柴中，我只收割其中最高的楚樹，比喻眾多的女子都很貞潔，而我只選取追求其中最高潔的漢水遊女。

《詩經·楚茨》中還有「楚楚者茨」的詩句，意思

3

4

就是田野裡生長著茂盛的蒺藜。楚木比別的灌木長得更高，眾多灌木之中，最先看見的就是它，因此「楚楚」引申為鮮明的樣子，比如《詩經·蜉蝣》中的詩句：「蜉蝣之羽，衣裳楚楚。」形容蜉蝣的翅膀鮮明美麗。明白了「楚楚」的意思，就知道「楚楚」一詞最早不能用在人身上，而只能用在植物身上。

《世說新語》中講了一個故事。東晉名士孫綽蓋了幾間房子，過著隱居生涯，他在房子前面種了一棵松樹，親自培土澆水。鄰居高世遠有一天對他說：「松樹子非不楚楚可憐，但永無棟梁用耳！」高世遠用「楚楚可憐」來形容剛栽下的幼松纖弱可愛的樣子，但認為孫綽種的這棵松樹材質不好，不能做房子的棟梁。到了清代，許豫所著《白門新柳記》一書中用「楚楚可憐」來形容妓女患病後的樣子，從此之後，「楚楚可憐」一詞才開始用在女人身上，跟今天的意思一樣。

有趣的是，「楚」因為枝幹堅硬，還用來製成刑具，不過這種刑具最早用在念書的兒童身上，類似於戒尺的功能。《禮記·學記》規定：「夏、楚二物，收其威也。」此處「夏」是山楸木，跟荊樹一樣堅硬，用這兩種樹的枝幹製成杖，以對付那些不好好學習的頑童，調皮搗蛋的時候懲戒一下。後來「夏楚」連用，泛指用棍棒進行體罰，主要用於未成年人。「楚」打在身上很疼，所以又引申出痛苦的意思，比如苦楚、酸楚。

〈陶穀贈詞圖〉（局部）
明代唐寅繪，絹本設色，臺北故宮博物院藏

　　此圖描繪的是一則歷史故事。北宋初年，陶穀出使南唐，時南唐國力弱小，陶穀態度傲慢，出言不遜。南唐大臣韓熙載設計，派歌姬秦蒻蘭扮作驛卒之女誘之。陶谷見秦蒻蘭風姿綽約，楚楚動人，不禁邪念萌動，違背了士人「慎獨」之戒，與之成一夕之好，並填詞一首相贈。不日，後主設宴招待陶穀。席間，陶穀正襟危坐，威儀儼然，後主舉杯令蒻蘭出來勸酒唱歌，歌詞即是陶穀所贈。陶穀頓時羞愧難當，狼狽至極。陶穀因這段典故成為千秋笑柄。

　　畫中人物情態微妙。陶穀拈鬚倚坐榻上，紅燭高燃。對面秦蒻蘭坐彈琵琶，正是贈詞前後的情景。陶穀衣冠楚楚，面露矜持，而右手已情不自禁打著拍子。右上有唐寅題詩：「一宿姻緣逆旅中，短詞聊以識泥鴻。當時我作陶承旨，何必尊前面發紅。」陶穀若見此，恐怕越發無地自容了。

丘

❶　　　　　❷

兩個低矮的山頭中間有塊窪地

生而首上圩頂，故因名曰丘云——《史記》

　　《史記·孔子世家》記載：「魯襄公二十二年而孔子生，生而首上圩頂，故因名曰丘云。」司馬貞的索隱寫道：「圩頂言頂上窊也，故孔子頂如反宇。反宇者，若屋宇之反，中低而四傍高也。」其中「窊（ㄨㄚ）」是低凹之意，這是形容孔子的頭頂中間低而四周高，就像中間高而四周低的房屋反過來了一樣，此即所謂「圩（ㄨ）頂」。

　　那麼，頭頂凹陷的「圩頂」為什麼稱「丘」呢？先來看甲骨文字形❶，與「山」字對比，「山」是三個高聳的山頭，而「丘」則是兩個較為低矮的山頭，中間還有一塊窪地，即山坳。甲骨文字形❷，大同小異。南宋學者戴侗解釋說：「丘，小山。故其文視山而殺。」意思是說，「丘」比「山」的山頭少而低。白川靜先生在《常用字解》一書中則說：「象形，古字形為二山之間有谷，義指山間凹地。現在，平地中隆起的小高地謂『丘』。」

　　還有一種意見，以徐中舒先生為代表，他在《甲骨文字典》中解釋說：「像穴居兩側高出地面之出入孔之形。商人多穴居，甲骨文丘則以其地面形制表示其特點……丘為穴居，由人為而成。又因丘多選擇高亢乾燥處鑿建，其出入之孔較高，引申之，土之高者亦稱丘。」但穴居出入孔的視覺形象並沒有小山之形清晰可見，因此這一釋義沒有說服力。

❸   ❹   ❺

  丘,金文字形❸,稍有變形。金文字形❹,訛變得更厲害,從而為小篆字形打下了基礎。小篆字形❺,上面訛變為兩人相背之「北」,《說文解字》就是根據這個訛變後的字形釋義的:「丘,土之高也,非人所為也。從北從一。一,地也。人居在丘南,故從北。中邦之居,在崐崘東南。一曰,四方高、中央下為丘。」

  徐灝早就提出過質疑:「此字說解未確。蓋因字之上體與北同,遂誤認為從北從一,又因《山海經》言昆侖之虛在西北,遂以為中邦之居在昆侖東南。取義迂遠,非其指也。」(編註:崐崘、昆侖,皆指崑崙。)

  綜上所述,「丘」的本義是小山丘。揚雄所著的《方言》記載:「塚,秦晉之間謂之墳……自關而東謂之丘。」當作墳墓講是「丘」的引申義。上古時期實行的是簡葬,用木柴把屍體厚厚地包起來,埋到野外,「不封不樹」,既不封土為墳,也不植樹立碑。周代時開始「封樹」,墓上有封土,就像隆起的小山丘,因此引申指墳墓。

  《呂氏春秋·安死》記載:「世之為丘壟也,其高大若山,其樹之若林,其設闕庭、為宮室、造賓阼也若都邑。以此觀世示富則可矣,以此為死則不可也。」其中,「丘壟」即墳墓;「賓阼(ㄗㄨㄛˋ)」指堂前的臺階,包括西階和東階。「丘」之為墳墓,可謂豪華矣,不僅失去了上古的薄葬之風,也與「丘」字形中樸素的小山頭形狀大相徑庭了。

左

❶　　　❷　　　❸

左手拿著工具幹活

微管仲，吾其被髮左衽矣——《論語》

　　左和右是對應字，先說左，甲骨文字形❶，這是一個象形字，看上去就像左手的形狀。金文字形❷，上面還是左手的形狀，下面添加了一個「工」字。「工」在甲骨文字形中就是工具的形狀，因此金文字形的「左」字就變成了會意字，會意為左手持工具幹活。《說文解字》：「左，手相左助也。」原來「左」就是「佐」字的初文，最初是沒有「佐」這個字的，用於「輔助」、「幫助幹活」這個意思時就用「左」字，後來人們又造了一個「佐」字，「左」才專指左手了。小篆字形❸，結構同金文。

　　再說右，甲骨文字形❹，跟「左」字的甲骨文字形相對，也是一個象形字，看上去就像右手的形狀。其實「右」的本字就是「又」，上古的時候凡「又」字就是指右手。後來「又」字用作別的字義，人們就在「又」的下面添加一個「口」，變成現在我們使用的「右」。金文字形❺，看得很清楚，是在右手下面添加了一個「口」，這就變成一個會意字。《說文解字》：「右，助也。」徐鍇進一步解釋道：「手口相助也。」原來「右」就是「佑」字的初文。最初沒有「佑」這個字，用於「幫助」這個意思時就用「右」字，後來人們又造了一個「佑」字，「右」才專指右手了。小篆字形❻，跟金文一樣。楷體字形大概為了寫著順手的緣故，「口」上面的右手卻變成了左手。這就是「右」字的演變過程。

④

⑤

⑥

在古代，左、右有尊卑之分。秦漢之前古人以右為尊，因為大多數人都是使用右手，從生理習慣上來說右手方便。孔穎達解釋說：「人有左右，右便而左不便，故以所助者為右，不助者為左。」眾所周知的「負荊請罪」的故事，起因就在於藺相如比廉頗的功勞大，封官的時候，拜藺相如為上卿，「位在廉頗之右」，廉頗非常生氣，才尋隙滋事。可見官職也是以右為尊，貶官則叫「左遷」。「無出其右」這個成語是指沒有人能夠戰勝或者超過，這裡也是以右為尊。

不過也有特殊的情況，比如車上的位置是以左為尊，空著左邊的座位準備接待貴賓稱「虛左以待」，這是因為坐車時，趕車的人要坐在右邊，右手執鞭、駕馭都方便。國君出行時，同車三人，國君坐在左邊，中間是御者，右邊是一位勇士。帶上勇士的目的是防備不測事件發生，一旦有人行刺國君，勇士就會從右邊下車，便於隨時採取行動保衛國君的安全。這是由坐車的特殊性所決定的。

春秋戰國時期，楚人相對於黃河流域的中原民族來說屬於南蠻之人，其方位尊卑剛好跟中原相反，「楚人尚左」，以左為尊。孔子曾經感歎道：「微管仲，吾其被髮左衽矣。」在中原地區，人們衣服的前襟都要向右，只有死人的前襟向左，表示永遠不需要脫衣服了，而邊遠地區的蠻夷民族剛好相反，是「左衽」，因此孔子感嘆說：「如果沒有管仲的教化，我們就要等同於蠻夷之邦了。」

需要注意的是，皇帝面南背北而坐，右手為西，左手為東，因此地理上便以東為「左」，以西為「右」，比如江左即指江東，隴右即指隴西，跟今天從地圖上看的方位剛好相反。

有飄帶的高高旗杆

余其宅茲中國，自茲乂民——周武王

❶

❷

❸

「中」這個字不僅是中國的代稱，而且是儒家哲學方法論最為重要的概念。不過，這個字的起源卻和旗幟有關。

先說「中」，甲骨文字形❶，這是一個象形字，正中豎立著一根高高的旗杆，上、下向左飄揚的四條飄帶叫「游」，《說文解字》注：「游，旌旗之流也。」意思就是旌旗的飄帶。旗杆中間的那個小圓圈標注位置，表明這是立中之處。金文字形❷，四條「游」改向右側飄揚。小篆字形❸，四條「游」都省去了。

《說文解字》：「中，內也。」這只是「中」的引申義。

「中」這個字的起源為什麼和旗幟有關呢？這是因為古時凡有征伐等大事，一定要先「建旗」，將旌旗豎立在中央之地，眾人聞之而來，聚集在旌旗之下，然後才能開始議事。

東漢學者劉熙《釋名·釋兵》：「九旗之名日月為常，畫日月於其端，天子所建，言常明也。」這是天子所建之旗。「熊虎為旗，將軍所建，象其猛如虎，與眾期其下也。」這是軍將所建之旗，用以集合士卒，準備戰事。建旗一定要建在中央之地，故又稱之為「建中」。「中」的一切引申義，包含中間、中心、中央、裡面，甚至當動詞用的「射中」等義項，全部都由此而來。

再來說「國」，甲骨文字形❹，左邊表示疆域，右

278

④ ⑤ ⑥

邊是一把戈，持戈保衛疆域。金文字形⑤，左邊同樣為有邊界標誌的
疆域，右邊同樣是一把戈，持戈保衛疆域。小篆字形為⑥，加了一個
「囗」代表國界。

《說文解字》：「國，邦也。」二者的區別是：「大曰邦，小曰國。」
還有一種說法是：「國謂王之國，邦國謂諸侯國也。」

「中」和「國」組成「中國」這個稱謂，要遠遠追溯到三千年前。

一九六三年，陝西寶雞出土了一尊西周初年的青銅器，是西周宗
室中一位叫「何」的貴族所鑄，故稱「何尊」。何尊底部有銘文一百二
十二字，內容是周成王五年四月開始在成周（今洛陽）營建都城，對
「何」這個同宗小子進行訓誥勉勵，並賜給他貝三十朋，「何」這位貴
族遂鑄此器紀念。

其中周武王的訓誥有「余其宅茲中國，自茲乂（一ˋ）民」的句子，
意思是說：我將住在這天下的中心，從這裡治理民眾。這是歷史上第
一次出現「中國」一詞，雖然僅指以洛陽為中心的中原地區，卻開了
後世稱中國為「中央之國」的先河，如《釋名》所說：「帝王所都為中，
故曰中國。」

儒家哲學方法論中最著名的「中庸」一詞，最早出於孔子之口，
在《論語・雍也》中，他感嘆道：「中庸之為德也，其至矣乎！」意思
是：中庸做為一種道德，是最高的道德了！朱熹注解道：「中者，無
過無不及之名也。庸，平常也。」概括地說，中庸就是不偏不倚，無
過無不及，恪守中道。

這一思想其實來源極早，孔子在《論語・堯曰》中記述了堯對舜

的要求：「允執其中。」在《禮記・中庸》中，他又如此誇讚舜的品德：「執其兩端，用其中於民……」如今把「中庸」一詞當作保守、妥協、不求上進的意思來使用，跟古時「中庸之道」的思想已經完全不一樣了，令人浩嘆！

央

人的脖頸上戴著一面枷

夜如何其？夜未央，庭燎之光——《詩經》

❶

❷

「央」字的字形，從古至今幾乎都沒有什麼變化。而且「未央」一詞，今天都理解為未盡，「央」明明是中央之義，為什麼會具備盡頭的義項呢？很多人都困惑不解。我們先來看看這個有趣的漢字是如何造出來的。

央，甲骨文字形❶，這是一個象形字，像一個正面站立的人，脖頸上戴著一面枷。金文字形❷和❸，大同小異。小篆字形❹，緊承甲骨文和金文字形而來。

《說文解字》：「央，中央也。從大在冂之內。」其中「冂（ㄐㄩㄥ）」本來指城垣的邊界，張舜徽先生認為，家裡的門做為界限，也可以稱「冂」，「人正立在門之中，斯中央之義所自出」。這是根據小篆字形得出的結論，與甲骨文字形中向上套住脖頸的枷形完全不符，因此「央」的本義就是人戴枷受刑，乃是「殃」的本字。白川靜先生說：「枷刑不是將枷鎖銬在手足而是銬在身體正中的脖頸上，由此『央』有了正中、中央之義。」詞義分化之後，後人為「央」添加了一個表示殘骨之形的「歹」，另造出災殃之「殃」。

《詩經‧庭燎》開篇就吟詠道：「夜如何其？夜未央，庭燎之光。」這是描寫周宣王中興，諸侯不敢懈怠，前來早朝的場景。開篇即模仿周宣王的口吻，問道：「現在到了夜裡的什麼時候了？」庭燎是宮廷中立在地上用來照明的大燭，以葦、薪製成。夜未央，夜晚未半。有

❸

❹

人認為是指夜晚未盡，但下文還有「夜未艾」、「夜鄉晨」的詩句，「艾」意為久，「鄉晨」即「向晨」，接近清晨，可見「夜未央」、「夜未艾」、「夜鄉晨」是漸進的時間描述，「未央」乃未到夜中之意，仍然是使用「央」的本義。

根據《漢書・外戚傳》的記載，漢武帝親自作賦紀念死去的寵妃李夫人，有「惜蕃華之未央」之句，顏師古解釋說：「未央猶未半也，言年歲未半而早落蕃華，故痛惜之。」李夫人早卒，當然「年歲未半」，沒有活到一半的年齡就死了。

至於「未央」後來引申為令許多人困惑不解的未盡之意，這是本書中屢屢提到的漢語的一個獨特現象，即反義同字或反義同詞，一個字或詞既可表示正面意思又可表示反面意思。具體到「未央」之「央」，既可表示中央、一半，又可引申開去，表示中央、一半發展到盡頭。《說文解字》：「央，一曰久也。」這就是「未央」一詞為何可以表示未盡之意的由來。

「央」還有一個極為有趣的義項：央求、懇求。如果「央」像「人正立在門之內」的樣子，那麼這個義項就成了無源之水，完全無法解釋得通。但是，正如「央」的甲骨文字形所示，脖頸上戴枷必定非常痛苦，那麼這位犯人哀懇求情，請求、央求獄吏為他鬆開一些的情狀，就是順理成章之事，「央」的這個義項即由此引申而來。

《詩經・小雅・鴻雁之什六篇圖卷・庭燎》
（傳）南宋馬和之繪，趙構書，絹本設色，美國大都會藝術博物館藏

　　此圖卷是根據《詩經・小雅・鴻雁之什》中的六首詩所繪。
這幅描繪的是〈庭燎〉一首的詩意。全詩三章，用問答體，記述
周宣王早晨視朝前與雞人（報時官）的對話，描寫宮廷早朝景象，
讚美君王勤於朝政。詩中有問有答，有光有聲。畫面上，天色未
明，早朝的諸侯已陸續來到，肅立階下或兩側。鑾鈴聲聲，庭燎
熊熊，顯得朝儀威嚴，氣氛肅穆。

　　詩句是從周宣王的角度，表現急於早朝的心情和對諸侯的關
切，畫面則是從諸侯的角度，表現等候早朝時的靜穆。當庭豎立
的無數「大燭」的火焰，將未央的夜色烘托出來。

❶ ❷

兩頭紮起來的一個大口袋

自西徂東，靡所定處——《詩經》

《詩經・桑柔》：「自西徂東，靡所定處。」意思是，從西到東都沒有安定之處。

東，許慎認為這是一個會意字，《說文解字》：「東，動也。從日在木中。」許慎認為中間鼓著肚子的圓形代表「日」，一棵樹立在日的中間，會意為太陽從東邊的樹木上升，因此用「東」這個字來代表日出的方向。

《白虎通義》也說：「東方者，動方也，萬物始動生也。」日出萬物皆動，故稱「東，動也」。五行學說中，東方從木的說法即是由此而來。「東」既為動，代表陽氣動了，於是古人也把春天稱為「東」，比如東君就是司春之神。

「東」字中間的這棵樹可不是尋常之樹，而是大有講究的神樹。這棵樹叫若木，也叫扶桑，生長在東方極遠之地。《山海經》說：「湯谷上有扶桑，十日所浴。」據說日出於扶桑樹下，冉冉上升，最後從扶桑的樹梢升起，照耀四方。日本之所以別稱扶桑之國，就是因為日本在中國的東方，《梁書・扶桑國》：「扶桑在大漢國東二萬餘里，地在中國之東，其土多扶桑木，故以為名。」

不過，許慎沒有見過甲骨文和金文。我們來看看「東」的字形演變。甲骨文字形❶，這是一個象形字，像兩頭紮起來的一個大口袋。甲骨文字形❷，中間的×形代表裡面裝的東西。金文字形❸，裡面的東西用一橫

❸

❹

❺

來代表。小篆字形❹，繩子捆縛之形訛變為「木」，許慎就是據此來加以解說的。楷書字形❺，同於小篆。簡體字形「东」完全看不出造字的原意了。從以上字形的演變可以看出，「東」就是「橐」的初文，後來「東」假借為方位詞後，人們為「東」加了一個「石」，另造出「橐」字表示口袋。

那麼「東」為什麼會當作方位詞呢？大部分學者的意見是假借為方位詞；但也有一種有趣的解釋，說是古人背起布袋出門遠行，要參考日出的方向來辨別方位，因此「東」就引申為東方。

在古代的禮節中，「東」用作方向時代表主人的位置，就是因為日出東方的緣故，賓位則相應地為西。《禮記》中規定，主人迎接客人的時候，「主人就東階，客就西階」。古人出面為子女聘請老師，雙方商妥報酬待遇之後，主人宴請老師，就請老師坐在西邊，所以受業的老師尊稱為「西席」；主人坐東朝西作陪，東面是主人的位置，故稱「東家」，諸如「做東」、「房東」、「股東」等稱呼也是因此而來。

上文提到的是只有主客雙方時的方位安排，但是如果人數眾多，那麼方位和座次的安排就完全不一樣了。以鴻門宴的座次為例：「項王、項伯東向坐，亞父南向坐，沛公北向坐，張良西向侍。」在這種場合下，坐西朝東的方向反而最尊貴，因此項羽和他叔叔項伯坐西朝東（東向）；坐北朝南的方向次之，因此項羽的謀士亞父范增坐北朝南（南向。編註：亞父為對父執輩的尊稱。）；坐南朝北的方向又次之，因此沛公劉邦坐南朝北（北向）；張良是劉邦的謀士，只能屈居最卑的坐東朝西方向了（西向）。這些座次的禮節可一點都錯不得。

兩個人背靠背地站著

北方有佳人，絕世而獨立——李延年

❶

❷

「北方有佳人，絕世而獨立，一顧傾人城，再顧傾人國。寧不知傾城與傾國，佳人難再得！」李延年唱給漢武帝的這首流行歌曲，吟詠的其實就是自己的妹妹李夫人。「北」為什麼會用作指示北方的方位詞呢？

北，甲骨文字形❶，這是一個會意字，左右兩個人背靠背地站著。甲骨文字形❷，也是相同的形狀。金文字形❸，人和人的後背靠得更近，也更像人彎腰曲背的樣子。小篆字形❹，同於甲骨文和金文。楷體字形已經看不出來背靠背站著的形狀了。

《說文解字》：「北，乖也，從二人相背。」其中「北」的本義就是「背」，後來當作指示方向的方位詞後，在「北」的下面添加了一個表示軀體的「月（肉）」，來替代「北」的本義。《戰國策·齊策六》：「士無反北之心。」這裡的「北」就是「背」的本字，三國時期的韋昭更是直接解釋道：「北者，古之背字。」所謂「反北」即「反背」，背叛的意思。

打了敗仗，逃跑的時候總是要背對著敵方，因此把打敗仗稱作「敗北」。古籍中常常有「連戰皆北」、「三戰三北」的用法，就是由此而來。又由此引申出敗逃之意，西漢賈誼〈過秦論〉：「追亡逐北，伏屍百萬。」這裡的「北」即指敗逃者。

古人房屋大都坐北朝南，便於採光避風，因此南面

③ ④

為上，北面為下。同理，皇帝的座位也是面南背北。「北」由此而引申為指示北方的方位詞。《韻會》：「身北曰背。」清代學者朱駿聲在《說文通訓定聲》中解釋道：「人坐立皆面明背暗，故以背為南北之北。」從此方位出發，即可界定山南為陽，山北為陰。王力先生在注解《老子》的「萬物負陰而抱陽」這句話時說：「山北為陰，山南為陽，老子的話等於說萬物負背而抱南。」這就是「北」這個字指示北方的字義的演變過程。

周代有「司士」的官職，職責之一是「正朝儀之位，辨其貴賤之等。王南向，三公北面東上」。國君面南，臣拜君則要「北面」，面向北行禮。弟子敬師之禮亦稱「北面」，《漢書》記載，西漢時期，于定國當了大官之後，「迎師學《春秋》，身執經，北面備弟子禮」，說得很明確，「北面」遂成為師生之誼的代名詞。《世說新語·賞譽》：「劉尹先推謝鎮西，謝後雅重劉，曰：『昔嘗北面。』」劉惔任丹陽尹，故稱「劉尹」；謝尚任鎮西將軍，故稱「謝鎮西」。劉惔先前曾經舉薦過謝尚，謝尚當了大官之後，也非常看重劉惔，總是對別人說：「昔嘗北面。」意思是過去我曾經做過他的弟子。

北方還有一個別稱，「伏方」，也是用的「北」字的本義。《尸子》：「冬為信，北方為冬。冬，終也；北方，伏方也。萬物至冬皆伏，貴賤若一，美惡不異，信之至也。」冬天時陽氣在下，萬物伏藏，其形狀就如同「北」字的甲骨文字形，相背而伏，故稱北方為「伏方」。

〈仿仇英漢宮春曉圖〉（局部）

清代佚名繪，絹本設色長卷，美國克利夫蘭美術館藏

「漢宮」仕女是傳統人物畫題材。明代畫家仇英繪〈漢宮春曉圖〉被稱為中國十大傳世名畫之一，描繪宮中嬪妃生活，青綠重彩，穠麗典雅，舉凡妝扮、澆花、折枝、歌舞、彈唱、圍爐、調鸚、下棋、讀書、鬥草、對鏡、戲嬰等，無所不有，並融入了昭君畫像等漢宮典故。此題材深受清代宮廷喜愛，後來出現了多種仿本。此本藏於美國克利夫蘭美術館，敷色豔麗，界畫工整，畫中具體場景與仇英之作相似而稍有變化。

這一段畫面以大殿中錦茵之上著彩衣而舞的女子為中心，周圍女子各持樂器為之伴奏，階下侍女絡繹穿梭，另有幾位嬪妃似為觀賞歌舞，嫋嫋行來。這部分畫面似是融合了漢武帝宮廷的典故，殿中那個彩繡輝煌、衣袂飄飄的舞者，也許就是秉傾國傾城之貌、遺世獨立之姿的李夫人嗎？

夷

一個人蹲著

東方曰夷，被髮文身——《禮記》

❶

❷

「夷」即東夷，是中原地區以東九個民族的總稱，又稱「九夷」。

甲骨卜辭中有借「尸」為「夷」的用法，比如「尸方」即「夷方」，也寫作「人方」。因此，學者多認為「夷」的本字就是「尸」。

夷，甲骨文字形❶，這其實就是「尸」字，是一個人的側面圖。徐中舒先生在《甲骨文字典》中解釋說：「與人字形相近，以其下肢較彎曲為二者之別。」也就是說，「尸」和「人」本為一字，區別在於「人」字下肢平展，而「尸」字下肢彎曲。

為什麼「尸」和「人」會有下肢彎曲與否的區別呢？徐中舒先生認為：「夷人多為蹲居，與中原之跪坐啟處不同，故稱之為尸人。」其中「啟處」又稱「啟居」，「啟」指跪，「處」指坐，「啟處」或「啟居」即跪和坐，這是古人日常生活的家居姿勢，因此泛指安居。

夷，金文字形❷，承繼了甲骨文字形，不過更美觀，人蹲著的樣子更加栩栩如生。按照上述解釋，「夷」是一個象形字，東方之人喜歡蹲踞，故以「夷」相稱。現今在山東的農村裡還到處可見這種蹲姿。

夷，金文字形❸，為了區別於「尸」，古人又造出了這個新字。這個字形上下的主體部分顯然是一支帶有箭頭的箭，中間的S形是繫在箭上的繩子。這個工具叫

❸

❹

「矰（ㄗㄥ）繳」，也稱「弋（ㄧˋ）繳」，即繫有絲繩的短箭，是古代專用的射鳥工具。這也就是我們今天使用的「夷」字。

《說文解字》：「夷，平也。從大，從弓。東方之人也。」許慎是根據小篆字形❹做出的釋義，中間絲繩的形狀訛變為「弓」；而且「平」也不是「夷」的本義，只不過是遠引申義而已。

張舜徽先生在《說文解字約注》一書中說：「東方之人，習於射獵，因亦謂之夷也。」現代學者李孝定先生在《甲骨文字集釋》中也說：「蓋東夷之人俗尚武勇，行必以弓自隨，故制字象之。」

綜上所述，之所以把中原地區以東的若干民族稱為「夷」，是因為這些民族的兩大最引人注目的特徵：一是日常生活採用蹲姿，一是善射。想一想「后羿射日」的傳說，后羿又叫「夷羿」，就是夏代東夷族的首領，以神射手著稱；而且根據記載了上古帝王、諸侯和卿大夫家族世系傳承的史籍《世本》：「夷牟作弓矢。」傳說弓箭的發明者夷牟是黃帝的大臣，從名字就可以看出來是東夷之人。

《禮記·王制》中描述說：「東方曰夷，被髮文身，有不火食者矣。」鄭玄注解說：「不火食，地氣暖，不為病。」孔穎達注解說：「『有不火食』者，以其地氣多暖，雖不火食，不為害也。」其中「不火食」即不吃熟食，也就是我們常常說的「茹毛飲血」。

被髮文身，不吃熟食，這是東夷各族根據氣候條件而形成的風俗。《大戴禮記·千乘》中則描述說：「東辟之民曰夷，精於僥，至於大遠，有不火食者矣。」其中「精於僥」指精於求利而希望獲得意外的成功，到了東方的最遠之處，那裡的人因為氣候的原因就吃生食了。

應劭《風俗通義》（佚文）中則說：「東方曰夷者，東方仁，好生，萬物抵觸地而出。夷者，抵也。」為什麼說「東方仁」？清代學者朱駿聲在《說文通訓定聲》中說：「夷俗仁壽，有君子不死之國，故子欲居九夷也。」孔子曾有到九夷居住的念頭。因此，「夷」最初並非蔑稱。

蠻

南方人說話像亂絲一樣聽不懂

今也南蠻鴃舌之人，非先王之道──《孟子》

❶

「蠻」即南蠻，一直被視作對中原地區以南諸民族的蔑稱。《說文解字》：「蠻，南蠻，蛇種。從蟲。」班固《白虎通義》中也說：「蠻蟲難化，執心違邪。」這都是解釋「蠻」字何以從蟲。

張舜徽先生在《說文解字約注》一書中，對以上謬論進行了淋漓盡致的批駁：「南方多蛇，故蠻字從蟲，以其習與蛇處也。習與蛇處，故南人多有馭蛇之術。余常見南人能以手捕取蛇，不受螫噬，且纏繞之於頸腰間以玩弄之，此蓋遠古遺俗也。蠻字從蟲，義即在此。此猶北人喜逐獵，故狄字從犬；西人好畜牧，故羌字從羊耳。蛇種之說，不足信也。」

但是很多人不知道，「蠻」字其實並不從蟲。甲骨文中還沒有發現「蠻」字，金文字形❶，這是一個非常美麗的字形，中間是「言」，兩邊是兩串絲。這個字形表示什麼意思呢？很顯然，「蠻」字與絲、蠶有關。

何光岳先生在《南蠻源流史》一書中分析道：「蠻字正像一人挑起一擔蠶山的框架……上古時候，氏族住房擁擠，在開始馴養野蠶時，只能在野蠶所分布的桑林裡就地設放這種框架，把將要吐絲的野蠶捉到框架上，使野蠶能有規則地圍繞框架吐絲，以便在繰絲紡織時操作方便。否則，讓野蠶胡亂在桑枝上吐絲，取下的絲便紛無頭緒，很難紡織成布。只有到夏代以後，居住條件

293

❷

改善了，才有可能把野蠶移入室內飼養，逐漸變成家蠶。後來又發展成為專門飼養家蠶的蠶室，商代殷墟出土有玉蠶可證。浙江吳興縣錢山漾新石器時代晚期文化遺址，相當於商代，就發現有一批盛在竹筐裡的家蠶絲織品。金文蠻字的象形結構，反映了養蠶和吐絲的過程。」

　　這一大段文字解釋了野蠶變成家蠶的過程，但是「蠻字正像一人挑起一擔蠶山的框架」的說法，卻不符合「蠻」的金文字形，因為很明顯，這個字形的中間是一個「言」字。如果要表示「一人挑起一擔蠶山」的意思，只需畫出一個人形即可，沒必要在下面加個「口」，這也不符合甲骨文和金文的造字規律。

　　既然從「言」，那麼就要從南方人說話的特點來入手分析。孟子在〈滕文公上〉篇中寫道：「今也南蠻鴃舌之人，非先王之道。」其中「鴃（ㄐㄩㄝ）」指伯勞鳥，鳴叫的聲音類似鴂鴂（ㄐㄩ），故又稱「鴂」。「鴃舌」即形容伯勞啼叫，但叫聲誰也聽不懂。

　　因此，「蠻」的金文字形就是形容「南蠻舌之人」。南方多蠶、絲，因此經常以絲作譬喻。蠶絲如果繞在一起成為亂絲，就會毫無頭緒，紛亂而理不清，南方之人的「言」就像亂絲一樣繞來繞去，讓北方人完全聽不懂。這就是「蠻」之所以從絲從言的原因，原本是形容南方人說話的特點，屬於如實寫照，絕非貶稱。其實直到今天，北方人聽南方人說話仍然聽不懂。

　　「蠻」，小篆字形❷，下面添加了一個「虫」，顯然這是漢代才添加上去的，此時華夷之辨已經定型，因此添加一個「虫」字做為對南方邊族的蔑稱，以至於許慎稱之為「蛇種」，「蠻」的造字本義就此失去

而不為人所知了，簡體字形「蛮」將上面的兩串絲省掉後，更是不知所云。

　　《大戴禮記・千乘》中描述說：「南辟之民曰蠻，信以樸，至於大遠，有不火食者矣。」誠信而又樸實，這分明是對南方民族的讚譽之詞。因此，「蠻」最初並非蔑稱。

《女織蠶手業草・五》（女織蠶手業草　五）
喜多川歌麿繪，約 1798 年至 1800 年

　　中國的《耕織圖》於十五世紀末
傳入日本，受到廣泛歡迎，影響深
遠。江戶時代，以《耕織圖》為樣本
繪製的「四季耕作圖」和「蠶織錦繪」
蔚然成風。喜多川歌麿的《女織蠶手
業草》便是其中之一。這是一套系列
作品，共十二幅，細緻描繪了蠶織業
從浴蠶、採桑到繅絲、剪帛的完整過
程，畫中所有勞作者均為女子，她們
圍繞蠶織過程日夜忙碌，顧不得儀容
服飾，十分辛苦。
　　本圖是第五幅，描繪的是蠶「大
眠」之後女工們採桑布葉餵蠶的場
景。「大眠」是指蠶的第四眠。蠶自
大眠之後，食葉越速，布葉宜越勤，
必須晝夜餵養，食盡即布，不可懈
怠。每一晝夜須餵十餘次。這是養蠶
最吃緊的階段，桑葉的消耗量極大，
之後就要「上山」結繭了。畫中女子
或抱桑枝，或捋桑葉，或布葉餵蠶，
合作無間，緊張有序，別有一種健康
質樸的風情。

野

森林茂盛的郊外

遂人掌邦之野——《周禮》

❶

❷

「野」這個字，今天所使用的義項幾乎都集中於貶義，比如野蠻、粗野等，但是在古代，這個字卻有著非常豐富的內涵。

野，甲骨文字形❶，很明顯，這個字形並非後造的「野」字。兩邊的「木」表示兩棵樹，中間是「土」。羅振玉先生釋為「野」，從土、林會意，意為林莽所被之地。張舜徽先生在《說文解字約注》一書中認為「古之城邑，多無樹木，惟郊外有之」，因此從「林」。

野，金文字形❷，「土」字中間填實。有的學者繼承郭沫若先生的錯誤，把「⊥」字元看作男性生殖器的象形，因此將這個字形釋為在野外的樹林裡野合，這是不對的。

白川靜先生在《常用字解》一書中認為「『土』為『社』之初文，社乃祭神處」，因此這個字形表示「『林』中有神社」，但「土」的本義就是土堆、土地，因此還是應該釋為野外種有樹木的土地為宜。

《說文解字》還收錄了「野」的另一個古文字形❸，添加了一個圓形和三角形交錯的字元。有人認為這個字元表示土地與土地之間交錯的界線；有的學者認為是「耜」右半邊的誤寫，表示用農具在野外的土地上耕作；羅振玉先生則認為乃是「後人傳寫之失」。

總之，這個極有爭議的字元導致了「野」的小篆字

③

④

形❹的由來：右邊訛變為「予」，左邊則把「林」改換為田、土結構，最終定型為今天使用的「野」字。《說文解字》：「野，郊外也。從里予聲。」許慎就是根據小篆字形認定為「予」表聲，但其實本字應該寫作「埜」。

白川靜先生對這個後分化出的「野」字的釋義為：「『里』為『田』和『土』組合之字，即祭祀田神之社的所在之地。『里』加聲符『予』為『野』，可見，有社之林、有社之田為『野』之本義，後來指一般意義上的野外、鄉野、粗野。」這一釋義不正確。

根據《周禮》的記載，周代有「遂人」一職，職責是「掌邦之野」，也就是說，「野」是城邑之外的地方。王力先生在《王力古漢語字典》中有極為詳細的辨析：「『都』是城內；『郊』是城外，是城的周圍地區；『野』是郊以外的地區，是遠郊區；『鄙』更是『野』中偏遠的部分，是與鄰國接近的地區。後代『郊』、『野』的界限逐漸泯滅，形成『都邑』（城內）、『郊野』（城外）、『邊鄙』（邊境）三者的對立。」

有趣的是，古時有所謂「分野」的概念，把天上的星宿分別指配對應地上的州國，用星宿來占卜州國的吉凶。比如王充在《論衡·變虛篇》中寫道：「熒惑，天罰也；心，宋分野也。禍當君。」由此也可見「野」距離都城的偏遠，才可以概括州國的地域。

外

在夜晚占卜

吉凶見乎外——《易經》

外

❶

外，金文字形❶，這是一個會意字，根據許慎的解釋，左邊是「夕」，右邊是「卜」，「卜尚平旦，今夕卜，於事外矣」。古人占卜都在白天，如果在夜晚占卜，則表明邊疆出事了。「外」會意為遠方，「於事外矣」即邊疆有事。因此，《說文解字》解釋為：「外，遠也。」

外，金文字形❷，左邊的「夕」字裡面添加了一點，右邊還是「卜」。根據這個字形，有學者把左邊的「夕」解釋為肉形，肉形也寫作「月」。古時供占卜所用的龜甲分兩類，一類叫外骨，一類叫內骨。外骨是龜類的甲殼；內骨是鱉類的甲殼，鱉類外邊有裙邊狀的肉緣，甲殼在內，故稱內骨。因此，白川靜先生認為「外」和「內」原為用龜甲占卜的術語，現在所使用的內、外之意為引申義。《周易》所謂「吉凶見乎外」的「外」就是占卜術語，意思是吉凶見於卦外。

外，小篆字形❸，和甲骨文、金文沒有任何區別。

《禮記·曲禮上》論卜筮的規定時說：「外事以剛日，內事以柔日。凡卜筮日，旬之外曰遠某日，旬之內曰近某日。」其中，「外事」指郊外之事，祭祀、田獵或對外用兵；「內事」指郊內之事，宗廟祭祀。古人以十天干記日，十天干為甲、乙、丙、丁、午、己、庚、辛、壬、癸，十日有五奇數五偶數，甲、丙、戊、庚、壬五日居奇位，屬陽剛，故稱「剛日」，外事用剛日；乙、丁、己、

辛、癸五日居偶位，屬陰柔，故稱「柔日」，內事用柔日。一旬為十天，卜筮為每十天一卜，十天之外稱「遠某日」，十天之內稱「近某日」。由此可見，「外」和「內」不僅原為用龜甲占卜的術語，而且也用作占卜日期的術語。

　　古時候，夫婦之間互稱內、外，直到今天，老一輩人還習慣用內子、外子互稱，「內子」即稱呼自己的妻子，「外子」即稱呼自己的丈夫。但晉、魏之前並沒有這種稱謂，最初是源起於南朝梁的一對文學夫妻的贈答詩。這對令人豔羨的文學夫妻，丈夫叫徐悱，妻子叫劉令嫻。徐悱任職在外，寫給妻子兩首〈贈內詩〉，其一曰：「日暮想青陽，躡履出椒房。網蟲生錦薦，遊塵掩玉床。不見可憐影，空餘黼帳香。彼美情多樂，挾瑟坐高堂。豈忘離憂者，向隅心獨傷。聊因一書札，以代九回腸。」劉令嫻回以兩首〈答外詩〉，其一曰：「花庭麗景斜，蘭牖輕風度。落日更新妝，開簾對春樹。鳴鸝葉中響，戲蝶花中騖。調瑟本要歡，心愁不成趣。良會誠非遠，佳期今不遇。欲知幽怨多，春閨深且暮。」可見二人感情之深。從此之後，內子、外子的稱謂才流傳開來。

　　「外」與「內」相對，「表」與「裡」相對，因此「外」和「表」就是同義詞。「外婦」一詞又稱「表子」，明代學者周祈在《名義考》一書中曾經辨析過這兩個稱謂：「俗謂倡曰表子，私倡者曰賈老。表對裡之稱，表子，猶言外婦。」什麼叫「外婦」？顏師古解釋道：「謂與旁通者」，即私通之婦。「外婦」或者「表子」最早是指妻子之外的姜，娶了姜之後，姜也就屬於男人了，姜之外的「外婦」自然就是指妓女。

「表子」這個稱謂即由此輾轉而來，後來為「表」字增加一個「女」字旁，成了直到今天還在使用的「婊子」一詞。

　　陸昶，生卒年不詳，字少海（一說字梅垞），號重光，吳縣（今江蘇蘇州）人。《歷朝名媛詩詞》共十二卷，收錄王嬙、蔡琰、魚玄機、薛濤、李清照等，漢代至元代間兩百多位名媛的詩詞，前附名媛繡像及小傳。此書為研究女性文學的重要資料。

　　這幅繡像是書中插圖之一，畫的是劉令嫻。劉令嫻是南朝梁彭城人，嫁東海徐悱為妻。有才學，能為文。悱仕晉安郡，卒，喪歸京師。令嫻為祭文，悽愴哀感，為世傳誦。其詩多寫閨怨，文集已佚，存詩八首，最著名的便是〈答外詩〉二首。雖然夫妻琴瑟和諧，令後人豔羨，但聚少離多，丈夫又於任上猝然離世，劉令嫻的後半生大約是愁苦悲涼的吧。

❶ ❷

疆

用弓來度量相鄰的兩塊田

疆場翼翼，黍稷彧彧——《詩經》

「疆」這個漢字，今天使用的義項主要是疆界、邊疆、疆場，總之都跟邊界有關。不過，這個字被造出來的樣子及其演變，甚至包括最常使用的「疆場」一詞，都有著非常有趣而豐富的變遷內容。

「疆」最初寫作「畕」，甲骨文字形❶，一望可知，這是兩塊田相鄰之形。甲骨文字形❷，左邊添加了一張弓。金文字形❸，弓的形狀更是栩栩如生。徐中舒先生在《甲骨文字典》中解釋說：「古代黃河下游廣大平原之間皆為方形田囿，故畕正像其形。從弓者，其疆域之大小即以田獵所用之弓度之。」

疆域的大小為什麼會用弓來度量呢？這是因為最原始的計量土地長度和面積的方法，肯定是用腳步，一般而言六尺為一步，周代之後就一直沿用下來；而古人田獵時，弓又是最常攜帶的必備工具，古制弓的長度就是六尺，與步相應，因此「步」和「弓」兩種計量名稱相互通用。

疆，金文字形❹，下面又添加了一個「土」，其實屬於畫蛇添足之舉。但無論如何，這個字形最終成為直到今天仍在使用的定型漢字。《說文解字》：「畺，界也。從畕，三其界畫也。」張舜徽先生在《說文解字約注》一書中總結道：「以造字言，畕為最初古文，其後增體為畺，復增為疆。今則疆行而畕畺並廢矣。」

❸

❹

　　我們今天使用的「疆場」一詞，指戰場，其實是一個誤用了數百年的詞彙。「疆場」之「場」屬於錯別字，本字是「場（一、）」，右邊從「易」，而不是「昜」。

　　「場」和「場」有著重大的區別：「場」的本義是整理好的平坦空地，比如現在很多農村還能夠看到「揚場」的景象，把禾穗上打下來的穀粒運到空地上，用木鍬鏟起來簸揚，借風力吹去塵土和穀殼，在平坦的空地上簸揚，故稱「揚場」；而「場」的本義是田界。

　　大的田界稱「疆」，小的田界稱「場」，「疆場」連用則泛指田界。如果按照今天的用法寫成「疆場」，詞義就無法成立。《詩經・小雅・信南山》是一首歌頌周王室祭祖祈福的詩篇，其中有兩句是對農業生產的詳細描繪，同時也可以看出「疆場」這個詞謂所表達的準確含義：「疆場翼翼，黍稷或或。」意思是指田地的疆界整整齊齊，小米和高粱則生長茂盛。「中田有廬，疆場有瓜。」田地中間有看守者的廬舍，田地的邊界種有瓜果。

　　「疆場」因為指田界，於是順理成章地引申為國界。《左傳・桓公十七年》記載：「於是齊人侵魯疆，疆吏來告，公曰：『疆場之事，慎守其一，而備其不虞。姑盡所備焉。事至而戰，又何謁焉？』」

　　齊國入侵魯國邊境，魯桓公說：「邊境之事，謹慎防守自己一方，以防備發生意外。姑且盡力防備就是了。敵人進攻就戰鬥，又何必來報告呢？」

　　「疆場」既為兩國邊境，當然容易發生戰事，因此「疆場」又引申為戰場。直到唐宋，指代戰場的從來就是「疆場」一詞，比如杜牧的

〈為中書省門下請追尊號表〉:「今陛下用仁義為干戈,以恩信為疆埸,所求必至,有鬥必先。」

　　大約從元代開始,出身市民階層的作家們開始眼花,把「埸」字誤看作「場」字,「疆埸」遂一誤而為「疆場」,一直誤用到了今天,可發一嘆!

漢字裡的故事　藏在漢字裡的古代博物志

作者 許暉

封面設計 萬勝安

內文設計 黃雅藍

執行編輯 洪禎璐

責任編輯 劉文駿

行銷業務 王綬晨、邱紹溢

行銷企劃 曾志傑、劉文雅

副總編輯 張海靜

總編輯 王思迅

發行人 蘇拾平

出版 如果出版

發行 大雁出版基地

地址 台北市松山區復興北路333號11樓之4

電話 （02）2718-2001

傳真 （02）2718-1258

讀者傳真服務（02）2718-1258

讀者服務E-mail andbooks@andbooks.com.tw

劃撥帳號 19983379

戶名 大雁文化事業股份有限公司

出版日期 2022年3月 初版

定價 480元

ISBN 978-626-7045-29-9

國家圖書館出版品預行編目資料

漢字裡的故事：藏在漢字裡的古代博物志 / 許暉著. – 初版.
-- 臺北市：如果出版：大雁出版基地發行, 2022.03
面；公分
ISBN 978-626-7045-29-9（平裝）

1. 漢字 2. 漢語文字學 3. 自然史 4. 中國

802.2　　　　　　　　　　　　　　　111002305

圖書許可發行核准字號：文化部部版臺陸字第110417號
出版說明：本書係由簡體版圖書《漢字裡的中國 藏在漢字裡的古代博物志》
以正體字在臺灣重製發行，期能藉此引進華文好書以饗臺灣讀者。